汉语言流变及文化阐释

王丽芝 著

中国原子能出版社

图书在版编目（CIP）数据

汉语言流变及文化阐释 / 王丽芝著. --北京：中
国原子能出版社，2023.11
ISBN 978-7-5221-3112-2

Ⅰ. ①汉…　Ⅱ. ①王…　Ⅲ. ①汉语－文学语言－研究
Ⅳ. ①I206

中国国家版本馆 CIP 数据核字（2023）第 227256 号

汉语言流变及文化阐释

出版发行	中国原子能出版社（北京市海淀区阜成路 43 号　100048）
责任编辑	刘东鹏　王齐飞
责任印制	赵　明
印　　刷	河北宝昌佳彩印刷有限公司
经　　销	全国新华书店
开　　本	787 mm×1092 mm　1/16
印　　张	15.25
字　　数	240 千字
版　　次	2023 年 11 月第 1 版　2023 年 11 月第 1 次印刷
书　　号	ISBN 978-7-5221-3112-2　　　**定　价　88.00 元**

发行电话：010-68452845

前　言

　　汉语言是一种博大精深的语言，有着悠久的发展历史，承载着历史的厚重与文化的底蕴。汉语言在今天的各个学科中有着重要的意义。从汉语言在语言学上的意义来说，汉语言注重实证和归纳，这样有效保证了汉语言的科学性和合理性。另外，汉语言还衍生出训诂学、音韵学、文字学等，汉语言还十分注重语音在词源系统、词汇语义系统，以及诗词韵律中的表现，因此古人在注重实际基础上，以音证义、以义正音，这在今天也赋予了新的意义。

　　汉语言与文化有着千丝万缕的关系，一直蕴含着浓厚的人文传统，通过这些语言可以了解汉民族的文化心理，挖掘民族深层次意蕴。

　　全书由绪论、语音、语法、词义、语义组成，较为细致地分析了汉语言流变的发展脉络。从语音学角度梳理了不同时期的语音发展情况，并分析了语音背后的文化表达。从词法、句法、语言三个方面梳理了发展脉络，并分析了语法的文化表达。分析了词义发展脉络，阐述了词义、语言运用中的文化表达。本书重点从语言本身及文化属性两个维度分析汉语言，从汉语言本身及语音、语法、词义、语义的发展等方面梳理汉语言流变，并重点分析汉语言与文化的紧密联系，具有一定的学术价值，对从事语言文学研究的学者、一线汉语言教师有一定的参考价值。

　　书中所提到的观点和相关语言事实，既有作者自己平时的教研心得，也有不少前辈学者和同仁的成果，在此一并感谢。

　　由于作者水平有限，书中难免有论述不全面之处，请各位读者批评指正。

目　录

第一章 绪 论

第一节 汉语言由来、蜕变及分化

汉语言是一门古老的语言，自产生以来，已经有几千年的历史。汉语言作为中华民族的代表语言有着很深的文化底蕴和艺术魅力。有必要将汉语怎么产生的、汉语如何蜕变及分化等内容进行深入分析。

一、汉语言由来

汉语言是如何产生的？由于发展时间漫长，汉语言产生的因素也较多，是从汉代开始？还是从商代甲骨文开始？还是由华夏文明产生？还是可以追溯到炎黄时代？这里主要以问题形式展开基本的语言内容，探讨汉语言的由来。

（一）汉语是汉民族的语言吗?

笼统地讲，汉语就是汉民族使用的语言，但说法并不严谨，汉语与汉民族存在着包含关系，也有各自独立的部分。

汉语不只是汉民族的语言。例如，回族在形成的初期使用汉语言作为母语。从 7 世纪中叶开始，经济贸易带动周边国家的商人相互交流，大批波斯、阿拉伯地区的商人经过陆上、海上交通来到中国的内地、沿海城市开展贸易，当时的长安、开封、广州、泉州等地都是贸易发达的区域，有的商人甚至选择定居下来。到 13 世纪，蒙古国军队西征，一些中亚地区的穆斯林迁入中国，这些穆斯林以波斯、阿拉伯居多，中国当地的汉族、蒙古族、维吾尔族与这

些移民杂居，逐渐形成了统一的民族——回族。在语言使用上，回族各成员放弃了各自的母语，采用汉语作为统一语言，但保留回族文化，设第二语言——阿拉伯语，在宗教场合可以使用。

汉民族使用的语言不全是汉语。汉族不使用汉语的有四个小支系，他们使用各自的语言（见表 1-1）。

表 1-1　不使用汉语的汉族分布及语言使用

区域	语言	属语
海南省临高县	"壮侗语族"	汉藏语系壮侗语族壮傣语支
海南省东方、昌江两县的昌化江下游两岸	"村语"	汉藏语系壮侗语族黎语支
广东省怀集县西南部山区	"标话"	汉藏语系壮侗语族侗水语支
广西临桂县茶洞乡一点	"茶洞语"	汉藏语系壮侗语族侗水语支

（二）汉语与华夏语的关系

1. 华夏族

在距今大约 5000 年前的远古时代，生活着比较强大的三个部落——黄帝部落、炎帝部落和蚩尤部落。

黄帝部落主要分布于北方广阔的草原上，属于游牧民族。炎帝部落聚集于北部、西部的黄河、长江中下游地区，是农耕民族。蚩尤部落位置在东南，主要以水耕为主。相传距今大约 4700 年前，黄帝部族联合炎帝部族，与蚩尤在涿鹿进行了一场大战，即历史上有名的"涿鹿之战"。在该战役中，炎黄联盟打败了蚩尤部落，蚩尤部落被赶出中原。而南下的黄帝部落受到各民族的拥戴，炎帝部落不服，于是双方在阪泉交战，这就是著名的"阪泉之战"。在这场战役中黄帝部落大获全胜，之后黄帝部落乘胜追击，一直到了黄河中游和汉江流域，成了"天下共主"。（关于涿鹿之战和阪泉之战因年代久远，至今尚未形成一致的看法。）黄帝成为华夏民族的始祖，中华文明史也是从这个时期开始的，自此华夏族以炎黄子孙自称。

"逐鹿中原"这一成语是对这几次中原大战的总结，从中也看到了民族变迁的过程，而三大部落所争夺的中原地区成为华夏文明的发源地。

2. 华夏语

随着不同民族的融合，必然带来语言上的融合，不同民族的语言在日常的交流中不断碰撞与融合，最终产生了一种新的语言，或者某一语言发生了巨大变化。华夏语的形成是一个动态、发展的过程，每个时期的华夏语因为时代变化不断发生变化。

这里分析三大部落的语言，因为三个部落使用的语言并没有被记录下来，因此无法考证，但通过梳理三大部落的迁徙和演变的历史，可以进行大体的推测。

黄帝部落——胡狄语范畴；

炎帝部落——氐羌语范畴；

蚩尤部落——夷越语范畴。

华夏语就是这三大部落语言的产物，换句话说，华夏语来源于这三个部落。

夏朝是中国历史上第一个具有国家意识的王朝。建立夏朝的夏族起源于西部的羌人，而羌人是炎帝的后裔，同时夏族信奉黄帝为始祖。在《史记》中记载，夏朝灭亡之后，一部分夏人迁移到蒙古国平原，与当地的游牧民族融合为一个新的民族——匈奴，匈奴语属于阿尔泰语系，带有汉藏语言的特征。

东部地区的商族在夏朝末年逐渐强大起来，并不断向西推进。最终，商族联络其他部族推翻了夏朝，建立商朝。商朝建立之后，商文化开始融入华夏文化体系中。

商朝被西部的周族推翻，建立了中国历史上最长的周朝。周朝在文化上学习夏商文化，并将其与周族文化结合在一起，经过不断的发展，开创了真正意义上的中华民族。从周族起源来看，其始祖母姓姜，与同为姜姓的炎帝部落同源；周朝又奉黄帝为始祖，沿用黄帝的姬姓；周朝追溯自己为夏朝之臣。以上三点可以推断出周朝与夏朝都是炎黄族系的混血民族，其语言是以

汉藏语言为主，其中有较多的商语成分。

由上述华夏族及华夏语的分析看，华夏语是汉语的前身，正是不同民族的融合与发展，促进了语言的变化与发展。

二、语言蜕变——从华夏语到汉语

周朝建立之后，采用分封制，通过封土建邦巩固政权，分封制就是将宗室成员，以及一部分异姓的有功大臣分封到全国各地，在各地建立诸侯国，希望实现"普天之下，莫非王土；率土之滨，莫非王臣"的政治目标。分封制在一定时期内强化了周王朝的统治，周王朝将周礼推广到全国各地，从而构建了以周朝礼仪制度为核心的中华文化。

到春秋战国时期，政治上诸侯争霸，局势动荡，但也促进了文化的融合与发展，这一时期文化上迎来了大发展，出现了"百家争鸣"的场面。直到秦始皇灭六国统一天下之后，封建政权得到巩固，华夏民族也发生了蜕变，形成了鲜明文化特征的汉民族。可以说，秦朝的统一使得具有高度凝聚力的汉民族从此屹立于东方。

周朝建立了"雅言"，因为周自称"夏"或"华"，"雅"与"夏"的古音接近，因此"雅言"也是"夏言"①。因此，华夏族有了统一的语言——雅言。雅言的出现具有重要的意义，标志着华夏语蜕变为结构稳定的语言。

"雅言"的语言基础是汉藏语系的"周语"，并受"商语"的影响较大，因为雅言与夏朝有一定的传承关系，因此也叫"夏言"。雅言同时受周语、商语、夏语的影响，充分说明上古语言的混合性。

经历了春秋战国诸侯争霸时期，到秦始皇大一统，语言在发展过程中不断变化并形成了结构稳定的语言，随着秦朝的统一，语言上也发生了蜕变，从华夏语发展为汉语。

---

① 劳秦汉. 中国诗歌声韵演变发展史稿 [M]. 成都：四川大学出版社，2020：50.

三、汉语言分化

汉语言在形成之后，顺应时代的发展继续演变。人们总结汉语言是一门"古老而年轻"的语言，不仅体现了汉语的源头之"古老"，也反映了汉语言随着时代、格局的变化而不断流变、分化的"年轻"。从现代角度看，现代汉语言与古代汉语言有很多的区别，现代汉语言通俗易懂，而古代汉语言却很难轻松读懂。正是其不断演变才使得汉语言一次次"年轻"，成为今天的语言。当然汉语言的演变不会停止，未来汉语言仍会顺应时代的主题不断发展，变得更加"年轻"。

（一）汉语言的分化

上古汉语经过一段稳定发展的阶段，历史进入魏晋南北朝时期，这一时期华夏大地再次进入大动乱、大分裂的格局。这一时期汉语言的变化突出表现为汉语口语化的加速，使得汉语口语与书面语有所区别。

西晋末年，发生了"八王之乱"，一些游牧民族趁机入侵中原，先后建立了割据政权，匈奴、鲜卑、羯、羌、氐先后建立政权，这就是历史上著名的"五胡乱华"。

西晋朝廷每战败一次，一部分人就随皇室逃往南方，重新建立起偏安王朝，剩下的没有离开的成为顺民，就这样汉人被分成了南方汉人和北方汉人。

1. 南方汉语言

逃往南方的汉人与当地的少数民族杂居，一方面，北方汉语受到南方各民族语言的影响而发生变化；另一方面，南方的少数民族在汉化的过程中，语言也发生了变化，于是，南方汉人与南方"新汉人"共同形成了南方化的"南方汉语言"。

2. 北方汉语言

游牧民族南下入主中原，打破了北方汉人与胡人的语言界限。北方的汉人与胡人杂居，进一步吸收胡人统治者的胡语。而胡人在进入中原之后，为

了改变游牧生活，适应农耕生活，也会改变原来的游牧传统，逐渐汉化。胡人模仿汉族的礼仪制度，在语言上也逐渐改用汉语，但他们所说的汉语带有他们母语的痕迹。当汉人北定中原，建立新的王朝时，一部分胡人逃回家乡，继续延续着民族文化，当然这其中也融入了一定的中原文化；另一部分胡人选择融入汉族，归顺汉族王朝。这样北方汉人与北方"新汉人"共同形成了阿尔泰化的"北方汉语言"。

汉语随着政局的变化发生了重大变化，从而形成了"南染吴越，北杂夷虏"的局面①，这里也鲜明体现了上古语言的混合性。

北方游牧民族统治中原的局面仍在延续。

公元 947 年，契丹人建立辽；

公元 1115 年，女真人建立金；

公元 1271 年，蒙古人建立元；

公元 1636 年，满人建立清。

这几个朝代，除了元朝，在语言上都朝着"南染吴越，北杂夷虏"的方向发展。元朝统治者虽然接受汉族的一些典章制度，但他们轻视中原文化，歧视汉族知识分子，于是在政治上实行民族歧视政策，将子民分为四等，分别为蒙古人、色目人、汉人、南人。在语言政策上，蒙古人将蒙古语定为国语，并不重视汉语言。还推行了"蒙古新字"政策，要求用八思巴拼音文字来拼写汉语，试图取代汉字。在元朝统治的近一百年内，蒙古语渐渐融入了汉语之中，在汉语言中留下了痕迹，如汉语中的"车站""老板"等，就源于蒙古语。

北方汉语言在不断演变后形成了稳定的结构，在语言学上称为阿尔泰化，称为现代北方话的原型。北方汉语言与古汉语相比在声调、声母上发生了较大变化。在声调上，由原来的"平上去入"四声八调，变为"阴阳上去"的四声，使得声调系统进一步简化。声母的变化表现为原来的古汉语声母的清浊对立基本消失，浊音清化。声调与声母的变化与阿尔泰语言部分清浊音、

---

① 颜之推. 颜氏家训集解（增补本）卷九 音辞［M］. 北京：中华书局，1993：529.

没有声调的特征有一定的关联。

总的来说，现代北方话呈现出一致性特征，但由于地域差异造成语言在语音、词汇的差异，根据地域不同，可以将北方汉语言做如下分类。

华北、东北方言——北方汉语言的主体，与中原文化一脉相承；

西北方言——西北地区少数民族聚集区使用的语言；

西南方言——西南地区少数民族聚集区使用的语言；

江淮方言——位于长江下游一带，与吴语使用地区重合，带有吴语的某些特征。

南方汉语言发展呈现出异彩纷呈的局面，各地区的语言不同形成了方言，这些方言大多保留着古汉语的特征，各方言之间有着巨大的差异。

（二）南方方言及流变

南方地区根据历史发展脉络，形成了楚文化、吴越文化、粤文化等具有鲜明特色的南方地域文化，在语言上也独具特色。

上古时代的楚语、吴语、越语都属于南蛮语言，这三种语言之间有着相通之处，但与中原的汉语言差距较大。

1. 吴语、越语、楚语

（1）吴语、越语

吴、越两国的语言大同小异。《吕氏春秋》中提及吴、越两国："接邻境壤，交通属，习俗同，言语通。"严格意义上说，越语更加纯粹，其上古语言的特征保留得更多一些。

（2）楚语

春秋战国时期，楚国吸收中原文化，楚国的文人、学者也在"百家争鸣"之列，其书面语使用的是"雅言"，但也具有楚语的特征，形成了"楚辞"这一文学体裁。

到了楚国成为"战国七雄"之一时，其实力可以与秦国一较高下，其势力范围也在不断扩张，向东灭掉了越国，统一了长江中下游地区。在语言方面，楚越一体化，推动了楚语与吴越语的融合，吴越语言成为楚语的方言。

2. 主要南方方言

这里介绍主要南方方言，阐述这些方言的特征及分布（见表 1-2）。

表 1-2　南方方言特征及分布

方言	流变过程	现代方言分布区域
吴语	上古吴语：三国时期孙权在吴地建立政权，北方带来的汉语与吴语融合，形成了上古吴语； 中古吴语：西晋末年，晋皇室南迁建立东晋，又经过南北朝，一直到唐五代，中原人大量南迁，形成了中古吴语； 近古吴语：南宋建立，大批移民南迁，影响吴语，形成了近古吴语	主要分布于华东地区的五省一市，包括江苏省南部、安徽省南部、上海市、浙江省大部、江西省东北部、福建省西北部
湘语	上古楚语：晋代以前，楚语一直保持着其独特性； 中古湘语：西晋末年，随着中原居民南迁，一部分迁入楚地，形成了中古湘语； 新湘语：进一步受北方汉语言尤其是西南方言的影响，形成了新的语言变体	主要分布于湖南省大部分地区、与湖南省交界的重庆市地区、广西壮族自治区部分地区
赣语	上古赣语："吴头楚尾"的辖治给赣语打下了底层印记，历史上中原汉民族数次大规模迁徙更给赣语留下了深深的痕迹； 中古赣语：从汉代到唐代初年，大量的北方移民进入赣北地区，形成了中古赣语； 近古赣语：唐代之后，大量北方移民涌入，形成近古赣语；原来的赣语分成受北方语言影响较大的南部赣语和包括中古赣语较多的北部赣语	主要分布于江西省一带，如鄱阳湖和赣江流域
客家语	近古客家话：宋代以来，使用南部赣语的北方移民再次迁徙，到达武夷山、福建西部、广东北部和东部，与当地的闽、粤语等语言融合，形成了近古客家话	现代客家话主要分布于广东省、福建省、江西省三省交界处的客家地区
闽语	上古闽语：汉朝建制之后，设立郡县制，中原文化随之渗透闽地，之后，秦末大动乱造成北方居民迁徙此处，北方话与当地的土著语言融合，形成上古闽语； 中古闽语：西晋末年，五胡乱华使得北方的汉人大规模迁徙到福建，使得人口激增，此时北方话与当地的语言融合，逐渐演变为中古闽语； 近古闽语：到了南宋末年，南宋皇室逃往福建，迁入大量遗民，这些遗民带去的北方话与当地语言融合，演变为了近古闽语	主要分布于福建省及其周边地区、台湾地区，海外华人广泛使用闽语
粤语	上古粤语：南越王朝统治时期，南越统治者实行"和辑百越"的民族和睦政策，形成了独特的粤文化，进而形成了上古粤语； 中古粤语：五胡乱华使得北方的汉人大批南迁，他们到达了岭南，他们带来的北方汉语言，促使该地形成中古粤语； 近古粤语：两宋时期，北方人口继续南迁，这一定程度上影响着各族人的比例，汉族逐渐成为占比最大的民族，促使近古粤语的产生	主要分布于福建省、广东省两地

第二节 "雅言"与"通语"

所谓民族共同语一定是在政治、文化聚集地的方言基础上产生的,中国的政治文化中心,大多选择在北方,这也决定了北方语言成为强势语言。周代确立的"雅言",秦汉时期确立的"通语",形成了汉民族的共同语,为汉语言的发展奠定了基础。

一、"雅言"

(一)"雅言"的确立与传播

"雅言"作为汉语形成的重要标志,对语言的发展有积极的意义。"雅言"的产生,使得以周文化为代表的华夏文化传播到全国各地,进一步促进了文化上的统一。

西周时期,其政治中心在镐京,而文化中心是洛邑,到了东周,将都城迁到洛邑,实现了政治中心与文化中心的融合。早先西部的周族不断向东拓展,周语也同周族一起向东传播,到了周朝统一之后,分封到各地的诸侯,很自然地将"雅言"带到分封的地方,促进了"雅言"与当地语言的融合。

当"雅言"与各地区的土著语言结合,逐渐就形成了方言的分歧。相比较而言,河洛地区的方言较为纯正,于是成了"雅言"的基础方言,因此,历代的汉语标准语都以河洛地区语言为基础。随着文字的发展,周朝将文字普及到贵族阶层,这样就产生了书面的"雅言",其作用是对口头"雅言"进一步规范和统一。此时的口语与书面语的差别并不大。这一时期,周朝非常重视文化发展,设立了采风官,到全国各地记录民歌民谣,先后整理了《诗》《书》《易》《乐》(已失传)《春秋》等,这些为"雅言"形成书面语提供了依据。另外,周朝还编写了不少蒙学的书籍,并且也产生了文字学,成为中国传统语言学的滥觞。就这样,"雅言"通过书面语与口语的形式带到全国各地,

使得语言和文字学成为与中原地区相联系的纽带。

到了春秋战国时期，出现了"百家争鸣"的局面，当时的文人通过著书立说、游说诸王来宣传自己的政治主张。还通过开设私塾授徒，创建了不同的流派，这在一定程度上促进了"雅言"的普及。如孔子就倡导"有教无类"的教育思想，使得教育不再是只属于贵族的专利，"雅言"也进一步向平民传播。

（二）"雅言"的发展

"雅言"产生之后，汉语最初是沿着书面语与口语两条路发展的，两者属于平行关系，但书面语与口语之间又相互影响，互相推进。一方面，书面语在当时的社会中地位较高，它直接影响着口语的发展；另一方面，为了适应时代的发展，口语在一定程度上挣脱了书面语的限制，反过来也影响着书面语的发展。随着发展的深入，汉语的书面语发展缓慢，而口语的发展较快，逐渐与书面语分道扬镳。于是，"雅言"最后只存在于书面语中。"雅言"的口头语随着与不同地域方言的融合，发生了较大变化，有的已经看不到"雅言"的影子。这样，书面语需要专门学习，且成为联系各区域的工具，通过书面语来实现交流。而这些与文化知识、礼仪制度、读书人等因素相关联，使得"雅"成为标准、规范、高雅的代名词。

二、"通语"

"通语"一词出自汉代扬雄的《方言》一书，也叫凡语、通名，是通用语的意思。"通语"有两种形式，一种形式具有全国性，即全国人民都在使用的语言；另一种是在较大地域范围内通行的语言，也就是范围较大的方言区使用的语言。

由于关中地区是秦"起家"的地方，因此，当时社会上的"通语"开始受关中地区方言的影响。尤其春秋战国时期，秦占据关中广大地区，关中方言实际上就是秦方言了。《方言》卷一写道：

娥、嬿，好也。秦曰娥，宋魏之间谓之嬿，秦晋之间凡好而轻者谓之娥，自关而东河济之间谓之媌，或谓之姣，赵魏燕代之间曰姝，或曰妦，自关而西秦晋之故都曰妍。好，其"通语"也。

从东周开始，秦一直占据关中地区，因此当时使用的是秦方言，而随着秦人与汉人的杂居，秦方言与汉语言相融合，最终形成了上古汉语之一的秦方言。

到了汉代，"通语"变成了官员、商人、学生与士大夫的用语，成为揭示各地方言的交流工具。魏晋南北朝时期，是民族大融合的时期，北魏孝文帝在语言方面，强制推行"通语"，要求官员必须会"通语"。到了唐代，随着国力的强盛，经济、文化交流频繁，产生了"天下通语"。唐代，将音韵标准引到科举考试中，将陆法言的《切韵》作为官韵进行考核。到了宋代，诗文创作上更是以韵为才气，以韵为美，进一步推动了汉语言的标准化。

第三节 "雅言"的变化

"雅言"之后的变化是随着政局的变化而变化，由于人员流动，尤其大批民众南迁，而出现了南北分裂的局面，因此也有了汉语言的南腔北调。

一、"雅言"的南北分化

汉人与胡人展开南北对峙是在"五胡乱华"时期，西晋末年，王室发生内乱，北方的匈奴、鲜卑等游牧民族趁机攻入中原，中原地区陷入混乱，历史上称这一事件为"五胡乱华"。

"五胡乱华"对汉语言的影响表现为"雅言"向南发展，并与南方的方言相融合，形成了汉语言的南腔北调。

之后，匈奴族于公元 311 年（永嘉五年）攻入洛阳，建立了"汉"王朝，这次事件称为"永嘉之乱"。西晋皇室率领百万中原汉族开始了大规模的南迁，

并在建康建都，建立了东晋。这次的汉族迁徙规模巨大，是史无前例的，这次迁徙彻底改变了汉族一直居住在北方中原的格局。此时的汉语出现了南迁汉语与北留汉语的区别。

1. 南迁汉语发生的变化

在东晋、宋、齐、梁、陈历史阶段，中原的汉人与当地人互相学习对方的语言，这样"雅言"开始受上古吴语的影响，也称为"吴音"。这一时期，一些学者还编纂了词典类的工具书如《玉篇》（已失传）、《经典释文》等，为后世提供了宝贵的研究南音标准音的资料。

2. 北留汉语也发生了变化

北留汉语的变化与当时的统治者实施的政策有很大的关系。北朝时期，大批胡人迁入中原地区，与当地汉人一起生活。到北魏孝文帝时期，都城迁到洛阳，并实行了一系列的改革，如倡导汉化，要求鲜卑贵族的官吏及家属说汉语、穿汉服、学汉语等。胡人的汉化增加了汉族的人口，汉族在不断融合中继续壮大。鲜卑人所说的汉语主要是当时河洛地区的"雅言"，由于汉语是鲜卑人的第二语言，因此也对"雅言"进行了改造和简化。这样，上古的"雅言"呈现出"北杂夷虏"的局面，此时使用的语言是受胡语影响的"中原"雅言"。

从程度上看由于南迁之后的汉语受上古吴语的影响发生了变化，但由于上古吴语同样也是汉语言的变体，两者具有内在一致性，因此，其"雅言"相对纯正。而在北方，"雅言"与胡语相融合却是不同语言的融合，北方胡语属于阿尔泰语系。因此北留汉语的变化程度要比南迁汉语的变化程度深。

二、"雅言"的再次分化

北方的少数民族与汉人杂居，双方互相交流与学习，不仅使得北方的少数民族呈现出汉化的倾向，也使得汉人"胡化"。

例如，隋唐的皇室具有汉化胡人的血统，隋文帝为汉化鲜卑人的后代，隋炀帝有四分之一的鲜卑血统，唐高祖李渊有着鲜卑人的血统，唐太宗李世

民有鲜卑—匈奴血统。

（一）中原"雅言"口语的南北分化

语言上，此时的"雅言"也受到胡语的影响发生了较大的变化。

隋唐时期，虽然都城定在长安，但设东都洛阳，尤其武周时期还定都在洛阳，因此关中地区的"秦音"必定会影响河洛地区的"洛下音"，在二者的不断影响下形成了北方的"雅言"，当时"雅言"也被称为"两京之音"。到了盛唐时期，学者们开始深入研究汉语的标准音，编纂出以"秦音"为标准的《韵英》《考声切韵》，之后，僧人慧琳以《韵英》《考声切韵》为标准编成了《一切经音义》，这些为研究唐代口语标准音的重要文献资料。[①]

从唐五代到北宋时期，其政权一直集中在开封和洛阳，因此当地的河洛方言上升到"雅言"的地位，被称为"宋音""中州音""中原正音"。

到北宋时期，开始关注书面语的标准音问题，北宋朝廷开始对标准音做一些规范化的工作。如《广韵》《集韵》等。

南宋时期，由于宋皇室南迁，将宋音带到南方，此时女真族占据了中原地区，不断汉化。而原来的"中原雅言"——"宋音"，开始一分为二，开启了南北汉语言的各自发展。一方面，留在中原的"中原雅言"开始与少数民族语言融合，形成了近古的北方话。另一方面，南迁的宋代皇室带去的"中原雅言"与杭州地区的吴语相融合，形成了保留中原汉语某些特征的杭州话，成为吴语的主要组成部分。

（二）"中原雅言"书面语的发展情况

南北朝时期，学者非常重视书面语的标准音研究，他们在《广韵》的基础上编撰了"私韵"，与"官韵"相对。其流变脉络如下。

金朝中期，学者韩道昭编成了《五音集韵》，将原来的 206 韵并为 160 韵。

---

① 徐时仪. 汉语语文辞书发展史［M］. 上海：上海辞书出版社，2016：252.

金朝后期，学者王文郁编订了《平水新刊韵略》，将原来的 206 韵并为 106 韵，这 106 韵又叫做"平水韵"①。

南宋后期，学者刘渊编写了《壬子新刊礼部韵略》，将原来的 206 韵，归为 107 韵。

元朝初年，有无名学者编撰了《蒙古字韵》，是对"蒙古新字"的实践。

元朝中期，江西人周德清编撰了《中原音韵》，主要用来创作元曲。

第四节　现代汉语言的标准音——北京语音

一、北京话溯源——燕地

北京，在古代称为"燕"，处于中原地区的东北部，是中原、夷狄的交界地，民族成份比较复杂，因此其扮演的是战略要冲的角色。燕国最早出现在商朝末年，当地人以燕子为图腾，属于东夷族系。后来周朝建立，周召公被封为燕公，在此建立燕国。周召公给当地带去了周文化，同时也积极融入当地的文化。因为燕地处于中华文化发展的边缘地带，有记载的史料不多。

春秋时期，燕国的疆域不断拓展，吞并了周围的小诸侯国，其疆域范围西到今天的山西省东北部，南到河北省中部，北到辽宁省西部，东到渤海。到战国时期，燕国势力更加强大，在扩张过程中不断加强与中原的交流，吸收中华文化。到燕昭王统治时期，成了"战国七雄"之一，达到全盛。其疆域"东有朝鲜、辽东，北有林胡、楼烦，西有云中、九原，南有呼陀、易水"。之后，秦国灭掉了燕国及其他五国，统一了天下。

秦始皇统一之后，在燕地设置了郡治或王国，这期间中原汉人由于战争等因素不断迁往燕地，语言上形成了上古汉语北方话的土语——上古北京话。

到了东晋时期，鲜卑人建立了"燕"王朝，将都城建立在蓟城，这是北

---

① 黄富雄. 汉语四千年［M］. 北京：北京时代华文书局，2019：93.

京地区首次成为王朝的首都。从北魏开始，在燕地设置了幽州，一直延续到唐朝。到五代后梁时期，燕王刘守光在幽州建立了"燕"王朝，这就是"五代燕国"，从东晋一直到五代燕国灭亡，北京话不断"北杂夷虏"，形成中古北京话。

二、近古北京话

近古北京话是在北京作为王朝首都的基础上发展起来的。公元 938 年，五代后晋为了感谢辽，将以北京地区为核心的"燕云十六州"割给了辽。之后的朝代，从后周到北宋，都将收复"燕云十六州"作为夙愿，虽然多次与辽作战，但最后都以失败告终。

金建立之后开始进攻辽，此时北宋与金结盟，约定灭辽之后，收回"燕云十六州"。辽被推翻之后，宋朝终于收复"燕云十六州"，建立了"燕山府"。好景不长，两年之后，金朝夺走了该地，改名为"燕京"，接下来发生了直接导致北宋灭亡的"靖康之难"。

金朝中期，将燕京扩建为"中都大兴府"，并将此作为都城，这是北京成为正统王朝首都的开始。

从"燕云十六州"割给辽到金建都，长达 430 年，北京话受契丹语、蒙古语、女真语的广泛影响，发展成了近古北京话，也被称为"汉儿言语"[①]。

三、北京话成为官话

（一）官话的确立

明朝建立之后，明太祖提出了"驱除鞑虏，恢复中华"的口号，将蒙古人赶出中原地区，将大都改名为"北平府"。1421 年，明成祖迁都"北平"，并改为北京，明成祖北上还将江淮地区的军队，以及十多万民众迁移到北京，

---

① 张玉梅. 汉字汉语与中国文化［M］. 上海：上海人民出版社，201：191.

这改变了北京的人口结构。语言上，江淮地区使用的江淮方言与当地的北京语音进行融合，形成了官话。明代的何俊良在《四有斋丛说》十五中记载："（王）雅宜不喜作乡语，每发口必官话"，说明了官话在当时的流行。

因为迁都，使得北京话终止了阿尔泰化，北京话成为官话，这就为今天汉语普通话的标准音奠定了基础。

（二）清代北京的官话

清朝建立之后，将满语作为国语。事实上，满族内部从"建州女真"时代就长期与汉人杂居，因此，他们早已成为满汉双语者。等到满族迁到中原之后，汉化的步伐进一步加快，虽然清朝将满语定为国语，实施"满主汉辅"的模式，到了清朝中期为"汉主满辅"，在朝堂上一律改用汉语。到了清朝后期为通用汉语，说满语的人很少了。清代所说的汉语就是北京官话，北京官话受满语的直接影响。如现代汉语句尾"……来着""……罢了"，这样的助词来自满语。

清代北京的官话影响着北京周围的华北、东北的大片地区，奠定了现代汉语北方话四大次方言之一的华北、东北次方言的基础。北京官话除了受满语的影响，还有胡语的成分，其发展脉络为先后受女真语、蒙古语、满语的影响，最后发展为"字正腔圆"的北京话。

为了推广北京的官话，在清代的雍正、乾隆、嘉庆时期，朝廷还发起了推广北京官话的运动，其目的主要是向南方方言区推广北京官话。在清代的俞正燮的《癸巳存稿·官话》中记载：

雍正六年，奉旨以福建、广东人多不谙官话，著地方官训导，廷臣议以八年为限，举人、生员、贡、监、童生不谙官话者，不准送试。

这就是说，雍正帝因为听不懂来自福建、广东的地方官说的方言，于是下诏要求这两个省设立"正音书院"，设立"正音教职"，专门聘请懂官话的人作为教官来教授官话，要求读书人在八年之内学会北京官话，八年之后，凡是不懂官话的人，一律不得参加科举考试。但是这一推行困难重重，虽然持续了较长时间，但收效甚微。其主要原因是北京官话与福建、广东地区的闽粤方言之间的差距较大，学习起来较难，且福建、广东地区离京师较远。还有一个较为深层次的原因是福建、广东地区自古以来注重自己的文化，也就是南国文化，因此从心理上仍有抗拒心理。

（三）"北音"与"南音"之争

清朝末年，清政府管学大臣张百熙与湖广总督张之洞上疏，提倡在全国范围内使用统一的语言。但选择北音还是南音成了南北学者最大的分歧，形成了"北音派"和"南音派"。

"北音派"以河北人王照为代表，主张推行北京官话，王照在他编写的《官话合声字母》中写道：

语言必归画一，宜取官话。因为北至黑龙江，西逾太行宛洛，南距扬子江，东薄于海，纵横数千里，百余兆人，皆解京话。
……
京话推广最便，故曰官话。官者公也，公用之话，宜择其占幅员人数多者。
这里强调北音使用人数多，涵盖的地域广阔，理所应当成为统一语言。

"南音派"以福建厦门人卢憨章为代表，他主张将南京话作为统一语言。卢憨章指出：

以南京话为通行之正字，为各省之正音，则十九省……文话皆相通。

有的学者将北京话称为"京片子"，也就是满人说得不地道的汉语。

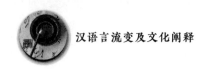
　　两派各持己见，争论不断。1909 年，清政府咨政院将官话正名为"国语"，并决定设立国语编查委员会，全面负责编订研究事宜。1911 年，清政府学部召开了"中央教育会议"，通过《统一国语办法案》，决定在北京成立国语调查总会，并在每个省份设立分会，开展词语、语法、音韵等方面的调查，制定"国语"的标准，并编辑国语课本、国语词典，以及方言对照表。

　　到 1911 年，辛亥革命爆发，清朝被推翻。1912 年，中华民国成立，召开了"临时教育会议"，决定将教育先放在统一汉字读音上来，于是召开了"读音统一会"。南北派各持己见，最终通过投票确定了语音——以北京话为基础，同时吸收南京话等方言的语音成分，于是 6 500 多个汉字的标准读音被确定下来。这些读音后来成为"老国音"。方案审定之后，当时的北洋政府却迟迟不肯公布议案。于是在 1916 年，北京教育界人士组织"中华民国国语研究会"，督促北洋政府公布语音议案，同时还在学校范围内掀起了改"国文"为"国语"的运动。1918 年，北洋政府教育部召开了"全国高等师范校长会议"，决定在全国高等师范附设"国语讲习科"，这一学科主要教授注音字母，以及国语内容。

　　1919 年五四运动爆发之后，"国语统一筹备会"成立，并积极推进"国语"科的改进。这段时间，还出版了《国音字典》，用国音标注并在全国范围内进行推广。但"国音"的实施并没有得到预想的结果。南音与北音在此期间仍然争论不断。

　　1923 年，国语统一筹备会设立了"国音字典增修委员会"，开展调查研究，继续修改"国音"。最终于 1926 年，国语统一筹备会决定采用北京语音为"国音"，通过了拼写"新国音"的"国语罗马字"方案。1932 年，《国音常用字汇》出版，采用的是"新国音"注音。这本书编排的理念具有开放性，在其中有："所谓以现代的北平音为标准音者，系指'现代的北平音系'而言，并非必字字尊其土音。"这样，以北京话为标准音的国语得到最终确定。

　　中华人民共和国成立之后，中国政府在 1956 年正式确定现代汉民族共同语为："以北京语音为标准音，以北方话为基础方言，以典范的现代白话文著作为语法规范的普通话。"这一定义在语音、词汇、语法上对现代汉语进行了规范，为了体现各民族的平等性，将国语改为普通话，这样避免了汉民族共同语凌驾于其他民族语言之上的嫌疑，同时也体现了普通话可以作为各民族族际通用语的功能。

第五节 汉语言中的文化意义

一、语言与文化的关系

（一）语言之于文化的意义

1. 语言具有文化属性

语言属于文化，它是一种使文化得以传承下去的具有媒体性质的文化，因此语言具备的文化属性与其他的文化有着本质的区别。语言属于观念文化的范畴，语言所具备的文化价值涵盖着与语言相关的语音、文字、词语、语法、语言结构等内容。语言是文化的符号表征，如同一面镜子，蕴藏了该民族独特的文化风貌。语言可以作为元文化加以研究，从学科角度看，语言学可以与人文学科、社会学科发生关联，如民俗语言学、社会语言学；语言学还可以向自然科学、工程技术科学等学科进行渗透，如语言工程学、神经语言学、计算语言学等。

2. 语言是一种社会现象

语言不可能脱离社会独立发展，因此语言受一定的社会要素的制约。语言受社会要素的制约主要表现在语言系统内部各个要素在社会系统各个要素中都能找到对应关系，这种对应关系并非简单的对应，而是错综复杂、彼此渗透的对应关系。因此，语言需要放在社会环境下进行考察，也必然需要与文化关联，只有这样，才能更深层次地揭示语言的本质，从而了解语言的组合和演变规律。

3. 语言特性

语言本身是表达思想、感情、意志的工具，语言可以全面反映一个民族的思维方式、生产方式、生活方式、风俗习惯、宗教信仰等物质，以及精神层面的内容，这些也属于文化的范畴，是民族文化的重要组成部分。传统文化的传承需要语言作为媒介，需要通过语言进行文化信息的传播。

（二）文化之于语言的意义

文化是语言活动的环境，文化之于语言的意义主要体现在三个方面。

1. 文化是语言形成与发展的基础

文化是语言形成与发展的基础，没有文化就没有语言，语言不能脱离文化而独立存在，同时也必须在整个社会系统中延续。而语言的基本要素，如句法结构、词汇意义、谋篇布局、语气语调等，都可以表达文化。

从中西方文化比较看，中国人的思维及表达方式主要依靠综合性思维，需要培养相应的领悟能力，西方人的思维及表达方式主要依靠分析型思维，侧重于理性分析能力。由于思维上的差异，导致汉语在表达上注重"意合"，而英语注重"形合"。具体而言，中国人注重直觉，注重意念的表达，所追求的是表达的意思，词语的形式上可以模糊，这就是汉语的"意合"；英语表达注重清晰的思想，需要句法完整、词语准确、句子流畅。中西语言上的差异是由中西方特定的文化背景及地域环境决定的。

2. 文化是语言象征意义的源头

语言是由不同的词汇组成的，每一个词汇表示特定的概念，这些词汇往往反映的是这个语言所在民族的文化环境。词汇对人类认识客观世界，以及赋予人类世界的意义非常重要。

词汇的意义分为三种，本义、基本义和引申义。

（1）本义

本义是一个词本来的意义，也就是这个词造词时所体现的原始意义，因此也称之为"原始义"。本义反映的是客观事物的基本特征。

（2）基本义

基本义是一个词最常用的意义，一般来说古代汉语的字典、辞书中每个词的第一个义项就是这个词的本义，现代汉语的字典、辞书中每个词的第一个义项就是这个词的基本义。

（3）引申义

引申义相当于词语的"比喻意义"。引申义反映的是事物的象征意义，也就是在特定的文化环境下语言发生了改变，其象征意义的来源就是文化。各个民族因为文化上的差异，导致人们对待同一事物的看法不同，有的甚至截然相反。例如，中国人认为龙代表吉祥，龙代表尊贵与威严，中国人用龙所造的词汇常常带有褒义色彩，如"龙的传人""望子成龙""龙凤呈祥"等。龙在西方被视为邪恶的象征，认为它是产生争执的根源，因此西方人认为"龙"带有贬义色彩。可见，不同的文化背景下，词的意义不同，蕴含的感情色彩也存在差异。

3. 文化制约着语言的运用

谈到语言的运用，在不同的场合需要使用不同的语言表达，在不同的对象面前，语言也有所不同，但是真正影响语言运用的是文化。众所周知，语言的运用受具体的语境影响，人们在具体语境中活动，需要借助语言进行交流，以促进语言的生成与理解。而文化是语境的最主要部分，了解具体的文化内容，可以避免走许多弯路，以实现更好的沟通。

二、语言的文化特征

语言的文化特征主要表现在三个方面。

（一）语言是文化的表征和手段

语言可以有效表达文化意义，为人们获得整体感知及具体认识提供了条件。同时语言可以很好地传达人们的观念，通过语言实现了时空的转换，使得文化不断向前发展。

（二）语言促进文化的发展

人类的经验是世代相传的，这种经验的传承有的需要通过口耳相传，有的需要借助书面语言传承，如果没有了语言，人类许多宝贵经验终将消失，这样也会减慢社会的发展步伐。

（三）文化行为与语言发展

人类的文化行为是建立在语言基础之上的，语言的发展促进人们思维的发展，并对社会生活、文学艺术等产生重要的影响。例如，我国各地的方言多种多样，在方言的基础上形成的地方曲艺表演，就带有方言色彩，这些方言为当地的文化增添了不少色彩。

三、汉文化对汉语言的影响

汉语言是表达汉文化的重要工具，在汉语言中深深烙印着汉民族的内在心理，以及思想感情。通过对汉语言的认识，可以了解汉民族的心理、文化、习俗和个性等。汉民族的文化向来重视以文治教化之，即通过文采或者文德来教化。其中的"文"指的是文化、文明。关于"文"的起源，许慎的《说文解字》中写到"文，错画也，交错而画文也"。在《易》中，解释为"物相杂，故曰文"。"文"最初是一些色彩、线条，可以纹在人身上、器物之上，随着社会的发展，开始以"文"记录事件，于是就产生了最初的文字。

汉民族的先民有着较强的哲思能力，整体观、类比与联想等都能从古人传承下来的文献中体会到，这充分反映了先民的独特思维方式和喜好。不同领域的文献都有一定的体现，如古人在医学上讲究人生理、病理的变化，运用整体观来控制局部，产生了经络学、气功学；在音乐上也强调整体的韵律感，通过模仿事物的声音展开象征性演绎；文学上的特征最强，如《诗经》中运用大量的比兴手法，赋予客观事物以意义来传情达意，在语言上就形成了含蓄、婉转的风格，以有限之词表达无限之意。

此外，传统的辩证思想也是汉民族的另一独特表现。辩证表达着对立中的统一，包含了对称的美学精神，形成了和谐统一的审美价值取向。在《易经》《老子》等经典著作中随处可见辩证观，"天尊地卑，乾坤定矣""动静有常，刚柔断矣"，将事物分为对立两极，天与地、尊与卑、贵与贱、动与静、刚与柔等。再如"物极必反""塞翁失马焉知非福""乐极生悲""祸兮福所倚福兮祸所伏"等都体现了古人的辩证思想。在绘画上，古人也注重笔墨的浓淡、向背、虚实、阴阳、钩皴、疏密等，从而实现了似是而非，意境深远的语用效果。

（一）汉文化与汉字

"观物取象"即模仿自然界，以及社会生活中的具体事物的感性形象，确定具有象征意义的表达。汉民族重视"观物取象"的传统，汉字在造字过程中便反映了古人的这一传统，人们造出不同的形旁来区分同音不同义的字，利用声旁解决了语音方面的许多问题。

汉字较为完整地记录了中华民族的发展历史，同时也是中华民族精神食粮的重要来源，它从不同角度充分展示了汉民族的文化。

方言是重要的，汉语是重要的，汉字尤其是重要的。汉字给我们的信息量实在是太丰富了，它既是一幅美术作品，也表达着声音，还表达着历史的典籍，表达着已经不能够说话的那些人的智慧和感情。我曾经试想，如果真正用拉丁字母还能不能表达这种感情。"白日依山尽，黄河入海流。"一看这十个字，我们就有一种视觉的享受，还能引起人们的想象。相反，如果用汉语拼音来表达呢？虽然它有自己的读法，但你可能看到的是"bai ri yi shan jin, huang he ru hai liu"，很难得到汉字给予你的文化的享受。

——王蒙《汉字与中国文化》

上述王蒙的这段话，表现出汉字的博大精深，例句中的短短十字诗，表达

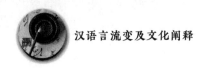

了无穷无尽的意义和深层的文化内蕴。

（二）汉文化与语音

汉民族的文化及心理与汉语言语音的构成有着紧密的联系。在中国的传统文化中，汉族人主张和谐、均衡，在思想上也追求对立中的统一，部分中的完整，且这种观念体现在日常生活的方方面面。汉语言的语音同样遵循着这一审美法则，因此汉语言的语音呈现出整齐均衡的特征。最典型的当属语音的对偶，即音节结构的声韵、开合、阴阳、平仄、舒促、高低等所引发的双声、叠韵、对偶等。另外利用声调的平仄加上音韵的追求，形成抑扬顿挫的音律美，使得语音读起来抑扬顿挫，声情并茂。

追求旋律美是汉语语音的主要特征，因此古人喜欢吟诗作赋，其原因是吟咏诗词时产生了语音文化现象，汉语言通常以单音节的音素为主，音素，以及音义结合非常紧密，因此汉语无法离开语义去谈论语音，离开了语音也难以领悟其中的语义，二者紧密相联。

尤其唐宋时期，代表的诗歌就表现出古人追求形式美与内容美的特征。如杜甫的《绝句》。

> 两个黄鹂鸣翠柳，一行白鹭上青天。
>
> 窗含西岭千秋雪，门泊东吴万里船。

先从平仄和"对""粘"进行分析。

① 两个黄鹂鸣翠柳

　　仄仄平平平仄仄　┓

　　　　　　　　　┣注意，①②句的平仄是相反的，称为"对"。

② 一行白鹭上青天　┓

　　平平仄仄仄平平　┓　┛

　　　　　　　　　　┣②③句平仄相同，称为"粘"。

③ 窗含西岭千秋雪

平平仄仄平平仄

③④句平仄相反，这也是"对"。

④ 门泊东吴万里船

仄仄平平仄仄平

其中，这首诗的①②句、③④句分别统称为对句；②③句称之为邻句。对句中平仄相反，称之为"对"；邻句平仄相同，称之为"粘"。这是格律诗词的基本规律，如果没做到，就"犯了错误"，称之为"失粘"或"失对"。

再来分析诗歌内容。诗歌翻译为：两只黄鹂在新绿的柳枝间鸣唱，一行白鹭列队飞向青天。坐在窗前可以看见西岭千年不化的积雪，门前停泊着自万里外的东吴远行而来的船只。黄鹂、翠柳显出活泼的气氛，白鹭、青天给人以平静、安适的感觉。"鸣"字表现了鸟儿的怡然自得。"上"字表现出白鹭的悠然飘逸。黄、翠、白、青，色泽交错，展示了春天的明媚景色，也传达出诗人欢快自在的心情。古人用颜色字，亦须配合相当方能使用。诗句有声有色，意境优美，对仗工整。诗的下联也是对仗句。上句一个"含"字，让人觉得这幅场景仿佛是嵌在窗框中的一幅图画，近在咫尺。下句描写的是门外的一瞥。"万里船"三个字意味深长，因为它来自遥远的东吴。船只的出现触动了诗人的乡情。

诗人的情绪是怡然的，而随着视线的游移、景物的转换，江船的出现，便触动了他的乡情。全诗对仗工整，着色鲜丽，动静结合，声形兼具，四句诗宛然组成一幅咫尺万里的壮阔山水画卷。诗描写早春景象，四句四景，又融为一幅生机勃勃的图画，在欢快明亮的景象内，寄托着诗人对时光流逝、孤独无聊的失落之意。正是汉语言这种对仗工整、井然有序的语音结构使得汉语音义相协，充满深意，所反映出的正是汉民族追求和谐的思想，和谐真实是汉民族从古至今的精神文化追求。

（三）汉文化与汉语词汇

汉语词汇主要包括一般词语与文化词语，其中，文化词语是汉民族的文

化在词汇中的直接反映，语言词汇的结构都直接受到民族文化的影响。各民族所孕育的不同特征，通过长期的积累在各民族语言的词汇方面得到了充分体现。

可以通过研究文化词语，了解该词语背后的文化内涵，研究文化对词汇的重要影响。如词语的产生、词语内部结构的组合等；还可以研究文化词语的文化深意，包括这些词语背后的象征义、地域义、比喻义、时代义、行业义，以及感情义等。

文化词语有着鲜明的文化特征，主要表现在以下两个方面。

1. 蕴含深层的民族文化

某些汉语言文化词语有着明确的民族文化意义，隐含了中华民族的文化含义。这里举"春蚕"一词。蚕在汉民族心中有着特殊的意义。蚕生于春季，故曰春蚕，幼虫能吐丝作茧，茧可以织成丝绸。早在黄帝时期，人们就开始养蚕，并且因为丝绸还开辟了丝绸之路，可以说小小的蚕对促进世界经济、文化的交流起到了举足轻重的作用。春蚕吃的是桑叶，吐出来的却是宝贵的蚕丝，吐丝的时候悄无声息，直到吐尽最后一缕丝。人们赞美春蚕的奉献，因此唐代李商隐留下了"春蚕到死丝方尽，蜡炬成灰泪始干"的佳句。春蚕不仅表达了无私奉献的精神，还象征了爱情坚贞不渝的美好品质。

2. 特定的文化符号

有的文化词语作为文化符号表现着文化内涵。这些文化词语是汉文化独有的，只有放在汉文化语境中才能明白。

（1）专有名词

例如，"红娘"一词产生于元杂剧《西厢记》，因其泼辣的性格、勇于冲破封建枷锁的精神而影响深远，在红娘的帮助下，张生与崔莺莺收获了爱情。人们从红娘身上看到了可贵的品质，人们赞扬这样的人，因此"红娘"一词也成为帮助别人促成美好姻缘的代名词。

（2）典故

例如，"胸有成竹"一词，指的是处理事情之前已经有完整的打算和谋划。

这个成语是一个著名的典故，出自宋代苏轼的《文与可画筼筜谷偃竹记》。之后"胸有成竹"一词运用广泛。

　　开场数语，谓之家门。虽云为字不多，然非结构已完，胸有成竹者，不能措手。

——清·李渔《闲情偶寄》

　　岂知皮匠胸有成竹，早把火刀、火石，摸在手中，一敲就着。

——清·李绿园《歧路灯》

　　其实电影导演拍故事片，也是胸有成竹。

——巴金《谈灭亡》

　　老宫相信，这件事，大老姜早在提出这个问题之前就深思熟虑过了，而且已经胸有成竹。

——峻青《海啸》

　　（3）表达汉文化尊卑、贵贱、长幼的词语

　　汉民族在漫长的历史发展过程中，形成的尊与卑、贵与贱、长与幼等观念在词汇中得到了充分体现。通常在构词时先尊后卑、先贵后贱、先长后幼。如夫妇、君臣、父子、兄弟、姐妹等。

　　（4）与汉文化产生直接文化意义的词语

　　如汉语中的"龙""凤"能直接表达尊贵、吉祥的寓意。

　　（5）与汉文化产生间接文化意义的词语

　　如梅、兰、竹、菊四个词被称为"四君子"，这四君子常常出现在古人的诗词和文人画中，其中梅花象征着"探波傲雪，高洁志士"，兰花象征着"深谷幽香，世上贤达"，竹子象征着"清雅澹泊，谦谦君子"，菊花象征着"凌

霜飘逸，世外隐士"。几千年的封建社会，儒家思想和道家思想一直影响着中国的士大夫。文人中一面秉持着"修身、齐家、治国、平天下"的抱负，具备"穷则独善其身，达则兼济天下"的思想，于是在进退之间，这四君子正好可以表达他们的思想，这正是汉文化的绝妙之处。

描写梅、兰、竹、菊的句子比比皆是。

墙角数枝梅，凌寒独自开。遥知不是雪，为有暗香来。

——王安石《梅花》

幽兰在山谷，本自无人识。只为馨香重，求者遍山隅。

——陈毅《幽兰》

数茎幽玉色，晚夕翠烟分。声破寒窗梦，根穿绿藓纹。渐笼当槛日，欲得八帘云。不是山阴客，何人爱此君。

——杜牧《题新竹》

暗暗淡淡紫，融融冶冶黄。陶令篱边色，罗含宅里香。几时禁重露，实是怯残阳。愿泛金鹦鹉，升君白玉堂。

——李商隐《菊花》

从以上诗句中，可以看到古人托物言志的文化传统，通过诗文表达自我的高洁傲岸的品质，难能可贵。而梅、兰、竹、菊代表的文化寓意也形成了较为稳定的意义，并且一直传延到今天。

（四）汉文化与语法

语法是语言组合的规律和法则。汉语语法按照从小到大排列分为五级单位，即语素、词、短语、句子、句群。汉语语法是汉民族思维经过长期发展所形成的抽象化组合。在语言表达上，汉民族十分注重心理时空的表达，特别强调时间的语法构造，呈现出的是心理时间流。心理时间流具体表现为：汉语言不以某个动词为核心，而是采用句读段三点展开，由单字生句，由小拓展，散点经营，流动有序，有因果，叙事与议论结合，表现出的是动态的时间流句。

汉语的语法有固定的格式，但在日常生活中表现出的是极大的灵活性，即同一意思可以由不同的词语组合而成。依托汉语的意合型特征，通过分析基本内容，把握好句子各组合成分的意义与意义之间的关系，就能把握整个句子的意义。因此，汉语的语法与西方的语法有着较大的区别，汉语的语法重于心理，而略于形式。通常通过词序、虚词、活用等方式完成句子，在强化的部分加上一定的语气和标点，表达完整的语义。

汉语语句组织中，对仗和谐是主要特征，增加了汉语言的形式美，这在古诗词中得到充分体现。汉语言中的对偶与齐整是中国语言文字的另一主要特征，六朝时期的骈文算是其中典型代表之一，有着严格的对仗要求。唐宋时期的诗词又将汉语推向审美高峰。唐诗代表着汉语言的辉煌，白居易在《长恨歌》中写："在天愿作比翼鸟，在地愿为连理枝"，这一句就是对仗的典范，体现着工整和谐之美。宋代，依然延续对仗风格，尤其词发展之后有固定的词牌名，需要按照固定格式书写。

第二章　语音学发展脉络

第一节　反切与《切韵》

到了魏晋南北朝时期，中国语言学迎来了关键发展时期，语义学、语音学、修辞学有了一定的发展，还创作了第一部韵书。语音学也就是音韵学，其发展得力于当时佛教的盛行，当时佛教盛行促使韵文发展。在郑樵的《通志·校雠略》中提到："音韵之书传于江左，传注起于汉魏，义疏成于隋唐"。因此，音韵、传注，以及义疏等都与佛教有着直接和间接的关系。

一、反切的产生及功用

在我国古代语言学发展史上，反切的产生是一件大事，标志着语音学的产生。那么什么是反切呢，古人对反切单称"反"或者单称"切"，也叫作反语或者切语。

毛晃在《增修互注礼部韵略·条例》中提到"音韵展转相协谓之反，亦作翻，两字相摩以成声韵谓之功，其实一也"。

这里的"展转相协"，也就是反的意思，指的是作为反语的两个字有交互反复的作用，即反语中的两个字都可以担任反语的上字或者下字，如图 2-1 所示。

"东田"的反语为"颠童"，其中，"颠童"组合为"东"，"童颠"组合为"田"。"桑落"的反语为"索郎"，其中，"索郎"组合为"桑"，"郎索"组合为"落"。

那么"两字相摩"叫做"切"，也就是读两个字的时候，慢慢地读为两个字，快速读则成为一个字的现象，比如"德"和"红"如果快速读的时候，就产生了"两字相摩"，于是就读成了"dong"。但并非任何两个字都可以相协或相摩，必须具备一定的语音条件，也就是需要两个音相合——上一个字需要同位，也就是声母相同，下一个字取同一个韵，这样就可以实现了。

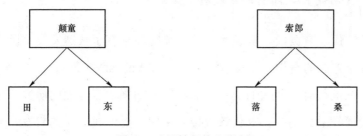

图 2-1 "展转相协"举例

反切的产生对语音学大致有以下四个方面的价值。

1. 成为汉字注音的工具

反切在注音字母出现之前，一直作为汉字注音工具，其中《尔雅音义》是第一部运用反切法注音的著作，其作者是孙炎。虽然他的这本著作已经失传，但后人引用了这本书的反切 68 条，从中可以看到孙炎生活的时代，人们开始运用反切进行注音，但呈现出反切上下字不统一的现象。

2. 为韵书的产生做铺垫

有了反切之后，人们通常会把切下来的字联系起来，并对其进行分门别类，找到相应的韵部，韵部的建立为韵书的形成奠定了基础。

3. 反切在一定程度上有规范读音的作用

中国由于民族众多，且不同地域的方言种类也较为复杂，各地的方言如果想使用反切注音就必须按照读书音来读反切，一定程度上规范了读音。在当时学习蒙学时，反切成为必修课，其原因也在于反切有规范读音的作用。

4. 反切仍然发挥着巨大的作用

如今可以根据一个汉字的反切来确定这个汉字在一定时期内的音韵学的地位，也可以根据反切的资料，建立起一个历史时期的语音系统。且今天的音韵学离不开反切的归纳音系的功能，另外，在编纂字典、辞书的时候往往

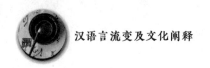

也要用到反切，因为它是字音的判断依据。

二、《切韵》产生的背景及成熟过程

（一）《切韵》之前的语音发展

到了汉代，有读经、解经的传统，使得经学有了快速发展，因此产生了一些语音学方面的著作，如《尔雅》《方言》《说文解字》《释名》等。上古的汉语语音在汉代有了较大的变化，因此需要加强语音方面的研究，这样才能更好地读懂经书。另外，汉代佛教传入中国，受佛典梵文的启发，人们大量运用反切注音，使得注经和读经有了发展，也为编纂韵书提供了语音基础。

到了六朝时期，语音进一步发展。由于政权的分裂，语音上呈现南北差异，同时也形成了语音上的南北之争，于是南北方为了使自己的方言成为通用语而争相撰写语音方面的著作来增强影响力。且当时随着佛教的传播，佛经的翻译工作也日益增多，反切法开始广泛运用在分析、解释、标注读音的著作中。

韵书的源头可以追溯到音义方面的著作，韵书的产生最初的任务是标明汉字的音韵地位，这样就可以建立起较为规范的语音系统。而音义方面的著作主要是为了解决以往文献中语言的语音所涉及的语义问题。随着时代的发展，汉字越来越多，但其增长的速度仍然赶不上汉语的词义表达需求，且汉字与词义间的矛盾日益激化，到了六朝时期，矛盾达到了最高点。当时的汉语言仍然以单音词为主，通常一个字代表多个音，表达多个义，因此汉字本身的"负担"越来越重。如果不能确定读音的话，汉字的词义也不能确定，因此产生了"因音辨义"的手段，在一定时期内有效缓解了音义与字形之间的矛盾。音义方面的著作随着文章注音，以达到"明义"的效果，采用反切、直音等注音办法，给经史子集注音，使得历代的语音资料得以保存下来，这使得汉魏六朝时期的音义著作十分丰富，但由于各种各样的原因，这些书都已经亡佚。

隋代的陆德明所撰的《经典诗文》三十卷，成为音义著作的集大成者，全书为十四部经典的经文和注文作了音义，这里主要使用的是单字作注，通过解释语音来明晓达意，这是对前代文字、声韵、训诂之学具有总结性意义的一部著作，也是研究音韵学不可忽略的一本珍贵的语音资料。

永明体、齐梁体的产生标志着我国的文学创作到了追求华丽辞藻，以及声律形式的时期。在齐梁以前，读书人对声调的理解流于表面，将声调归纳为"宫商角徵羽"，也就是"平上去入"，到了齐梁时期，周颙、沈约等人创立了"四声八调"说，他们强调用声调来调节诗词的抑扬顿挫，之后"永明体"盛行一时。可以说，"四声"的出现促进了诗歌韵律的形成，也促进了韵书的发展。

到南北朝时期，韵书著作众多，种类就有数十种，代表有周研的《声韵》、张谅的《四声韵体》、段弘的《韵集》等。韵书的多样化一定程度上造成了语音混乱的局面，迫切需要进一步改善这一混乱局面。

一方面，随着时代的发展，商业、外交等方面的需求，需要口语交流方面形成一种约定俗成的通用语，便于人们交流。另一方面，流传下来的读经、注经的传统，以及诗歌用韵更需要有一个统一的标准。这些都为《切韵》的出现奠定了基础。

（二）《切韵》的成书过程

可以说《切韵》是一部划时代的著作，在汉语语音学上有着重要的意义。《切韵》成书于公元 601 年，其作者是隋代的陆法言。《切韵》成书的过程可以参考周祖谟的《广韵校本》。

昔开皇初，有仪同刘臻等八人同诣法言门宿。夜永酒阑，论及音韵。以（古）今声调既自有别，诸家取舍亦复不同。吴楚则时伤轻浅，燕赵则多（涉）重浊；秦陇则去声为入，梁益则平声似去。又支（章移反）脂（旨爽反）鱼（语居反）虞（遇俱反）共为一韵，先（苏前反）仙（相然反）尤于求反侯（胡

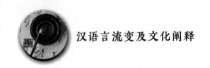
沟反）俱论是切。欲广文路，自可清浊皆通；若赏知音，即须轻重有异。吕静《韵集》、夏侯咏《韵略》、阳休之《韵略》、周思言《音韵》、李季节《音谱》、杜台卿《韵略》等各有乖互，江东取韵与河北复殊。因论南北是非，古今通塞，欲更据选精切，除削疏缓，萧、颜多所决定。魏著作谓法言曰："向来论难，疑处悉尽，何（为）不随口记之？我辈数人，定则定矣。"法言即烛下握笔，略记纲纪。（后）博问英辩，始得精华。于是更涉余学，兼从薄宦，十数年间，不遑修集。今返初服，私训诸弟子，凡有文藻，即须明声韵。屏居山野，交游阻绝，疑惑之所，质问无从。亡者则生死路殊，空怀可作之叹；存者则贵贱礼隔，以报绝交之旨。遂取诸家音韵，古今字书，以前所记者，定之为《切韵》五卷。剖析毫厘，分别黍累，何烦泣玉，未得悬金。藏之名山，昔怪马迁之言大，持以盖酱，今叹扬雄之口吃。非是小子专辄，乃述群贤遗意，宁敢施行人世？直欲不出户庭。时岁次辛酉，大隋仁寿元年。

公元 601 年，有八位著名的学者，刘臻、颜之推、卢思道、李若、萧该、辛德源、薛道衡、魏彦渊齐聚陆家，就当时南北方言不同，不能作为规范通行的音读标准的问题，计划编纂一部具有全国语音规范性质的韵书。于是陆法言作为后辈记录了这些前辈讨论的内容。二十年之后，陆法言"取诸家音韵，古今字书，以前所记者，定之为《切韵》五卷"，可以说《切韵》的产生是当时众多学者智慧的结晶，在当时具有权威性，基本上满足了人们统一和规范语音的愿望。因此，《切韵》一经问世就反响强烈，到了后代更是将其推到语音学上较高的地位，其他的韵书相继淘汰。到唐代，统治者将《切韵》纳入科举考试之中，显示了《切韵》的重要性。

三、《切韵》的性质

《切韵》集中反映的是隋朝的汉语语音系统，包括声母、韵母，以及声调，这一语音系统正是古汉语语音系统的代表。历代对《切韵》性质的研究主要归纳为两个说法。

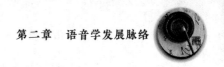

其一，有学者认为《切韵》的音系是一时一地的音系，也就是"同质论"，相关的学者及代表论点如下。

陆氏分二百六韵，各韵又分二类、三类、四类者，非好为繁密也，当时之音实有分别也。

——清陈澧《切韵考》

吴音乖舛。

——唐末李涪《刊误，切韵》

乃东晋南渡以前洛阳京袋旧音之系统。

——陈寅恪《从史实论切韵》

其二，有学者认为《切韵》包含着古音、今音，以及南方音、北方音的复杂的语音集合体，也就是"异质论"，相关的学者及代表论点如下。

不独取方言乡音而已。

——唐末苏鹗《苏氏演义》

皆杂合五方之音，剖析毫厘，审定音切，细寻脉络，曲有条理。其源自先儒经传子史音切诸书来。

——清江永《古韵标准·例言》

《广韵》所包，兼有古今方国之音，非并时同地有声势二百六种也。

——章太炎《国故论衡·音理论》

可能不是依据当时的某种方言，而是要能包罗古今方言的许多语音系

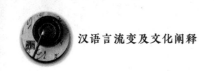
统……整个《切韵》所表现的也就是陆氏诸人心目中的标准字音的音系，而不是任何一种实在的语言的音系。正因为他们兼包并蓄得好，就能为文学之士赏识而风行一时；也是因为他们有离开实际的地方，一般人就难于遵守，于是不久就有合若干韵同用的提议了……正因为自六朝以迄唐末，作韵书的人只是搜集书本上的反切，略予整理，然后归纳；所以韵书表现的音系甚繁，反切之中才有许多纠葛存在。

——董同龢《汉语音韵学》

关于《切韵》音系的性质，陆法言也在他的《切韵》序中写道："因论南北是非，古今通塞，欲更捃选精切，除削疏缓。"这句话非常关键，由此可以推断出《切韵》一直是综合音系，是当时流行的规范的读书音。

总的来说，《切韵》是隋唐时期具有综合性质的读书音系统，它是以洛阳和金陵地区士子的语音为基础，不仅具备了古音的性质，同时也吸收了当时南北方音的一些语音成分，成为中古汉语语音的通用音系，也成了当时诗词、文章用韵，以及审音辨韵的基本参考。《切韵》的产生对汉语语音有着重要的作用，它超越了具体的方言，呈现出综合性的特征，广大读书人可以将其视为语音学习的工具书，同时也统一了科举考试中的读音问题。换言之，正是《切韵》的出现，才使得音韵研究者借助《切韵》来探索上古汉语的语音方面的特征，起到了勾连古今，承上启下的作用。

第二节　唐宋时期的等韵学

一、等韵学的兴起

等韵学指的是古代音韵学上用来分析汉字的字音结构的方法，"等韵"就是"以等分韵"，这一方法兴起于唐代，采用"四等重轻例"进行字音结构的

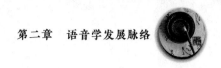

拆分^①。如：

高古豪反 交肴 娇宵 浇萧

这四等分别为：

高，豪韵，一等；
交，肴韵，二等；
娇，宵韵，三等；
浇，萧韵，四等。

一般只在一等字下面注反切，其他三等不用注反切。

以等分韵之后进一步发展成为等韵图，所谓的等韵图，就是以声韵调相配合的拼音表，将每一个字的音节结构用图表的形式进行展示，等韵图以韵书小韵的领头字为代表。为什么会出现等韵图呢？原因在于，反切本来已经暗含一个字的声、韵、调各个要素，但是反切的不足之处在于，反切并不能具体指明具体的声母、韵母，以及声调，于是促成了等韵图的出现。

等韵图中，音节的各个要素都非常明白地展现出来，可以说等韵图的出现显示了古人对汉语语音的细致程度，等韵学的出现大大扩展了汉语语音的研究领域，增强了汉语音韵的实用性。

现存最早的韵图是《韵镜》，之后韵图的发展大致分为两类。

一类是《韵镜》《七音略》，这一类主要按照《切韵》的韵部，分为四十三图，将字音分为开与合二呼，每呼又分为四等。

另一类是《四声等子》《切韵指掌图》，这一类是以《四声等子》为代表，不仅参照了《切韵》的韵部标目，还参考了当时的读音，总共合成了二十图，仍然将字音分为开与合二呼，每呼分为四等。

---

① 俞允海. 汉语语言学史精要［M］. 合肥：黄山书社，2001：56.

二、《韵镜》

《韵镜》是现存最早的等韵学著作，其作者不详。今天保存下来的是南宋张麟之的再刻本。内容方面，《韵镜》是根据《切韵》韵书的反切编制的声韵调配合简表，共有四十三图。《韵镜》在卷首列了三十六个字母，并对三十六个字母逐个标注，标注了发音部位，以及发音方法，发音部位通常分为唇音、舌音、牙音、齿音、喉音、舌齿音等，发音方法分为清音、次清音、浊音、次浊音①（见图2-2）。

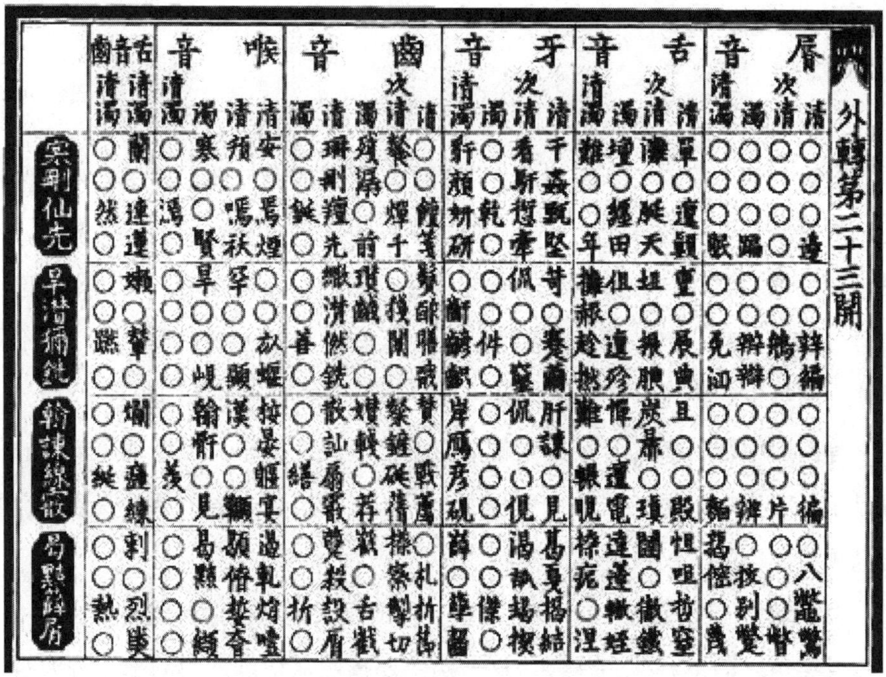

图 2-2 《韵镜》内容

《韵镜》中又根据《切韵》中声母的情况，对三十六个字母进行技术上的分析。

将三十六个字母中的"照"组声母按照《切韵》的反切分为两类，一类

---

① 刘志成. 汉语音韵学研究导论（传统语言学研究导论卷）［M］. 成都：巴蜀书社，2004：54.

是固定地排在二等，这就是《切韵》中的"庄"组声母；一列固定地排在三等，这就是《切韵》的"章"组声母。

将三十六个字母中的"喻"母，也按照《切韵》的反切分为两类，一类固定地排在三等，即为《切韵》的"云"类；一类则固定排在四等，也就是《切韵》的"以"类。

《韵镜》是按照《切韵》系韵书编制的以声、韵、调配合的拼音图表，这种方式大大增强了汉语拼音的直观感，同时采用图表的方式表现语音系统的内部关系。《韵镜》的出现标志着等韵学的成熟。

三、《四声等子》

《四声等子》的作者不详，其成书大约在南宋之前，在《四声等子》中最早提出了"韵摄"的概念，将全书分为十六摄二十图，每个图纵列三十六个字母，从"见"到"日"，横列四层，表四等，每一层横列四行，表示四声，同时入声兼承阴声和阳声（见图 2-3 和图 2-4）。

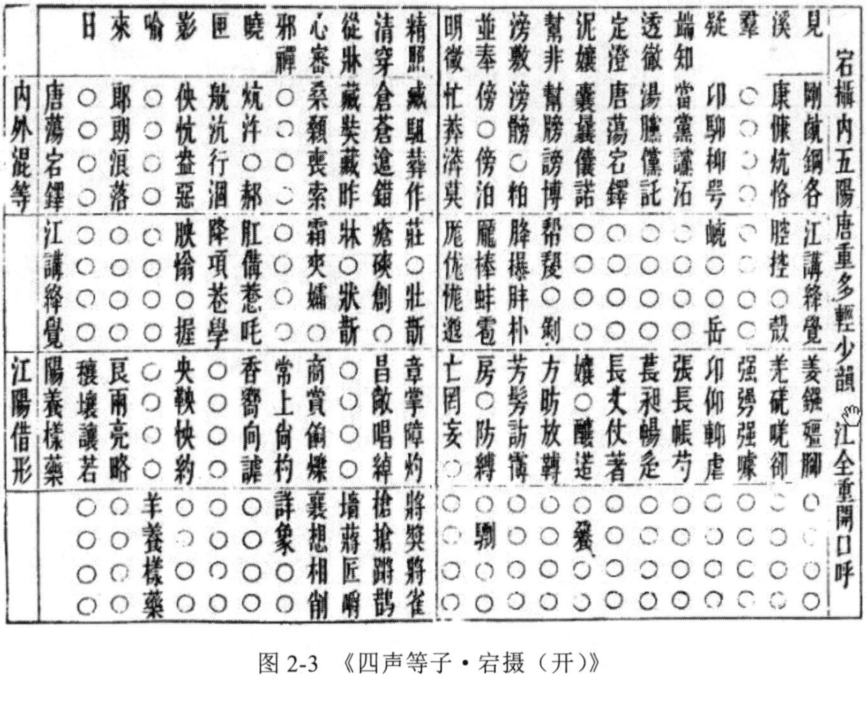

图 2-3　《四声等子·宕摄（开）》

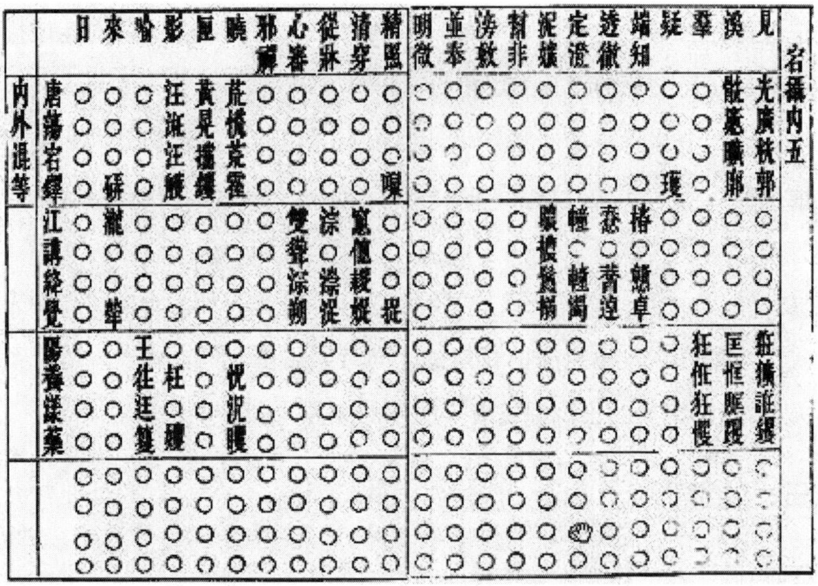

图 2-4 《四声等子·宕摄（合）》

《四声等子》在图式上继承了《韵镜》《七音略》的传统，但在内容上却有所不同。特别在语音系统上，受当时实际语音的影响，其语音上有了明显的变化，主要表现在以下几个方面（见表 2-1）。

表 2-1 《四声等子》在语音变化上的表现

分类	具体表现
声母方面	同《韵镜》《七音略》相似，也是将三十六个字母排成了二十三行，只是在个别次序上有所变动，一方面将"影"母改到"匣"母后、"喻"母前，一方面将唇音和牙音的位置调换了
韵母方面	对《切韵》系的韵进行了合并，结合当时的实际语音，列了二十图提出了"韵摄"的概念①，将韵部归纳为十六个韵摄，分别为， 内转："通""止""遇""果""宕""曾""流""深" 外转："江""蟹""臻""山""效""假""梗""咸"
开合重轻方面	不仅有《韵镜》的"开合"，还有《七音略》的"重轻"，其中"重轻"分为五类重少轻多韵、轻少重多韵、全重无轻韵、轻重俱等韵、重轻俱等韵
声韵方面	入声韵不仅承阳声韵，又承阴声韵，说明当时入声韵尾发生了变化
韵图编制上	《四声等子》也与早期的韵图不同，《韵镜》和《七音略》都是先分声调，在声调之内再分四等，而《四声等子》则先分四等，然后在等内再分四声

注：①所谓"韵摄"，就是把尾音相同、元音相近的各韵合起来所形成的音韵单位，它比"韵部"的概念要大，范围要广，一个韵摄可能只包含一个韵部，也可能包含几个韵部。

总而言之，《四声等子》对后世语音学的发展有重要的影响，人们对其给予了很高的评价，认为它是正宗的语音学，在语言学史上有重要的地位。

第三节　元明清的音韵发展

从元朝开始，音韵的研究有了新的变化，音韵研究开始重视口语音韵的研究，并出现了具有很大影响力的《中原音韵》。除了《中原音韵》之外，这个时期的韵书还有《洪武正韵》《韵略易通》《韵略汇通》《五方元音》《曲韵骊珠》。尽管这一时期的北音韵书大量出现，但当时占主流的仍然是《切韵》系韵书，人们在写诗作文的时候，大多数仍然遵循《广韵》，这一时期的《切韵》系韵书的代表是《音韵阐微》。

元明清时期不仅研究当时的语音特点，同时还研究上古语音，因此这一段时期的古音学取得了很大的进展，硕果累累。这一时期比较有影响力的古音学家有明代的杨慎、陈第，清代的顾炎武、江永、戴震、段玉裁等，其中清代的古音学研究的成就最大。

一、北音韵书——《中原音韵》

元代周德清的《中原音韵》是北音韵书的代表，这本书初稿写成于公元1324 年，一直到公元 1333 年才定稿。这是北音韵书的创始著作，标志着中国古代的音韵研究由读书音向口语音的转变，它在语言学上有非常重要的意义。

（一）《中原音韵》编写目的

周德清在《中原音韵》的自序中写到编写此书的目的。

言语一科，欲作乐府，必正言语；欲正言语，必宗中原之音乐府之盛，之备，之难，莫如今时。其盛，则自搢绅及闾阎歌咏者众。其备，则自关、郑、白、马一新制作，韵共守自然之言，字能通天下之语，字畅语俊，韵促

音调；观其所述，日忠，日孝，有补于世。其难，则有六字三韵，"忽听、一声、猛惊"是也。

从以上的内容可以看出作者周德清的目的是为乐府而作，也为了正言语，以纠正传统韵书中的错误。

周德清对当时的《广韵》系的韵书提出了批评。

余尝于天下都会之所，闻人间通济之言。世之泥古非今，不达时变者众。呼吸之间，动引《广韵》为证，宁甘受鸠舌之诮而不悔，亦不思混一日久，四海同音，上自缙绅讲论治道，及国语翻译，国学教授言语，下至讼庭理民，莫非中原之音。不尔，止依《广韵》呼吸，上、去、入声姑置未暇殚述，略举平声，如"靴"（许戈切）在戈韵，"车、邪、遮、嗟"却在麻韵，"靴"不协"车"却协"麻"；……"车"与"麻""元"与"烦""烦"与"魂"，其音何以相着？……如此呼吸，非鸠舌而何？不独中原，尽使天下之人俱为闽海之音可乎？

"世之泥古非今，不达时变者众。"是对当时社会"正语"不满，他主张将通行的北音来"正语"，这种思想在当时打破了文人墨守成规的习惯，这种认识在当时无疑是一种超前。

（二）《中原音韵》的韵部及体例

《中原音韵》分为前卷和后卷两部分，前卷是韵书，后卷是附论。沈德庆根据元北曲用韵，将韵部归纳为 19 部，并且还提出了"平分阴阳，入派三声"的说法，这里的 19 个韵部分别为：

一东钟　二江阳　三支思　四齐微
五鱼模　六皆来　七真文　八寒山

九桓欢　十先天　十一萧豪　十二歌戈

十三家麻　十四车遮　十五庚青　十六尤侯

十七侵寻　十八监咸　十九廉纤

这里的 19 个韵部加上声调就产生了 76 个韵部，一些韵部发生了很大的变化，如"东""冬"合并，"江""阳"合并，省去"元"韵，从"麻"韵中分离出"车"韵等。

《中原音韵》在体例上有了较大的改变，不仅不注明反切，也不标注字母，也没有释义。分阴平、阳平、上声、去声四个声调，各个韵部的字都按这四个声调排列，凡是同一个音同一个调的字就聚集在一起，并用圆圈将各个同音字组隔开。

《中原音韵》的调类分为四类。

平声阴

平声阳　入声作平声

上声　入声作上声

去声　入声作去声

可以看出，在《中原音韵》这一系统中，入声已经派到三声中，这是《中原音韵》与其他韵书最大不同的地方。这一不同充分体现了当时京城大都的语音中没有入声的特点。

（三）"入派三声"与"平分阴阳"

1. 入派三声

在周德清之前就已经有"入派三声"的现象，到了元朝，杂剧的盛行使得这种入声的变化自然而然反映在了文学创作中。周德清在评价马致远的《秋思》时写道：

看他用蝶、穴、杰、别、竭、绝字，是入声作平声；阕、说、铁、雪、

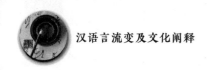

拙、缺、歇、彻、血、节字，是入声作上声；灭、月、叶是入声作去声。无一字不妥，后辈学去。

当时的曲韵表现出"入派三声"的现象，而以曲韵为基础的《中原音韵》将入声派入三声，他细致地将入声的实际音变进行了总结，全面地反映在韵书之中。

2. 平分阴阳

平分阴阳的说法是沈德清提出的，他在《自序》中提到：

字别阴阳者，阴阳字平声有之，上去俱无。上去各止一声，平声独有二声：有上平声，有下平声。上平声非指一东至二十八山而言，下平声非指一先至二十七咸而言。前辈为《广韵》平声多分上下卷，非分其音也。殊不知平声字俱有上平下平之分，但有音无字之别，非一东至山皆上平，一先至咸皆下平也。如东、红二字之类，东字下平声属阴，红字上平声属阳；阴者即下平声，阳者即上平声。试以东字调平仄，又以红字调平仄，便可知平声阴阳字音，又可知上去二声止一声，俱无阴阳之别也。

沈德清指出过去的韵书虽然将平声也进行了划分，分为上平音和下平音。但这一划分主要是由于平声字的数量众多，才分为两类，并不是根据声音的不同加以区别。而沈德清根据平声声音的不同将其分为两类，适应了语音发展的需要。

（四）《中原音韵》的意义

《中原音韵》的产生在中国古代语言学史上有着积极的意义，是中国古代音韵研究的重要著作，它的出现使得研究综合的读书音转向了研究实际的口语语音，实现了语音学的跨越式发展，同时《中原音韵》是北音系韵书的代表著作，成为研究汉语语音发展史的重要基础，它在汉语语音发展史上有重要的作用。

以《中原韵书》为代表的北音韵书，主张从戏曲的用韵，以及当时的语音变化出发，探索归纳语音系统，具有创新的意义。总而言之，《中原韵书》不仅规范了当时的戏曲用韵，也为后来的戏曲音韵提供了参考。赵荫棠的《中原音韵研究》中充分肯定了《中原韵书》的地位，他指出："此后的韵书俱祖《中原》而宗《正韵》"。之后，汉语言音韵的发展演变为两大类，一类是专门为蒙学而设的音韵学，另一类是为曲韵而设的专门书籍。由此可见，《中原音韵》在中国古代语言学史上的重要地位。

二、《切韵》系韵书——《音韵阐微》

与《中原音韵》并存的《切韵》系韵书在这一时期继续发展，《切韵》一直作为官韵在使用，在语音上占据着统治地位。这一时期《切韵》系韵书的代表作为《音韵阐微》和《词林正韵》。以下主要介绍《音韵阐微》一书。

（一）《音韵阐微》体例

《音韵阐微》成书于清代，是清代组织编写的一部官韵，全书共 18 卷，由李光地撰写修改，王兰生协助，徐元梦校阅。《音韵阐微》按照时人流行的平水韵进行排列，一共分为了 106 韵，但文与殷、吻与隐、问与焮、物与迄、迥与拯、径与证各韵分开，实为 112 韵。各韵之字又依开、齐、合、撮四呼分开，每呼之字又依三十六个字母顺序分列。这样《音韵阐微》实际上分出来的平水韵比之前的韵多 6 个，这样统计出来的韵实际上有 112 个[①]。

《音韵阐微》的每个韵的内部先分为开、齐、合、撮四呼，之后按三十六个字母及四等编成同音字群。凡是领头的字都注明了旧反切，今读音，所收录的各个字都有释义，这些释义引自旧书，遵照古义。另外《音韵阐微》还延续了等韵图的传统，每一个韵图都横列了三十六个字母，纵列了开、齐、

---

① 叶宝奎. 东亚汉语史书系近代汉语语音研究 叶宝奎自选集 [M]. 厦门：厦门大学出版社，2017：115.

合、撮四呼，每呼又按照平、上、去、入四声列字。等韵图形式在此书中变为《韵谱》。

《音韵阐微》的每一个小韵除了标注《广韵》《集韵》的切语之外，还标注了新的切语。因此此书所反映的实际语音与《切韵》系韵书已经有很大的不同，其性质是改良后的《广韵》与《集韵》。

（二）合声法

所谓合声法，指的是满文拼音法，这种方法经常出现在汉文反切中，就是用两个字合起来表示一个字的读音。在《音韵阐微》中，所用的韵是开音节，韵尾没有鼻音，与下一个字相拼的时候，中间没有多余的音，比较方便。

另外，在编纂过程中，反切下字要求清声母用影母字，浊声用喻母字。这些字通常以元音或者半元音开头，在拼读的时候没有辅音声母在其中，这样更容易知晓字的读音。例如：

姑翁——公　姑威——归　姑弯——关

基烟——坚　欺烟——牵　卑烟——边

奇延——虔　池延——缠　奇延——钱

其中，"烟"是清声影母，"延"是浊声喻母，它们在拼读的时候不受阻隔，自然流畅。

（三）《音韵阐微》里的变例

《音韵阐微》里的变例分为今用、协用、借用三种方式。

1. 今用

《音韵阐微》的《凡例》指出："因本母本呼于支微鱼虞数韵中无字者，则借仄声或别部之字以代之，但开齐合撮之类不使相淆；遇本韵影喻二母无字者，则借本韵旁近之字以代之，其清母浊母之分，不使或紊，其取音比旧

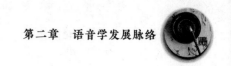

稍近也。"书中以今用注音的占绝大多数。例如：

通

［广韵］他红切。［集韵］他东切。［今用］秃翁切。

按："秃"，入声屋韵合口，比之旧切上字用"他"（开口）有改进。

2. 协用

协用，顾名思义是协助"今用"的一种方法。《凡例》中说到如果"今用"切下字不属于本韵中影喻二母的字，需要再借用邻韵影喻二母字以协助其发声。例如：

奸

［广韵］古颜切。［集韵］居颜切。［今用］皆删切。［协用］基烟切。

按：奸、删，都属删韵清声，比之用"颜"（浊声）作切下字算是已有改进，但"删"非影母字，故借邻近先韵影母"烟"字作为切下字。

3. 借用

所谓借用，指的是借用邻韵并非影喻二母中字，"其声为近，而亦不甚协者"。例如：

迦

［广韵］［集韵］居伽切。［借用］基遮切。按：迦，歌韵清声，伽，浊声，不相合，故从麻韵借用照母清声字"遮"。

由以上内容看出，《音韵阐微》中的反切法与今天现代汉语的语音已经非常接近了，因此最初的《词源》《辞海》等辞书都使用了这一反切注音的方法，对后世产生了非常大的影响。

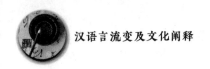

三、等韵学继续发展

等韵学在宋代有了较快的发展，并出现了很多韵学著作，比较有代表性的有《韵镜》《七音略》《四声等子》《切韵指掌图》等①。

（一）元代的等韵学

到了元代，仍然延续着宋代等韵学的传统，加入了一些当时的读音，可以看作对语音的一种改造。元代音韵方面的研究重点放在了对中原音韵的研究，其中具有代表性的著作是《经史正音切韵指南》。这本著作在韵图上进一步发展，显示了当时的一些语音发展情况，在语音学发展史上有积极的意义。

（二）明代的等韵学

明代，等韵学又迎来了一个发展高峰，尤其在明代万历年间问世的《韵法直图》，一度使得等韵学进入发展的繁荣期。明代语音发生了很大的变化，由原来的按等分韵逐渐变化为按呼分韵，也就是根据韵母发音的口型不同，分为开口呼、齐齿呼、合口呼，以及撮口呼，标志着"四呼说"的诞生，它的出现不仅影响着当时的等韵学研究，还对之后的音韵发展奠定了指导意义。

明代的等韵学著作十分丰富，代表著作有徐孝的《重订司马温公等韵图经》、袁子让的《字学元元》、叶秉敬的《韵表》、梅膺祚从新安得到的后来又附在他所编的字典《字汇》后面的《韵法直图》、方以智的《切韵声原》等，其中《韵法直图》的影响最大。

（三）清代的等韵学

清代继承明代等韵学的传统，这一时期四呼的概念越来越明确，因而四呼的系统也逐渐完善起来。

---

① 王力. 中国语言学史［M］. 太原：山西人民出版社，1981：92.

清代康熙年间，潘耒撰写了《类音》一书，在书中第一次提出了"四呼"的概念，并进一步确定了四呼的类型及范围。除了《类书》之外，这一时期主要的著作还有马自援的《等音》、林本裕的《声位》、劳乃宣的《等韵一得》。

四、古音方面的研究

（一）古音学发展概述

古音的研究始于唐宋时期，发展到元明清已经成为一门研究语音的学问——古音学。唐代之前，人们用当时的音读古代诗文，发现字的音与所押韵的字的读音不一样，于是人们就根据押韵字的读音将那个读音不同的字改为读音相同的字，被称为"协韵"或者"叶音"，也就是修改字音来协句的意思。到了唐代，主观修改字音来协句的现象越来越普遍，有的出现了改经的现象。到了宋代，吴棫写了《韵补》，在书中他指出古人用韵较为宽泛，因此提出了古韵通转的说法，也就是说凡是完全能押韵的就是"通"，凡是辗转押韵的就是"转"。在书中，他还第一次将古韵进行了划分，分成九部。之后，郑庠写了《古音辨》，将古韵分成了六部。这两部书分韵的依据是对后代韵书的分部与通用，在当时对研究古音有一定的启发意义。

明代古音学进入了快速发展时期，出现了杨慎、焦竑、陈第等古音研究者，尤其是陈第，他将古音学研究引向科学的道路。

清代的古音学研究有了前所未有的成就，出现了一大批著名的古音学家，如顾炎武、江永、段玉裁、戴震、王念孙、孔广森、钱大昕等，因此古音学成为清代语言学研究成就最高的一个领域。

（二）明清的古音研究

总结明清两代的古音研究情况，特别是清代，其繁荣与当时的历史背景有很大的关系，因而出现了很多古音学大师，这里列举几位（见表2-2）。

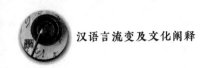

表2-2　明清时期的古音学大师

朝代	古音学大师	代表著作	主要贡献
明朝	陈第	《毛诗古音考》	废除了"叶音"之说，建立明确的历史观点——"时有古今，地有南北，字有更革，音有转移，亦势所必至"； 确定了古音研究的范围，提出了归纳会证法
清代	顾炎武	《音学五书》 （《音论》《诗本论》《易音》《唐韵正》《古音表》）	将古韵分为十部，为之后的古韵分部打下了基础； 创造了科学的考证方法，第一步将平水韵中合并的韵分开，回归《唐韵》系统之中，第二步分析《诗经》用韵，离析《唐韵》，重新加以分合； 改变了《广韵》以来的入声分配系统
	江永	《古韵标准》	区别侈敛，将收-n韵和收-m韵的两类分开； 以入声兼配阴阳
	戴震	《声韵考》 《声类表》	将入声独立出来； 将"祭""泰""夬""废"四个韵独立出来； 进一步确立了阴阳入三分的古韵系统
	段玉裁	《六书音均表》	"支""之""脂"三部分立，"真""文"两部分立，"侯""幽"两部分立； 将古韵的韵部按照韵母的性质进行排列； 创立了"同谐声必同部"理论，这样可以充分利用汉字形声字的声旁； 发现了古无去声的现象
	孔广森	《诗声类》 《诗声分例》	将"东""冬"韵分离； 突出了阴阳对转的理论
	王念孙	《诗经群经楚辞韵谱》	将"至""祭""缉""盍"四部独立
	江有诰	《音学十书》	研究古音的范围最广，搜集的古音资料最全面，是一位全面而系统的音韵学家； 将古韵分为二十一部，形成了古韵的基本框架； 为先秦的语音系统作了韵图； 将谐音字归入《谐声表》，便于查找谐声字及声符

第四节　《汉语拼音方案》

一、制定《汉语拼音方案》的历史背景

由于汉字本身不是拼音文字，笔画较多，并且字本身的结构也比较复杂，因此汉字书写起来不仅十分困难，读也非常不方便。因为不属于拼音

体系范畴的汉字，只从字形上很难看出字的读音。虽然汉字中九成以上的字都是形声字，但形声字的形符和声符本身的结构也比较复杂，并非专门的表音符号，导致声符与字音之间的差别越来越大，因此声符的表音作用非常有限。

为了解决汉字的读音问题，尝试了用多种注音方法对汉字进行注音，比如直音、反切等，直音虽然简单明了，但是如果出现同音字有限，则发挥不了作用。魏晋时期出现了反切法，比起之前的注音确实有了进步，但是反切法需要切上字和下字，这些反切的字加起来内容也非常多，对于初学者来说无疑是困难的。唐宋时期，人们在反切法的基础上制定了三十六个声母，两百来个韵母，但由于汉字本身的局限性，并没有成为汉字的注音符号。因此，汉字的注音迫切需要一套简便、实用的符号，这样就可以弥补各种传统注音方法的不足，满足人们学习汉字的注音需求。

汉字的注音在 17 世纪初有了转机，原因是拉丁字母的传入，最先拟定拉丁字母拼音方案的是 1605 年出版的《西字奇迹》，其作者是意大利传教士利玛窦，这一方案的产生揭开了汉语尝试用拉丁字母注音的序幕。尽管利玛窦的拉丁字母拼音方案是为了方便外国人学习汉语制定的，但其注音方式也给后世学者诸多启发。清代以后，中外许多学者开始制定拉丁字母式的拼音方案，都或多或少地从利玛窦那里寻找方法。

民国初年，发生了声势浩大的切音字运动，全国范围内掀起了制定汉语拼音的热潮，各种汉语拼音方案相继出台，此时多种多样的汉语拼音方案百花齐放，在这场运动中，汉字笔画式的字母方案成为这次运动的主流。

到了 20 世纪 20 年代，汉语拼音又从汉字笔画式转向了以拉丁字母为主流的方案，之后展开了拉丁化新文字运动。1926 年，国语统一筹备会拟定并通过了"国语罗马字拼音法式"，并在同年的 11 月发表。两年后，1928 年，教育部正式公布这一方案。"国语罗马字拼音法式"标志着我国汉语拼音拉丁化的开端，自此拉丁化方案成为汉语拼音运动的主流，大多数学者都参与到了拉丁化文字运动中，包括当时著名的学者如鲁迅、郭沫若等，他们撰写文

章发表在刊物上，表达对拉丁化文字的支持。一些学者还通过自身实践参与到拉丁化文字方案制定中，如钱玄同、林语堂、赵元任等。

新中国成立之后，政府将重心放在扫盲上，逐渐将注意力转向汉字改革上。1951 年，毛泽东提出文字必须改革，要走世界文字共同的拼音方案，毛泽东的倡导加速了拼音文字方案的制订。审视已经存在的各种方案发现，注音字母写起来较为混乱，看起来也比较复杂，不适合作为文字；而国语罗马字使用了国际通用的罗马字母，但是字母的标调非常细致，推广起来困难较大；拉丁化的新文字只拼写方言，没有拼写国语，也没有声调，虽然简单，却不够严谨。在这种情况下，中共中央决定集中力量制定新的汉语拼音方案。

二、《汉语拼音方案》的制定过程

（一）六种汉语拼音方案

1955 年，中国文字改革委员会设立了拼音方案委员会，对拼音方案进行了全面、系统的研究，最终推出了六种汉语拼音方案，其中四种是汉字笔画式，一种是斯拉夫字母式，一种是拉丁字母式。

（二）发表《汉语拼音方案（草案）》

中共中央决定采取拉丁字母式拼音方案之后，加快了汉语拼音方案的拟定。中国文字改革委员会开始以《汉语拼音文字（拉丁字母式）草案初稿》（以下简称《初稿》）为基础，修订为《汉语拼音方案（草案）》（以下简称《原草案》），于 1956 年 2 月 12 日发表在《人民日报》上，同时还发表了《关于拟定〈汉语拼音方案（草案）〉的几点说明》（以下简称《说明》）。在《说明》中解释了制订拼音方案的三个基本原则。

1. 语音标准

汉语拼音方案拼写的是以北京语音为标准音的普通话，其语音标准是为了统一汉语的语音。这样，字典上、教科书上，以及其他读物上的拼音字母，都需要这种语音作为标准。且这一方案经过进一步推广，也可作为其他方言或者少数民族语言进行使用。

2. 音节结构

汉语拼音方案采用音素化的音节结构。音素是语音的最小单位，每一个汉字相当于一个音节，而音节包含 1～4 个音素，这样一个字母代表一个音素，大大方便了拼写。

3. 字母形式

主要采用国际通用的拉丁字母形式，再加上必要的补充。

（三）《汉语拼音方案》正式诞生

继《汉语拼音方案（草案）》之后，1956 年 8 月颁布了"修正式"草案，1957 年通过了《汉语拼音方案（草案）》，到了 1958 年 2 月，经过全国人民代表大会批准颁布了《汉语拼音方案》（见附录）。

三、《汉语拼音方案》的意义

《汉语拼音方案》的制定，不同的学者从不同的角度进行分析，给予了很高的评价。

吴玉章、黎锦熙在《六十年来中国人民创造汉语拼音字母的总结》一文中写道：

跟历史上各种拉丁字母式的拼音方案（无论是国语罗马字或者拉丁化新文字）比较起来，现在这个汉语拼音方案草案确实是后来居上。这个草案继承了以前各种方案的优良传统，同时竭力避免了它们的缺点。草案以 b、d、g 表示清辅音"玻、得、哥"，正是接受了国语罗马字和拉丁化新文字共同的优良传统。草案也继承了拉丁化新文字的另一个显著优点，即舌尖后音 zh、ch、sh（知、蚩、诗）和舌尖前音 z、c、s（资、雌、思）两两相对，系统整齐，

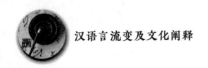

同时又规定了它们的韵母。在标调办法上，草案避免了国语罗马字的条例过繁的缺点，而接受了注音字母的标调符号。总起来说，这个草案确实比60年来的任何一个方案都要更加完善。①

罗常培在《汉语拼音方案的历史渊源》中写道：

从1605年到现在，352年间虽然经过一段低潮（1723—1892），其余的时间都在逐步演进着的。其间的推动者虽有外国教士、爱国人士、语文学者、革命先进的不同，他们所抱的目的也很分歧，但是都想创造一种拉丁字母的拼音方案，来帮助学习汉字或改革汉字，这却是一个共同点。现在公布的《汉语拼音方案草案》正是近300多年来拉丁字母拼音运动的结晶。②

王力在《汉语拼音方案草案的优点》一文中指出：

这个方案的最大优点，即根本性的优点，就是采用了拉丁字母。在文字改革研究委员会时期以及文字改革委员会初期（1955年10月以前），曾经研究过用汉字笔画的形式（即所谓"民族形式"），后来困难很大，没有找到满意的方案，终于放弃了。我们走了这段弯路也是值得的，因为不是走到了尽头，还不能证明此路不通。汉字笔画方案的缺点很多，譬如说，拼音文字是要求横行连写的（主张直行的人恐怕很少），汉字笔画就不适宜于横行连写。曾经有人企图连写，连写得越好看，就越不像方块汉字；连写得越顺溜，就越像拉丁字母。后来闹成笑话，有人干脆用拉丁字母（稍加变化），硬说是由汉字简化成功的。这样，何不索性就用拉丁字母呢？③

---

① 吴玉章、黎锦熙. 六十年来中国人民创造汉语拼音字母的总结 [N]. 人民日报, 1957.12.11.
② 罗常培. 汉语拼音方案的历史渊源 [N]. 人民日报, 1957.12.18.
③ 王力. 汉语拼音方案草案的优点 [J]. 文字改革, 1958.1.

第五节 现代语音学的兴起与发展

一、现代语音学的兴起

20 世纪初，随着国外语言学理论以及研究方法传入中国，标音工具——国际音标也在中国的语音研究中得到应用，自此中国的语音学研究发生了重大变化，中国现代语音学兴起。

现代语音学的兴起包括三个方面的工作。

（一）利用国际音标构建古音、区分音系

五四运动之后，中国国内掀起了向国外学习科学知识和文化知识的热潮，此时语言学方面的知识也随之引入中国，同时，以高汉本为代表的国外语言学家对汉语语音及音韵产生了浓厚的兴趣，他们尝试用历史比较语言学的知识来解释汉语语音及音韵，这方面取得了很大的进展。自此，人们开始运用国际音标来构建汉语古音体系，使得古音的研究迈向了新的阶段，古音研究在这一时期取得了很大的突破。

这一时期研究古音的学者及代表作品如表 2-3 所示。

表 2-3 代表学者及代表作品

学者	代表作品
钱玄同	《文字学音篇》
汪荣贵	《歌戈鱼虞模古读考》
罗常培	《唐五代西北方音》《切韵鱼虞之音值及其所据方音考》《经典释文及原本玉篇反切中的匣喻两纽》
魏建功	《古音系研究》
李方桂	《切韵 a 的来源》《在上古汉语里的中古汉语-ung，-uk，-uong，-uok 等》
赵元任	《中古汉语内部的语音区别》
李荣	《切韵音系》

续表

学者	代表作品
陆志韦	《古音说略》《诗韵谱》
董同龢	《上古音韵表稿》

（二）开展实验语音学的研究

中国实验语音学的创始人是刘复，他在 1924 年写出了《四声实验论》，这是我国第一部实验语音学著作。

那么，实验语音学研究内容是什么呢？实验语音学研究语音与声调的关系，语音包含音高、音强、音长、音质，它们与声调有千丝万缕的联系，通过运用实验方法得出实践结果。实验语音学还研究乐理，列举了国内的十二种方言四声的实验记录，以此来确定汉语声调的特征。刘复运用实验方法研究汉语语音的尝试为语音学研究开辟了一条新的道路。刘复曾留学法国，专门学习实验语音学，回国之后在北京大学创办了中国第一个语音实验室，积极推行实验语音学的相关理论，发明了声调推断尺，为中国的语音学研究做出卓越贡献。

王力是第二个从事实验语音学的学者，他曾经也留学法国，主攻实验语音学，于1931 年写出了《博白方音实验录》（法文版），他利用假颚和浪纹计实验了博白方言的元音，以及辅音，再用浪纹计实验了博白方言的声调，具有突破性意义。

除了以上两个工作外，现代语音学还研究注音工具，这在《汉语拼音方案》部分的历史背景中有所涉及，这里不再赘述。

二、现代语音学的发展

新中国成立之后，现代语音学继续发展，这一时期延续以往的语音研究传统，同时展现出新的特色。

这一时期的现代语音学内容包括制定、推广《汉语拼音方案》，这其中也经历了较长时间的发展，除此之外，现代语音学的发展表现在两个方面。

（一）现代音韵学

进入 20 世纪之后，音韵学采取中西结合的方式，进一步创新了音韵学的研究方法，从而形成了现代音韵学。现代音韵学的创新之处表现在产生了很多研究方法。

1. 国际音标的使用

自从引入了国际音标，音素的区分程度大大提升，与过去用汉字表示音素的方法相比更具科学性。

2. 历史比较法、内部拟测法、译音对勘法的使用

引入历史比较法、内部拟测法、译音对勘法等方法，得出古音的音值，同时也划分了古音的音类。其中运用历史比较法可以从比较中发现古代的实际读音；内部拟测法从当时汉语的共时结构特征和不规则分布中找到历史变化轨迹；译音对勘法主要利用不同语言的借词、音译词等来还原古代汉语的读音。这些都为古音研究拓展了研究范围。

3. 文献考据方法的创新

现代音韵学不仅继承了古代的文献考据方法，并在此基础上引入统计学、反切比较法等，例如反切比较法就是将《切韵》的音系作为基本依据，再考察其他韵书的反切资料，对比其中反映出来的声类、韵类内容，与《切韵》中的声类、韵类进行比较，发现其中的异同。

除了方法创新之外，音韵学方面的著述颇丰，这里按照年代梳理不同年代的学者及作品见表 2-4。

（二）现代汉语音系学的发展

20 世纪初，西方近代语音学传到中国，此时中国正处于由文言文过渡到白话文的变革时期，要想统一当时的语言，首先要统一语音，要统一语音就

要有统一的语音标准，于是较长一段时间内，人们研究汉语、汉字都在为统一的语音标准而努力。这里主要介绍一些具有代表性的事件及学者。

表 2-4　本时期音韵学方面的学者及著作

时间	学者	著作
20 世纪 50 年代	罗常培	《汉语音韵学导论》
	李荣	《切韵音系》
	唐作藩	《汉语音韵学常识》
20 世纪 60 年代	李荣	《切韵音系》
	赵荫棠	《中原音韵研究》《等韵源流》
	周祖谟	《广韵校本》
	王力	《汉语音韵学》
20 世纪 70 年代	邵荣芬	《汉语语音史讲话》
	赵诚	《中国古代韵书》
	陈新雄	《六十年来之声韵学》
20 世纪 80 年代	邵荣芬	《切韵研究》
	李新魁	《汉语等韵学》
	王力	《汉语语音史》
	周斌	《汉语音韵学史略》
	何九盈	《中国古代语言学史》
	濮之珍	《中国语言学史》
20 世纪 90 年代	古德夫	《汉语中古音新探》
	耿振生	《明清等韵学通论》
	潘文国	《韵图考》
	黄典诚	《汉语语音史》
	向熹	《简明汉语史》
	李开	《汉语言学研究史》
	李葆嘉	《清代上古声纽研究史论》

国语注音字母正式公布之后，在全国范围内开始推广国音，而以"国音学"命名的著作在这一时期众多，如范祥善《国音浅说》、易作霖《国音学讲

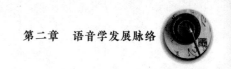

义》、高元的《国音学》等。

从 20 世纪 20 年代中后期开始，研究北京语音的各种专项研究不断增多。例如，赵元任的《北平语调的研究》《汉语的字调和语调》《中国方言当中的爆发音的种类》等。

国音学的发展从严格意义上说是在 20 世纪 30 年代，这一时期有一大批杰出的代表如刘复、赵元任、林语堂、罗常培等，这些学者有一个共同的特点就是不仅通晓中国传统的音韵学，同时也学习西方的语言学理论。到 20 世纪 30 年代中期，张世禄出版了《语音学纲要》，岑麟祥出版了《语音学概论》，促进了语音学的发展。这一时期，中国的学者开始将西方的理论引入汉语研究之中，并在语音上取得了不错的成果，这是值得肯定的。

20 世纪 50 年代的语音发展是随着语文改革的发展而发展，这一时期的研究多是围绕民族共同语、文字进行改革。代表论著有王力的《论汉族标准语》、周有光的《拼音文字与标准语》、刘泽先的《普通话和标准音》等。1955 年，中国文字改革委员会、中国科学院哲学社会科学部先后召开了全国文字改革会议、现代汉语规范化学术会议。在全国文字改革会议上，提请国务院审定公布推行《汉字简化方案》并建议早日议定汉语拼音方案。在现代汉语规范化学术会议上，确定了现代汉民族共同语——普通话，大会要求在全国范围内推广普通话，并逐渐成为全国通行的共同语。这两次会议之后，全国进行了汉语拼音方案的制定以及普通话的推广。

此外，这一时期现代音韵学进一步发展，主要表现如下。

1. 培养出大批专业人才，音韵学的教学科研队伍空前壮大。

2. 成立了专业的学术团体。

3. 与国外的学术交流日益频繁。

4. 研究方法得到进一步改进，材料日渐丰富。

5. 研究成果客观，发表、出版的学术著作、论文增多。

第三章　汉语言语音的文化表达

第一节　语音节奏中的民族文化心理

关于节奏，古人有所论述，解释为"作则奏之，节则止之。"体现了人们对声乐审美的追求。节奏是作与止的变化过程，在变化过程中，汉民族追求均衡与对称，形成了节奏鲜明的语音，最鲜明的表现当属汉语词语的双音节化。在古汉语中，汉语词汇多以单音节词为主，音节与音节之间界限分明。而现代汉语言中的词汇趋向于双音节化，使其节奏更为鲜明。

汉语音节的韵律感强。在具体的话语中，往往表现为匀称的节拍，同时还兼顾了词语之间的疏密关系，使得话语有了一定的节奏感。同时平仄相间的语音特点又使其有一定的抑扬顿挫感，从而进一步增强其韵律感。

一、语音节奏中的声乐审美追求

不论艺术以一种什么样的形式出现在人们的实际生活中，作为艺术的核心目标是不会改变的，即艺术能够创造美、传达美，并且这种美要符合人的相关需求。即便这种需求还要经过一定的认识过程，但是艺术的美，还是要能够被绝大多数人所接受，只有这样的美才能被称之为美。

汉语语音的声乐审美与早期的声、乐、舞之间有重要的关联，早期的《淮南子·道应训》中记载"今夫举大木者，前呼邪许，后亦应之，此举重劝力之歌也。"这是一首将原始的劳动节奏和音调结合在一起的劳动号子。另外，相传在黄帝时代流传的《弹歌》，原文为"断竹，续竹；飞土，逐穴（肉）。"

用四个双音节词反映了上古时期的原始狩猎生活，音节整齐匀称，韵律和谐。从语音审美层面来看，这两首反映初民原始劳动生活的文本存在着一定原始形态的声乐审美意识，但是，这一时期的语音审美的基本目的应该还是一种"举重劝力"。随着社会的不断进步和发展，语言也随之越来越丰富，人们的语音审美意识也越来越强。正是这种文化心理的影响，使得汉语语音的韵律感越来越强。比如诗歌、散文、对联等的创作，以及某些辞格的运用等方面，往往都有语音方面的讲究，这充分反映了人们对汉语言声乐审美的追求。

二、汉语言节奏中民族文化心理的表征

汉语言语音节奏主要体现在以下几个方面。

（一）汉语言的乐感美

在欣赏过程中，从生理角度看，人们在听到富有节奏感、和谐悦耳的声音时便会产生美的感受。汉语言的发展过程中，人们也非常注重语音的自然质朴，从自然质朴的语音中追求合理的节奏及韵律。因此声母的清与浊，声调的高与低，节奏的疏与密等，这些都在一定程度上影响了文章的效果。

汉语言的节奏韵律主要从韵脚、平仄，以及舒促上表现。韵脚的作用是韵律美和重复美，而平仄、舒促的相互交替带来的是声调的抑扬顿挫感，通过长短相间的方式实现融合。

朱光潜在《散文的声音节奏》一文中写道。

领悟文字的声音节奏，是一件极有趣的事。普通人以为这要耳朵灵敏，因为声音要用耳朵听才生感觉。就我个人的经验来说，耳朵固然要紧，但是还不如周身肌肉。我读音调铿锵，节奏流畅的文章，周身筋肉仿佛作同样有

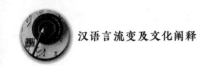

节奏的运动；紧张或是舒缓，都产生出极愉快的感觉。如果音调节奏上有毛病，我的周身筋肉都感觉局促不安，好像听厨子刮锅烟似的。我自己在作文时，如果碰上兴会，筋肉方面也仿佛在奏乐，在跑马，在荡舟，想停也停不住。如果意兴不佳，思路枯涩，这种内在筋肉节奏就不存在，尽管费力写，写出来的文章，总是吱咯吱咯的，像没有调好的弦子。我因此深信声音节奏对于文章是第一件要事。

声音节奏在科文里可不深究，在文学文里却是一个最主要的成分，因为文学须表现情趣，而情趣就大半要靠声音节奏来表现。

既然是文章，无论古今中外，都离不掉声音节奏。古文和语体文的不同，不在声音节奏的有无，而在声音节奏形式化的程度大小。

朱光潜非常注重声音的节奏，认为声音节奏是第一件要事，声音节奏好的文章"全身筋骨"都在有节奏地运动。

汉语言在表达过程中有时为了突出节奏的美感，也会造成逻辑上的"误差"，但并不影响汉语言的美。比如魏晋时期的《木兰诗》中的时间描写，木兰从军多少年呢？前有"将军百战死，壮士十年归"，后有"同行十二年，不知木兰是女郎"。那么到底是十年还是十二年呢？其实，这里的十年和十二年都是表达多年的意思。如果把"壮士十年归"，改成"壮士十二年归"，或者将"同行十二年"改成"同行十年"，都会打乱原来的五字结构，句子便失去了美感。况且《木兰诗》本身节律感强，读起来朗朗上口，给人以轻快灵动的感觉。

我国古典诗词在形式上注重声韵之美和对仗之美，由此形成了诗词格律的规范要求。其中声调的平仄变化使其节律呈现一定的规律性，音节排列均衡，数量相等，使其具有了音乐性。如七言律诗中平起的音节平仄规律如图3-1所示。

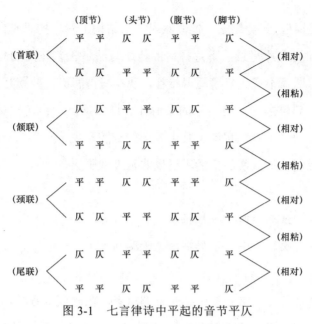

图 3-1　七言律诗中平起的音节平仄

　　首联中第一行与第二行的声调恰恰相反，为相对，第二行与第三行完全相同，为相粘。再如辛弃疾的《破阵子》。

醉里挑灯看剑，梦回吹角连营。

仄仄平平仄仄，平平仄仄平平

八百里分麾下炙，五十弦翻塞外声。

仄仄平平仄仄平，仄仄平平仄仄平

沙场点秋兵。

平平仄平平

马作的卢飞快，弓如霹雳弦惊。

仄仄仄平平仄，平平仄仄平平

了却君王天下事，赢得生前身后名。

平仄平平平仄仄，平仄平平平仄平

可怜白发生！

仄平仄仄平

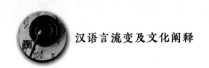

这首"壮词",气势恢宏,慷慨激昂。从结构上看,构思有自身特色。它打破一般填词的上片写景,下片抒情的传统写法。除首尾两句写现实外,中间全写梦境,通篇不变。梦境写得雄壮,现实写得悲凉;梦境写得酣畅淋漓,将爱国之心、忠君之念,将自己的豪情壮志推向顶点,结句猛然跌落,在梦境与现实的强烈对照中,宣泄了壮志难酬的一腔悲愤。

不仅在诗词中,日常的生活用语也非常重视平仄。

平平仄仄:张三李四,投桃报李(有起有落)
平平平仄:吹拉弹唱、琴棋书画(干脆利落)

除了声调之外,通常还在说话时强调重音,在碰到重音时,会放慢语速、加大音量,拉长音节或者重音轻吐,这样能突出重音。重音的表达可以表现出某种感情色彩。

你儿子太孝顺了。(重读)
你儿子太孝顺了。(轻读)

如果"太"重读,显示被修饰词程度,这里是正话反说,"太"字重读,太孝顺的意思是一点不孝顺,增强了否定的感情色彩。而"太"如果在正常语速情况下,或者读的时候又轻又快,则表达的是亲近的感情色彩。

(二)音步、逗之美

1. 音步与意义表达

所谓音步,还可以称为"节拍",指的是一系列音律的任何一种基本单位,是诗歌韵律的基本单位,无论它是否押韵,表现的是诗歌的节奏。我国古典诗歌的字数往往是固定的,四言诗是每句四个字,五言诗是每句五个字,七言诗是每句七个字。诗歌创作过程中,不仅要考虑音步的回旋,还要考虑韵脚是否正确，另外还要注意诗歌的平仄，整体上表现出和谐的状态。对于音步，其划分需要充分考虑音节的完整性，同时还要兼顾语意的完整性。

音步在诗歌中表现为每隔一定的时间重复出现，表现一定的强弱差别。这是汉民族在诗文语句中表现出来的习惯，并以此构成节奏规律。在诗句中，字与字之间的关系是组合的。通常是两两组合。以下分别分析四言诗、五言诗和七言诗。

四言诗如曹操的《观沧海》。

> 东临/碣石，以观/沧海。
>
> 水何/澹澹，山岛/竦峙。
>
> 树木/丛生，百草/丰茂。
>
> 秋风/萧瑟，洪波/涌起。
>
> 日月/之行，若出/其中；
>
> 星汉/灿烂，若出/其里。
>
> 幸甚/至哉，歌以/咏志。

五言诗每句有五个字，两两为一组则必须有一个字为一个音步，因此一句五言诗句有三个音步。如杜甫的《春夜喜雨》。

> 好雨/知/时节，当春/乃/发生。
>
> 随风/潜/入夜，润物/细/无声。
>
> 野径/云/俱黑，江船/火/独明。
>
> 晓看/红湿/处，花重/锦官/城。

七言诗是四个音步，如杜甫的《登高》。

> 风急/天高/猿/啸哀，渚清/沙白/鸟/飞回。

无边/落木/萧萧/下，不尽/长江/滚滚/来。

万里/悲秋/常/作客，百年/多病/独/登台。

艰难/苦恨/繁/霜鬓，潦倒/新停/浊/酒杯。

总而言之，音步的划分通常需要兼顾两个方面：一是要确保诗句语意完整，这是顿的前提，也就是汉字或者词语能够完整表达相关内容；二是诗句音节要相对完整，常见的诗歌形式，四言、五言、七言等长久以来形成了固定的音步划分形式，如四言两顿（2-2 句式），五言三顿（2-2-1 或者 2-1-2 句式），七言四顿（2-2-2-1 或者 2-2-1-2 句式）。

2. 半逗律

诗句中最明显的音步称为"逗"，无论是古体诗还是近体诗，规定每句诗中都有一个逗，逗将诗句一分为二，四言诗是二二，五言诗是二三，七言诗是四三。逗体现了汉语言语音上的独特性，汉民族还将这一文化特征称为"半逗律"。汉语言中有的虽然在形式上是四言、五言、七言，但却不是诗句，不具备"半逗律"的组合形式。

半逗律决定了诗歌很少有六言诗歌，因为二二二的音节组合不能形成半逗，也不符合汉民族的语言节奏习惯。而诗歌从四言诗向五言、七言诗歌转变充分说明了汉民族重视韵律的特征，四言诗句的前后两个音节等分，使得诗歌的韵律表现得不够充分，而五言诗、七言诗因为有前后音节，使得逗表现突出，使诗句富有变化，因而更加生动活泼。

《诗经·蒹葭》中四言、五言混合。

蒹葭/苍苍，白露/为霜。所谓/伊人，在水/一方。

溯洄/从之，道阻/且长。溯游/从之，宛在/水中央。

蒹葭/萋萋，白露/未晞。所谓/伊人，在水/之湄。

溯洄/从之，道阻/且跻。溯游/从之，宛在/水中坻。

蒹葭/采采，白露/未已。所谓/伊人，在水/之涘。

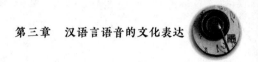

溯洄/从之，道阻/且右。溯游/从之，宛在/水中沚。

再如《古诗十九首》中的五言诗《西北有高楼》。

> 西北/有高楼，上与/浮云齐。
>
> 交疏/结绮窗，阿阁/三重阶。
>
> 上有/弦歌声，音响/一何悲！
>
> 谁能/为此曲，无乃/杞梁妻。
>
> 清商/随风发，中曲/正徘徊。
>
> 一弹/再三叹，慷慨/有余哀。
>
> 不惜/歌者苦，但伤/知音稀。
>
> 愿为/双鸿鹄，奋翅/起高飞。

再如唐代诗人白居易的七言律诗《钱塘湖春行》。

> 孤山寺北/贾亭西，水面初平/云脚低。
>
> 几处早莺/争暖树，谁家新燕/啄春泥。
>
> 乱花渐欲/迷人眼，浅草才能/没马蹄。
>
> 最爱湖东/行不足，绿杨阴里/白沙堤。

无论四言、五言还是七言，逗一分为二，形成了四言二二格、五言二三格、七言四三格的形式，能使朗读时的节奏十分明快。比如李煜的《浪淘沙》。

帘外/雨潺潺，春意/阑珊；罗衾不耐/五更寒。梦里不知/身是客，一晌/贪欢。

独自/莫凭栏！无限/江山；别时容易/见时难。流水落花/春去也，天上/人间。

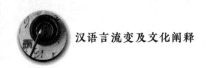

诗歌拥有了格律，就犹如一座宏伟的大厦修建了结实的柱子。后来的新诗在创作中突破了格律的限制，有了更多的自由，但其节奏是否和谐仍然是评价诗歌好坏的基本标准。比如闻一多的《死水》。

> 这是一沟/绝望的死水，
> 清风/吹不起半点漪沦。
> 不如/多扔些/破铜烂铁，
> 爽性/泼你的剩菜残羹。
> 也许铜的/要绿成翡翠，
> 铁罐上/锈出几瓣桃花；
> 再让油腻/织一层罗绮，
> 霉菌给他/蒸出些云霞。
> 让死水/酵成一沟绿酒，
> 漂满了/珍珠似的白沫；
> 小珠笑一声/变成大珠，
> 又被/偷酒的花蚊/咬破。
> 那么一沟/绝望的死水，
> 也就夸得上/几分鲜明。
> 如果青蛙/耐不住寂寞，
> 又算死水/叫出了歌声。
> 这是一沟/绝望的死水，
> 这里/断不是/美的所在，
> 不如/让给丑恶/来开垦，
> 看它造出个/什么世界。

由以上节奏看，《死水》虽然每句的停顿有所区别，字数并不完全对等，但大致的长短间隔是均衡的，这样的诗歌读起来抑扬顿挫，回味无穷，充满力量。

（三）散文、小说的节奏美

除了诗歌之外，其他的文学作品如散文、小说、议论文等都需要一定的节奏。因为汉民族在使用汉语言的时候，会有意无意地寻找节奏感，这样可以使文学作品充满韵律感，文章也平稳、妥帖。文章的节奏可以看作是一种文化现象。

当读者在阅读的时候，文字不仅传达其本身所蕴含的内容，读者还会有意无意地寻求文字的节奏感和韵律感，并以此来感受作品的魅力。老舍在他的《出口成章》一书中写到他在写作的时候特别注意文字的节奏感："我写文章，不仅要考虑每一个字的意义，还要考虑到每一个字的声音。"

朱光潜在《散文的声音节奏》一文中写道节奏的重要性。

从前人做古文，对声音节奏却也很讲究。朱子说："韩退之、苏明允作文，敝一生之精力，皆从古人声响处学。"韩退之自己也说："气盛则言之短长，声之高下，皆宜。"清朝"桐城派"文家学古文，特重朗诵，用意就在揣摩声音节奏。刘海峰谈文，说："学者求神气而得之音节，求音节而得之字句，思过半矣。"姚姬传甚至谓："文章之精妙不出字句声色之间，舍此便无可窥寻。"

众多作家不仅在理论上倡导声音与节奏，在实践中也大胆探索节奏，寻求行文的节奏与韵律，试看余光中在《听听那冷雨》中的描写。

听听，那冷雨，看看，那冷雨。嗅嗅闻闻，那冷雨，舔舔吧，那冷雨。雨在他的伞上这城市百万人的伞上雨衣上屋上天线上雨下在基隆港在防波堤在海峡的船上，清明这季雨。雨是女性，应该最富于感性。雨气空濛而迷幻，细细嗅嗅，清清爽爽新新，有一点点薄荷的香味，浓的时候，竟发出草和树沐发后特有的淡淡土腥气，也许那竟是蚯蚓蜗牛的腥气吧，毕竟是惊蛰了啊。也许地上的地下的生命，也许古中国层层叠叠的记忆皆蠢蠢而蠕，也许是植

物的潜意识和梦吧，那腥气。

这段文字中有的句子很长，如"雨在他的伞上这城市百万人的伞上雨衣上屋上天线上雨下在基隆港在防波堤在海峡的船上，清明这季雨"，有的句子很短："听听，那冷雨，看看，那冷雨"。这种长短句相结合的形式显得灵动错落，自然也会带来不同的节奏感。

小说创作也讲究节奏，其节奏特征体现在小说语言本身的流连婉转，体现在小说语言所展现的鲜活。小说的语言是构成文学形象的整体，需要借助作家独特的艺术功底来完成，作家需要掌握不同句式所传达的语言张力，通过长短句的组合，搭建故事情节和故事脉络。一个好的作家会根据情节的需要灵活地组织不同的句式，形成不同的表达手段，形成富有节奏感、跌宕起伏的文字。被誉为京派作家代表人物的汪曾祺，非常注重文章的节奏，提倡一篇小说中要有一个贯穿全篇的节奏，这样就可以使小说有了生命，充满灵动。

第二节　声母中的形象性分析

一、声母的形象特征

汉语声母有一定的形象感。这里简要分析一下声母的形象特征（见表 3-1）。

表 3-1　声母的形象特征及举例

声母	形象特征	举例
b、p 及浊音 b	给人有迫切、急促之感	破、蹦、笨、并、霸、罢、半
d、t 及浊音 d	较为重实	大、动、当、腾、同、套、听、提、踏
m	给人带来朦胧之感	茫、瞒、闷、梦、蒙、萌、昧、抿、冥、幕、没、美、媚、妙、密、觅、弥、谧、绵、眠

续表

声母	形象特征	举例
b、p、d、t、g、k（塞音）	用来模拟碰撞之声	劈劈啪啪、滴滴答答、叮叮当当、铛、砰、叭"、乒、嗵、铛、咚、叮咚
f、s、sh、r、x、h（擦音）z、c、zh、ch、j、q（塞擦音）	用来模拟摩擦声	嗞、沙、嘘、喊、哧、呲、嘻、嗖、呵、哈
g、k	描写或表达的是沉重的声音，比如雷声，器物的撞击、震动声	哐、咣、哐啷
j、q、z、c	宜表现凄楚或艰涩的情绪	叫、及、记起、巧、旧、秋、尖、晶、清、焦、琴、赃、藏、仓、参、窜
s、x	表现凄清的情绪	小、星、心、西、死、三、沙、森、桑、新、性、辛、送、素、所、酸、选、宣、许

　　声母在文学作品中起着重要的意义。在一些批评类的作品中有："侯类、幽类、宵类之字均含诘屈卷束之义"的论述，可以看出声母对音节有着重要的意义，可以起到表情达意的作用。一些作家在文学创作过程中，非常重视声母的选择，体现出考究的意味。

　　如唐代诗人杜甫的《画鹰》。

　　　　素练风霜起，苍鹰画作殊。拟身思狡兔，侧目似愁胡。

　　　　绦镟光堪摘，轩楹势可呼。何当击凡鸟，毛血洒平芜！

　　这是一首题画诗，"句句是鹰，句句是画"。作者借鹰言志，通过描绘画中雄鹰的威猛姿态和飞动的神情，以及搏击的激情，"曲尽其妙"从而表现了作者青年时期昂扬奋发的心志和鄙视平庸的性情。这首诗在语音方面也独具特色，其场面描写生动逼真，在语音上选择了一系列的擦音声母，如素、风、霜、画、殊、身、思、似、胡、镟、轩、势、呼、何、凡、血、洒，摩擦出口的声音与风声相近，于是形成了画与鹰、画与诗、诗与音等同在，营造出身临其境的效果。

71

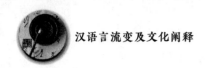

再来欣赏唐代诗人韩愈的《听颖师弹琴》。

昵昵儿女语，恩怨相尔汝。

划然变轩昂，勇士赴敌场。

浮云柳絮无根蒂，天地阔远随飞扬。

喧啾百鸟群，忽见孤凤凰。

跻攀分寸不可上，失势一落千丈强。

嗟余有两耳，未省听丝篁。

自闻颖师弹，起坐在一旁。

推手遽止之，湿衣泪滂滂。

颖乎尔诚能，无以冰炭置我肠！

这首诗主要描写了诗人听颖师弹琴的感受，诗歌从演奏的开始起笔，到琴声的终止完篇。诗人首先运用多种手法刻画了音乐形象，然后，诗人又写了音乐效果，以自己当时的坐立不安、泪雨滂沱和冰炭塞肠的深刻感受，来说明音乐的感人力量。形象的刻画为生动地描写提供了依据，而生动地描写又反证了形象刻画的真实可信，二者各尽其妙，交互为用，相得益彰。语音方面，"昵昵儿女语"，在古代为浊音泥母，读来圆滑柔细，宜表达儿女私语亲昵之情；"浮云柳絮无根蒂，天地阔远随飞扬"则是擦音、边音多，显得幽忽广远、浮泛轻盈。

同样是听琴，唐代诗人白居易在《琵琶行》中也描写了听琴的场面和感受。

转轴拨弦三两声，未成曲调先有情。弦弦掩抑声声思，似诉平生不得志。低眉信手续续弹，说尽心中无限事。轻拢慢捻抹复挑，初为《霓裳》后《六幺》。大弦嘈嘈如急雨，小弦切切如私语。嘈嘈切切错杂弹，大珠小珠落玉盘。间关莺语花底滑，幽咽泉流冰下难。冰泉冷涩弦凝绝，凝绝不通声暂歇。别有幽愁暗恨生，此时无声胜有声。银瓶乍破水浆迸，铁骑突出刀枪鸣。曲终收拨当心画，四弦一声如裂帛。

诗人的主要笔墨是写琵琶乐曲的音乐形象，写琵琶曲调由快速到缓慢再到细弱，最后消失无声，在无声中又突然响起，有如狂风暴雨般震撼，再到后来的戛然而止，诗人透过这些生动的描写，将抽象得听不到的音乐变成了具有视觉形象的曲谱。因为有珍珠落玉盘的声音，有流连婉转的关莺语，有水流冰下的丝丝细语，也有铁马冰河、银瓶炸裂等声音，忽而舒缓，忽而悲凉，让人久久不能平息。其中"嘈嘈切切错杂弹"这一句连用六个塞擦音，表现出琴弦律动不仅是曲调的生成，更是人的主观感受的不同游走，显示了作者在遣词造句上的深厚功力。

另外，宋代词人李清照在她的《声声慢》中也巧用声母来表情达意。

寻寻觅觅，冷冷清清，凄凄惨惨戚戚。乍暖还寒时候，最难将息。
三杯两盏淡酒，怎敌他、晚来风急。雁过也，正伤心，却是旧时相识。
满地黄花堆积。憔悴损，如今有谁堪摘。守着窗儿，独自怎生得黑。
梧桐更兼细雨，到黄昏、点点滴滴。这次第，怎一个愁字了得。

这首词中，开头的"寻寻觅觅，冷冷清清，凄凄惨惨戚戚"，这七组叠字的声母从舌面到双唇、从舌尖到舌面、从舌面到舌尖再到舌面的交错反复过程，作者想表达的悲凉的心境因为这些词语更显凄冷之感。这里词人李清照巧借声音传递感情，营造了"无尽愁"的意境。

明代徐兴公的《赠口吃孝廉》是刻意追求语音的游戏形式，声母用"l"。

留恋兰陵令，淋漓雨泪流。
岭萝凉弄濑，路柳绿连楼。

到了现代诗，诗人在进行诗歌创作的时候也非常注重对字音的选择，透过字音来表情达意，如徐志摩的《沪杭车中》。

匆匆匆！催催催！

一卷烟，一片山，几点云影，

一道水，一条桥，一支橹声，

一林松，一丛竹，红叶纷纷：

艳色的田野，艳色的秋景，

梦境似的分明，模糊，消隐，——

催催催！是车轮还是光阴？

催老了秋容，催老了人生！

诗歌的开头"匆匆匆！催催催！"都是舌尖送气塞擦音，在朗诵的时候会产生紧促感，造成紧张的气氛。

二、清声母、浊声母的独特意义

声母有清浊之分，根据发音时声带是否振动可将声母分为清音和浊音两类。发音时，声带不振动的声母为清音声母，声带振动的声母为浊音声母。即发音颤者为浊，其音重；不颤者为清，其音轻。清声和浊声有着不同的表情达意作用，清音在语感上显得纯净、明快，能营造出轻盈飘逸之境，常表现愉悦、轻逸的情绪；浊音在发音时气流受阻，在语感上显得厚重、阻滞，适合表现沉重郁闷的心情，能勾勒出凝重深沉之感。

优秀的诗歌往往会做到清浊相间，吟诵起来才会轻重相宜，朗朗上口。

理论上普通话浊音声母只有四个：m、n、l、r，实际上不止。现在很多阳平字是由古时候浊声母平声字演化而来的，在发音时，阳平字的声母发音仍比较重，浊音较浓，实际发音可以当作浊音。比如"鼻、敌、达、读、急、及"等，和上海话浊声发音相似。如"皮包"的"皮"，上海话读"鼻"；"土地"的"地"，上海话读"敌"；"大小"的"大"，上海话读"读"。

李清照擅长音律，她的词风因生活的变故而前后有异。前期作词朴实无华，清丽灵秀，显得清新活泼。或格调清新，或妩媚秀丽，或细腻婉转，描绘少女情怀、初恋生活、山水美景及思念丈夫的离情别绪。如《如梦令·昨夜雨疏风骤》，使用的字除"昨、浓、道、肥"外，均为清音。音感上与她的生活也相合。

昨夜雨疏风骤，浓睡不消残酒。试问卷帘人，却道海棠依旧。知否？知否？应是绿肥红瘦。

再如《如梦令·常记溪亭日暮》，除"常、亭、暮、沉、路、渡、鹭"外，均为清音，与她当时的心境相合。

常记溪亭日暮，沉醉不知归路。兴尽晚回舟，误入藕花深处。争渡，争渡，惊起一滩鸥鹭。

在《点绛唇·蹴罢秋千》里，少女兴奋、喜悦心情跃然纸上，用的字除"罢、浓、汗、人、袜、划"外，均为清音。

蹴罢秋千，起来慵整纤纤手。露浓花瘦，薄汗轻衣透。见客入来，袜划金钗溜。和羞走，倚门回首，却把青梅嗅。

后期词作则以凄怆深沉，苍凉悲楚为主调，多写离别、相思、怀旧，显得沉郁凄怆。如《醉花阴·薄雾浓云愁永昼》。

薄雾浓云愁永昼，瑞脑销金兽。佳节又重阳，玉枕纱厨，半夜凉初透。

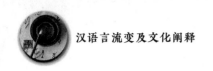
东篱把酒黄昏后，有暗香盈袖。莫道不消魂，帘卷西风，人比黄花瘦。

字里行间流露出的是悲凉之情，浊音字的使用明显增多，有"薄、浓、云、愁、瑞、脑、重、阳、厨、黄、昏、袖、莫、道、魂"。

从词风看，前期清丽爽朗，后期沉郁凄怆。从用字看，前期清声多，后期浊声多，与情感非常合拍。

三、尖音、团音的特殊美感

汉语自古以来就分尖音和团音，现在的普通话不再分，某些方言中还存在这一现象。所谓尖音，指的是舌尖前音声母 z、c、s 拼 i、ü 或 i、ü 起头的韵母；所谓团音，指的是舌前音声母 j、q、x 拼 i、ü 或 i、ü 起头的韵母。汉语声母中的尖、团现象交织混合形成了汉语独特的语音现象。

清代的《圆音正考》是一本语音方面的书，其目的主要是分辨尖音和团音，纠正人们尖团音混淆的语音问题。现在汉语普通话拼音中的 ji、qi、xi 和 zi、ci、si 里的"i"是不同的音素，前者是舌面元音，后者是舌尖元音。尖音和团音的分与合，古音与今音不同。关于尖团音的区别可以从方言中找到相关例子。如在苏州话中"祭祀"一词，它们的声母是相同的，说明苏州话还分尖团。

为什么会出现尖音与团音合流的现象？主要原因是尖音的舌面化。清王朝建立之后，满族不断汉化，他们发音时舌位靠后，舌尖卷起。满族在学习汉语中的 z、c、s 等音时，就将尖音后移，形成了舌面音，也就是团音。而清王朝进一步推行官话，便将变异的团音传给后代，使得尖音舌面化的现象扩大。于是在满族管辖或者满汉杂居的地域，尖音舌面化的现象比较普遍，如北京、天津一带，而其他地方这种现象较少。普通话是以北方方言为基础方言，以北京语音为标准音，因此尖音与团音也不分了。

尖音与团音虽然融合，但它们表示的物象仍然不同。

剑与箭都是常用的兵器，意思不同，相应的读音有所区分，前者是团音，后者是尖音。因为箭与剑相比较细、较尖，因此用尖音表示。而"星星"也表达小的意思，因此"星"也是尖音。

尖音出现在诗词中主要表现纤细轻软的基调，如小提琴一般，表达出来的是细腻悠长的意境。典型代表就是《游园》。

原来姹紫嫣红开遍，似这般都付与断井颓垣，良辰美景奈何天，便赏心乐事谁家院。朝飞暮卷，云霞翠轩，雨丝风片，烟波画船，锦屏人忒看的这韶光贱。

这首词翻译为：这样繁花似锦的迷人春色无人赏识，都赋予了破败的断井颓垣。这样美好的春天，宝贵的时光如何度过呢？使人欢心愉快的事究竟什么人家才有呢？雕梁画栋、飞阁流丹、碧瓦亭台，如云霞一般灿烂绚丽。和煦的春风，带着蒙蒙细雨，烟波浩渺的春水中浮动着画船，我这深闺女子太辜负这美好春光。此曲描写贵族小姐杜丽娘游览自己家的后花园，发现万紫千红与破井断墙相伴，无人欣赏，良辰美景空自流逝，感到惊异和惋惜，抒发了对美好青春被禁锢、被扼杀的叹息。全曲语言精美，以词的手法写曲，抒情、写景及刻划人物的心理活动，无不细腻生动，真切感人，流动着优雅的韵律之美。

从实际的发音状况来看，其中的"井"和"景"有所区别，前者是尖音，后者是团音，这些可以在戏曲演唱中找到，有所区别之后的语音更有层次错落的美感。

分析红楼梦中的《葬花吟》歌词，来比照尖音和团音（带"k"的为入声）。

花谢花飞花满天，红消香断有谁怜？

游丝软系飘春榭，落絮轻沾扑绣帘。

……

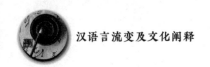

一年三百六十日，风刀霜^{jiàn}剑严^{siāng}相逼；

明媚^{siān}鲜妍能几时，一朝漂泊难^{sún}寻觅。

花开易^{jiàn}见落难寻，^{jiēcián}阶前愁杀葬花人，

独倚花锄泪暗洒，洒上空枝见血痕。

......

愿侬^{siek}胁下生双翼，随花飞到天^{zìn}尽头。

天^{zìn}尽头，何处有^{xiāngqiū}香丘？

未若锦^{jìn}囊收艳骨，一抔净土掩风流。

质本^{jik}洁来还^{jikqù}洁去，恰如污^{qiak}淖陷^{yànqú}渠沟。

尔^{jìn}今死^{qù}去侬收葬，未卜侬身何日丧？

侬^{jìn}今葬花人^{siào}笑痴，他年葬侬知是谁？

天^{zìn}尽头，何处有^{xiāngqiū}香丘，

试看春残花^{ziàn}渐落，便是红颜老死时；

一朝春^{zìn}尽红颜老，花落人亡两不知！

加入尖音之后，整首诗娓娓道来，显得柔和儒雅，人们也从字里行间感受到了对花落容颜老的叹息，使得韵味更加悠长。

第三节 押韵与诗性

一、押韵

押韵指的是文本中某些语段的句子的最后一个字有相同或者相近的韵

母，由这些相同韵母所形成韵脚。在我国古代的骈文、诗词中因为押韵的使用使得声音和谐悦耳，读起来富有韵律感。一般来说，朗读时，句子末尾会出现较长时间的停顿，如果配上押韵，贯穿起来就有一个主音反复出现，停顿处的字词就有了更为强烈的节奏感。

押韵不仅受具体的格律限制，还受主观的思想情绪的限制。作者将思想感情融入字里行间，通过声母、韵母、韵脚的搭配，使得相同的音色反复出现，造成相互应和的效果。

溯源押韵，最早可以上溯到先秦时期，先秦时期的著作中能看到明显的押韵痕迹，《老子》《庄子》就是代表。之后押韵更是成为诗词创作必须遵守的规则，通过押韵也提升了诗词的文化底蕴，让读者在诗词中感受汉语言的语音美。在古人的著作中也论述了音韵的重要意义。

夫音律所始，本于人声者也。声含宫商，肇自血气，先王因之，以制乐歌……故言语者，文章关键，神明枢机；吐纳律吕，唇吻而已。

——刘勰《文心雕龙·声律》

朱光潜曾谈到押韵的奥妙。

就一般诗来说，韵的最大功用在把涣散的声音贯穿起来，成为一个完整的曲调。它好比贯珠的串子，在中国诗里这串子尤不可少。

——朱光潜《诗论》

诗歌中的押韵往往是第一句、第二句连续用韵，之后每隔一句用韵，但是后来较长诗歌中的用韵发生了一定的变化，且出现了转韵。诗歌用韵如果疏密均匀，表达的情绪则较为平缓、疏松；过于紧凑，则情绪表达较为急促。因此，古诗歌如果用间隔句相押，其情感表达则较为舒畅。如果是连句相押，则声声相接，情感表达则比较紧迫、压抑。为了表达感情的婉转悠长，有的

隔几句押韵，中间转韵，且在平仄之间自由切换。

如唐代诗人张若虚的《春江花月夜》。

> 春江潮水连海平，海上明月共潮生。
>
> 滟滟随波千万里，何处春江无月明！
>
> 江流宛转绕芳甸，月照花林皆似霰；
>
> 空里流霜不觉飞，汀上白沙看不见。
>
> 江天一色无纤尘，皎皎空中孤月轮。
>
> 江畔何人初见月？江月何年初照人？
>
> 人生代代无穷已，江月年年望相似。
>
> 不知江月待何人，但见长江送流水。
>
> 白云一片去悠悠，青枫浦上不胜愁。
>
> 谁家今夜扁舟子？何处相思明月楼？
>
> 可怜楼上月裴回，应照离人妆镜台。
>
> 玉户帘中卷不去，捣衣砧上拂还来。
>
> 此时相望不相闻，愿逐月华流照君。
>
> 鸿雁长飞光不度，鱼龙潜跃水成文。
>
> 昨夜闲潭梦落花，可怜春半不还家。
>
> 江水流春去欲尽，江潭落月复西斜。
>
> 斜月沉沉藏海雾，碣石潇湘无限路。
>
> 不知乘月几人归，落月摇情满江树。

这首诗，四句押一韵，有的中间转韵。

前两句"春江潮水连海平，海上明月共潮生"。中押韵的字为"平""生"，韵尾都是"ng"。"江流宛转绕芳甸，月照花林皆似霰；空里流霜不觉飞，汀上白沙看不见"。一句押韵的字是"甸""霰""见"。

"江天一色无纤尘，皎皎空中孤月轮。江畔何人初见月？江月何年初照

80

人？"一句押韵的字是"尘""轮""人"。

这首诗歌在整体用韵上还呈现出不同的特征，平仄相间，且每一节的第三句所押的韵又与整节相反，呈现出忽然平转仄，忽然仄转平，高低相间，一唱三叹，因此《春江花月夜》也成为古诗词中的名篇，给读者带来的是绵延悠长的体验。

再比如冯延巳的《谒金门》。

风乍起，吹皱一池春水。闲引鸳鸯香径里，手挼红杏蕊。斗鸭阑干独倚，碧玉搔头斜坠。终日望君君不至，举头闻鹊喜。

中间换韵与连句韵有着某种相似性，不同的地方是中间有喘息的地方，所换的韵脚与下一句的韵脚有效衔接，在变化中又呈现出和谐的基调。

一般来讲，诗句多在下一句押韵，有些诗句则选择句句押韵，有的选择押前韵，给人以前所未有的震撼感，如唐代章碣的《变体诗》。

> 东南路尽吴江畔，正是穷愁暮雨天。
> 鸥鹭不嫌斜雨岸，波涛欺得逆风船。
> 偶逢岛寺停帆看，深羡渔翁下钓眠。
> 今古若论英达算，鸱夷高兴固无边。

律诗第一、三、五、七句向来不用韵，此诗却押了"畔""岸""看""算"四个仄声韵，这是他创造的变体律诗。顾况作"吴体"诗，温庭筠作"双声"诗，李商隐作"当句对"诗，和章碣这首"变体"诗，都反映着中唐以后，有人在律诗的形式方面试探与创新，但是都没有成功。

古代的散文中也会出现押韵，所产生的音韵美和谐悦耳、令人神往。比如唐代刘禹锡的《陋室铭》。

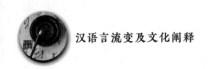

山不在高，有仙则名。水不在深，有龙则灵。斯是陋室，惟吾德馨。苔痕上阶绿，草色入帘青。谈笑有鸿儒，往来无白丁。可以调素琴，阅金经。无丝竹之乱耳，无案牍之劳形。南阳诸葛庐，西蜀子云亭。孔子云：何陋之有？

这篇散文中押韵的字有"名""灵""青""丁""经""形""亭"，所押的韵是"ing"韵，在语言表达上，多用四字句、五字句，有对偶句，有排比句，只有最后一句是散文句式，句式整齐而又富于变化，文字精练而又清丽，音调和谐，音节铿锵。

押韵一直沿用到今日，如写的打油诗，语言俏皮，信手拈来，成为人们生活娱乐的重要手段之一。

人生如茶，不会苦一辈子，但总会苦一阵子。

床前明月光，人影一双双；唯我独徘徊，心里憋得慌。

二、开口音与闭口音

汉语言中通过开口音与闭口音的排列的不同来表达作者的情绪变化。

所谓开口音指的是以 a、o、e 为韵腹的音，多表现情感明朗；所谓闭口音指的是以 i、u、ü 为韵腹的音，表现情感低回委婉。通常情况下，开口音和闭口音的排列与组合不同，所表达的情感也是不同的。开口音和闭口音进行组合形成不同的声音，几个开口音或者几个闭口音连续使用，会使得声音的节奏拉长，体现感情的细腻。如果开口音和闭口音间隔排列，使得节奏变短，声音变化使得情感的表达明朗，情绪跌宕起伏。

另外，阳声韵与阴声韵是诗歌的不同声韵，阳声韵是韵尾带鼻音的韵，阴声韵是韵尾不带鼻音的韵。一般来说，阳声韵主要表达的是明快、开朗的韵律，而阴声韵主要用来表达幽怨、哀思的情感体验。以塞音 p、t、k 收尾的韵被称为入声韵，所表达的是痛苦、坚韧、压抑、决绝、感慨、愤懑等情绪，也用来表达一咏三叹的顿挫之感。常见的字有特、局、绝、独、敌、急等，这些字犹如乐器演奏戛然而止，却是言有尽，而意无穷。

　　根据声音的长短，还可以将汉语的语音划分为长音、中音和短音。在吟诵的时候，平声一般为长音，入声为短音，其他的为中音。在诗歌诵读中讲究长音、中音、短音之间的切换，这样可以增加诗歌的韵律之美。例如，诗仙李白的《宣州谢朓楼饯别校书叔云》一首诗，全诗重在抒情，在气韵流转间表达作者丰富的情感。

> 弃我去者，昨日之日不可留。
>
> 乱我心者，今日之日多烦忧。
>
> 长风万里送秋雁，对此可以酣高楼。
>
> 蓬莱文章建安骨，中间小谢又清发。
>
> 俱怀逸兴壮思飞，欲上青天揽明月。
>
> 抽刀断水水更流，举杯消愁愁更愁。
>
> 人生在世不称意，明朝散发弄扁舟。

　　这首诗是唐代诗人李白在宣城，也就是今天的安徽与其叔李云相遇并同登谢朓楼时创作的送别诗。此诗并不直言离别，而是重笔抒发诗人自己怀才不遇的激烈愤懑，灌注了慷慨豪迈的情怀，表达了对黑暗社会的强烈不满和对光明世界的执着追求。而要抒发作者的情绪，主要通过声韵进行表现，第一句中有声母"q"，发音猛烈，且"弃"为抛弃，"乱"为"纷乱"，前两句带出了作者的惆怅感。之后三四句情绪逐渐转为平缓，这两句主要以开口音为主。但统观整首诗，其闭口音要多于开口音，且诗歌的整体基调是忧郁的。开头的诗句"昨日之日不可留"一连用了三个入声字，从中可以感受到作者情绪的激烈程度。下一句"今日之日多烦忧"中"多烦忧"用了三个连续的平声字，情绪进一步平复，以引起进一步抒情。且在非押韵位置用了好几个

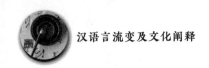

"尤"韵，以加强忧郁的感觉，最后以顿挫的入声插在中间，以悠长的"尤"韵结尾，表达了作者不甘心、无奈和悠悠恨意。

再比如苏轼在他的《大风留金山两日》一诗中有一句："塔上一铃独自语，明日颠风当断渡。"清代学者查慎行写道："下句即铃音也。""颠、当、断、渡"的声母是爆破音"d"，接近铃声；而"明、颠、风、当、断"是鼻音韵尾，轻清、重浊相同，又接近铃韵；"日、渡"为可延长的单元音，而延长的单元音就非常像是铃声的余响。因"铃音"与语音相似，因声寓义，以此来传达"明日风大，阻断济渡"的意思。

三、韵部与诗性

在诗歌当中，诗人为了达到所表达的情感与声音的表现形式一致，常常会根据感情的需要来选择适合寄托情感的韵部，使得诗歌的韵部与表情达意高度一致。韵辙的响亮度是由口腔、鼻腔等共鸣的强度决定的。

在创作过程中，需要先立意，立意之后还需要定调、选韵。定调就是定下诗歌的感情基调，是欢快的还是悲沉的。定下感情基调之后，就要使诗歌前后的感情基调一致，最终达到意与境的统一。诗歌韵辙的使用与诗歌感情的表达密切相关，一般来说，根据汉字音节的韵母进行归类可以分为十三韵辙，按照响亮度的不同，分为三级——洪声韵、柔和韵、细声韵。一般来说，高亢奔放宜用洪声韵，优美欢快或者沉郁悲凉用柔和韵或细声韵。

（一）洪声韵

洪声韵指的是开口度大，声音也较响亮，能传得远的韵母。主要表现明朗、强烈、激昂、雄壮的感情。具体可分为江阳辙、中东辙、言前辙、人辰辙、发花辙。

1. 江阳辙

a 开口大，且 ng 有很强的鼻腔共鸣，给人以洪亮、浑厚的感觉，可表现豪放昂扬、亢奋、激动的心情。如杜甫的《闻官军收河南河北》。

剑外忽传收蓟北，初闻涕泪满衣裳。

却看妻子愁何在，漫卷诗书喜欲狂。

白日放歌须纵酒，青春作伴好还乡。

即从巴峡穿巫峡，便下襄阳向洛阳。

2. 中东辙

发音时舌头与上颚的距离比较大，鼻音韵尾，能给人以浑厚、镇静的感觉，用来表现庄严、浑厚或雄壮、沉着、镇静的感觉。如明代杨慎《临江仙》，读来一气贯之，显得苍凉大气，气脉流畅，有豁达、沧桑之象，余韵悠长，适合高声吟诵。

滚滚长江东逝水，浪花淘尽英雄。是非成败转头空。青山依旧在，几度夕阳红。

白发渔樵江渚上，惯看秋月春风。一壶浊酒喜相逢。古今多少事，都付笑谈中。

3. 言前辙

a开口大，鼻音收尾，口、鼻腔双重共鸣，整个音节响亮，给人以悠扬、稳重的感觉，可用来表现欣喜、深沉、平静、安稳或哀婉怜悯的情绪。如北宋林逋《山园小梅》，虽气脉无阻，但较轻柔，类似细雨蒙蒙之象，宜低声自唱。

众芳摇落独喧妍，占尽风情向小园。

疏影横斜水清浅，暗香浮动月黄昏。

霜禽欲下先偷眼，粉蝶如知合断魂。

幸有微吟可相狎，不须檀板共金樽。

4. 人辰辙

舌头与上颚距离较小，收音时舌尖又抵住了上齿龈，开口度小，给人以平稳、沉静的感觉，可表现深沉、忧伤、怜悯的情感。如孟浩然《宿建德江》。

> 移舟泊烟渚，日暮客愁新。
> 野旷天低树，江清月近人。

这首诗以闭口音为主，押 in 和 en 韵。一、二、四行用了短促、哽咽的入声字，抒发着难以言喻的愁思，表达悲愁、痛苦、细腻的情感。第一、三行的尾字韵腹都是 u，压抑、忧伤的情怀自然荡涤在心间。

5. 发花辙

开口度大，发音浅，声音响亮，为直喉音，读来爽快明白，给人清朗的感觉，适合表达喜悦的、欢快的情绪。

元白朴的《天净沙》。

> 孤村落日残霞，轻烟老树寒鸦，一点飞鸿影下。青山绿水，白草红叶黄花。

此曲本有萧瑟之意，但因用"麻"韵，则将萧瑟之意冲淡了不少，使得悲中有达，沉中有出，尽显作者胸襟。

（二）柔和韵

韵母开口度稍小，声音相对较轻柔，也不易传远，宜表现轻快、欢畅、风趣的内容。柔和韵包括怀来辙、遥条辙、梭波辙、油求辙。

1. 怀来辙

a 开口度大，但收尾的 i 开口很小，可用来表现伤感的情怀。如白居易《大林寺桃花》，用桃花替代春光，具体可感，形象逼真，韵与表达的情绪合拍。

人间四月芳菲尽，山寺桃花始盛开。

长恨春归无觅处，不知转入此中来。

2. 遥条辙

嘴型变化大，声音由短而轻开始到长而重，再转为轻，开口度则由小到大再收小，在语音上有种流利、飘荡的感觉，适合表现潇洒的、风流倜傥的情感。

江夔《过垂虹》就是使用了遥条辙。

自做新词韵最娇，小红低唱我吹箫。

曲终过尽松陵路，回首烟波十四桥。

3. 梭波辙

开口度小，气息和声波传出时给人有种缠绵的、欲说还休的感觉。

唐代诗人杜甫的《天末怀李白》就使用了梭波辙。

凉风起天末，君子意如何？鸿雁几时到，江湖秋水多。

文章憎命达，魑魅喜人过。应共冤魂语，投诗赠汨罗。

4. 油求辙

开口度小，适合表现辽阔的境界、深沉而感慨的情绪或别绪离愁。

宋代词人柳永的《八声甘州·对潇潇暮雨洒江天》，显得悠长而徐缓。

对潇潇暮雨洒江天，一番洗清秋。渐霜风凄紧，关河冷落，残照当楼。是处红衰翠减，苒苒物华休。唯有长江水，无语东流。不忍登高临远，望故乡渺邈，归思难收。叹年来踪迹，何事苦淹留？想佳人，妆楼颙望，误几回、天际识归舟。争知我，倚阑干处，正恁闲愁。

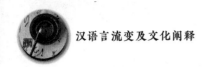

徐志摩的《沙扬娜拉》，"温柔""娇羞""忧愁"，声调徐缓悠长，含蓄柔和，韵部与诗的情调十分融合。

最是那一低头的温柔，

像一朵水仙花不胜凉风的娇羞，

道一声珍重，

那一声珍重里有甜蜜的忧愁

沙扬娜拉！

（三）细声韵

细声韵韵母开口度很小，声音传不远，收音不响亮，显得低沉、迫促，气息须从很窄的通道中流出来，给人以细声慢气的感觉，适宜表达隐晦的心曲或细腻的情思，或苦闷、悲痛、哀怨、凝重的感情，也便于倾吐哀婉和沉痛的心绪，或抒发追怀的深情。细声韵包括乜斜辙、灰堆辙、一七辙、姑苏辙。

1. 乜斜辙

古代为入声韵，收音十分短促。北方方言入声已消失，用粤、吴方言去念则韵脚相谐。常用来抒发内心的沉痛、悲痛、怀念、惋惜的情绪。

例如，元姚燧《普天乐·别友》。

浙江秋，吴山夜，愁随潮去，恨与山叠。寒雁来，芙蓉谢，冷雨青灯读书舍。待离别怎忍离别？今宵醉也，明朝去也，宁耐些些。

2. 灰堆辙、姑苏辙

适合表达悲伤、忧郁或者缠绵、感叹的情绪，或用来抒发内心的忧愁和苦闷。杜甫《羌村三首》之二押姑苏辙。

晚岁迫偷生，还家少欢趣。

娇儿不离膝，畏我复却去。

忆夕好追凉，故绕池边树。

萧萧北风劲，抚事煎百虑。

赖知黍秫收，已觉糟床注。

如今足斟酌，且用慰迟暮。

3. 一七辙

收音哑滞、不响亮，常用来表现沉郁之情。例如，刘禹锡《杨柳枝词》。

城外春风吹酒旗，行人挥袂日西时。

长安陌上无穷树，唯有垂杨管别离。

第四节　对偶、排比中的和谐美

对称句式是汉民族诗文、小说作者施展才华的一种有效手段，是汉语独特的艺术形式和文化形式。古人借助这种句式的排列组合，来发挥汉语形式美的功能。

对偶的作用是形成整齐美，它语言工整，便于吟诵，易于记忆，表意凝练，抒情酣畅，是汉民族的对称美在语言艺术里的体现；排比可产生语言的节奏感，朗朗上口，增强语势，以强化文章的表达效果。对偶、排比的使用是汉民族追求对称、和谐的表现。

一、汉语言对偶、排比反映了汉民族追求均衡与对称的民族文化心理

汉民族有自己的审美意识，在众多的审美意识中有一个不变的原则就是对称、均衡与和谐，不仅表现在图案、建筑中，还表现在语言方面。这一文

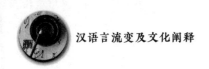

化心理的形成从客观上讲，平衡、对称是大自然普遍存在的现实情形，如人、动物、植物都是左右对称的，都能给人们以视觉上的美感。就主观上说，汉民族对客观世界的认识，遵循"近取诸身，远取诸物"的原则，对称心理的产生正如刘勰所说的"造化毗形，支体必双，神理为用，事不孤它"，从这一角度不断延伸、拓展就形成了天与地、日与月、山与水等自然对称，还有君与臣、父与子、夫与妇的对称。在汉民族心中，对称可以产生较好的心理体验，能给人以和谐安稳的感受，渗透到汉语言中，就产生了汉语言独特的节奏。

二、对偶

对偶句看上去整齐醒目，听来铿锵悦耳，读来朗朗上口，便于记忆传诵。

语音对称平衡的关键不是形式，而是内容，在于互为对称的两个语句，不论内容相同、相似或相对，都具有平衡的整齐之美。律诗的对偶从词性、句式来看属均匀对称，从音韵角度来分析又是平衡对称。律诗的颈联颔联要求对仗，但平仄、声调的性质则完全相反，使其在不一致中产生了一致。

对偶的产生与汉语的特殊形态有关。双音节词多，显得匀称，因此词语也对偶了。汉字形状及表意功能丰富，单音、双音、三音节、同义、近义、反义词语的大量存在，平仄舒促关系分明等，都为对偶的出现奠定了基础。

（一）对偶历史梳理

对偶句在《易经》《书经》和其他诸子散文中都有，且为数甚多。

无偏无颇，遵王之义，无有作好，尊主之道。

——《尚书·洪范》

乾道成男，坤道成女。

——《周易》

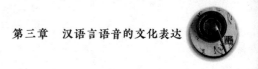

贼民之主，不忠；弃君之命，不信。

——《左传·宣公二年》

不积跬步，无以至千里；不积小流，无以成江海。

——《荀子·劝学》

见其生，不忍见其死；闻其声，不忍食其肉。

——《老子》

此外，李斯《谏逐客书》、西汉贾谊《过秦论》、司马迁《报任安书》和扬雄《解嘲》中都有。

魏晋时期的骈文除了讲求语意相对外，还讲求骈句间"平仄"调和。通过这些手段方法，从而使文章读起来朗朗上口，铿锵有声，便于记忆且增加音韵的艺术价值。有四对四，六对六的。

或命巾车，或棹孤舟。既窈窕以寻壑，亦崎岖而经丘。

——陶渊明《归去来兮辞并序》

也有上四下六对的。

钟仪君子，人就南冠之囚；季孙行人，留守西河之馆。

——庾信《哀江南赋序》

隋唐以来，骈文、骈赋盛行不衰，还有了律诗、律赋等文学样式。宋以后，对偶不仅在词曲中花样翻新，还被广泛地运用于戏剧、小说、散文新体赋、通俗讲唱文学等。如果说讲求对偶在六朝以前还只是反映上层贵族和文人雅士的审美情趣，那么隋唐以后，这种审美情趣已深入到民间，成为中华

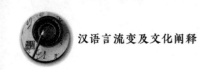

民族广泛而普遍的审美趋向了。在汉语的诗歌创作中，对偶是个非常重要的艺术表现手法。在长期的创作实践中，人们还总结了不少对格，如《声律启蒙》："云对雨，雪对风，晚照对晴空，来鸿对去燕，宿鸟对鸣虫……"

（二）对偶语音上的和谐美

从语音上看，对偶文字此开彼和、此收彼放，声音上有抑扬、顿挫感，节奏鲜明，音调和谐悦耳；从意义来看，对偶的文字互相衬托、互相照应，表达的意思则显得更加丰富、精练和确切；从表达效果看，对偶的使用增强了语言的表现力。当表达内容刚好包含两个方面时，可使两者紧密结合，互相衬托，突出于其他事物之上；而如果表达内容可以归结为两个相对的方面时，可使意思更为鲜明。

如杜甫的《绝句》。

> 两个黄鹂鸣翠柳，一行白鹭上青天。
> 窗含西岭千秋雪，门泊东吴万里船。

两个对一行，黄鹂对白鹭，鸣翠柳对上青天，窗含对门泊，西岭对东吴，千秋雪对万里船。这首绝句采用一句一景两两对仗的写法，使作品读起来十分流畅自然，一点儿也没有雕琢之感。

三、排比

排比是用平行排列的结构相同或相似、语气一致、意义密切相关的三个或三个以上的语句成串组合的一种修辞方式，它可以用来增强语势、强化内容、升华情感，使语言富有节奏感、旋律美，可以增强文章的表达效果。

文章中恰当使用排比，不仅能使文意纵横捭阖，气势恢宏，而且可以使文章和谐，让人感到文采斐然，摇曳生辉。

汉民族很早就形成了用排比句来撰写文本的传统。

学而时习之，不亦说乎？有朋自远方来，不亦乐乎？人不知而不愠，不亦君子乎？

——《论语·学而》

子曰：视其所以，观其所由，察其所安，人焉廋哉，人焉廋哉。

——《为政》

水行不避蛟龙者，渔父之勇也；陆行不避兕虎者，猎夫之勇也；白刃交于前，视死若生者，烈士之勇也；知穷之有命，知通之有时，临大难而不惧者，圣人之勇也。

——《庄子》

合抱之木，生于毫末；九层之台，起于垒土；千里之行，始于足下。

——《老子》

我心匪石，不可转也。我心匪席，不可卷也。

——《邶风·柏舟》

陶渊明《闲情赋》使用了大量排比。

愿在衣而为领，承华首之余芳；悲罗襟之宵离，怨秋夜之未央！……愿在木而为桐，作膝上之鸣琴；悲乐极而哀来，终推我而辍音。

梁启超非常喜欢用排比，《少年中国说》用了大量形象化的排比句。

欲言国之老少，请先言人之老少……老年人如夕阳，少年人如朝阳；老年人如瘠牛，少年人如乳虎；老年人如僧，少年人如侠；老年人如字典，少

年人如戏文……老年人如别行星之陨石；少年人如大海洋之珊瑚岛；……老年人如秋后之柳，少年人如春前之草；老年人如死海之潴为泽，少年人如长江之初发源。

清易顺鼎《天童山中月夜独坐》前两句和后两句都是排比，颇具禅趣。

青山无一尘，青天无一云。

天上惟一月，山中惟一人。

总而言之，汉民族长期形成的特殊心理在修辞上反映强烈的莫过于整齐有序的心理。这种心理在修辞中表现为语言整齐匀称，安排有序。如喜欢运用对偶、排比，讲究篇章布局，前后照应，重章叠句，注意行文押韵等。

第五节　谐音背后的汉民族思维与审美

一、谐音现象

谐音的生成源于其背后的文化推动，与汉语特殊的语音现象，以及汉民族的某种特定思维方式密切相关。谐音在汉语里有特殊价值，它给汉民族带来了另一种文化情趣，是在民族心理推动下形成的具有民族特色的语音文化。

从事物这一面联想到另一面，是汉民族文化传统的心理习惯。从形式看，汉语的谐音取决于汉语的语音结构，音节少则同音多，为谐音提供了语音条件；从内容看，则跟汉民族的传统思维习惯及其观念有着密切的关系。

谐音所具有的双关隐语，意义关联的功能是极其符合汉民族含蓄、幽默的文化底蕴的。只有透彻了解汉民族的民族心理、风俗习惯、乡土人情、历史地理及文学传统，才能全面了解汉语中的大量谐音现象。

谐音是利用音同或音近条件，有意使语句在特定环境中产生明暗双重意义，表面说甲义，实际指乙义，言在此而意在彼。

由于汉语音节少，常用音节只 400 多个，加上声调也不过 1 000 余个，词语却多，这就必然造成很多词语同音。据统计，同音字最多的是"yi"，大致有 159 个。语言学家赵元任曾经用 85 个同音字编写了一则全是谐音的故事。

石室诗士施氏，嗜狮，誓食十狮。施氏时时适市视狮。十时，适十狮适市。是时，适施氏适市。氏视十狮，恃矢势，使十狮逝。氏拾是十狮尸，适石室。石室湿，氏使侍拭石室，氏始试食十狮尸，食时，始识是狮尸，实十石狮尸。试释是事。

二、谐音与审美

"气韵生动"是汉民族整体艺术的风范。这种风范的具体表现就是各种艺术个体的整体性、含蓄性、和谐性。从唐诗到宋词，从书法到绘画，从建筑到雕塑，汉民族追求的是虚实相生的境界。以虚化实，以气润韵，谐音手法的运用可以避免单一意义表达的直白与单调，借所谐之音虚实相生，使所表之义含蓄雅致。诗词、歌赋、戏剧、小说，楹联、谜语、相声、小品，都与谐音有着不解之缘。

谐音的特点是在特定环境中本音和谐音建立了稳固的并行关系，使其同一种语形并存两种意义。互相对应、映衬、对称，尽显和谐。

南朝乐府民歌常运用谐音双关语来喻指爱情。如"柳"与"情"，"柳""留"谐音，以代表不舍和思念；"晴""情"谐音，比喻男女间的爱情。

《红楼梦》对谐音的运用可谓达到极致。曹雪芹利用谐音造成种种音趣，表达语言的机锋，形成诙谐、讽刺、幽默等语用效果，他大量运用谐音寓意，创造出绘声绘色、声情并茂的艺术境界。

元迎探惜——原应叹息

甄英莲——真应怜

冯渊——逢冤

甄士隐——真事隐

贾雨村——假语存

娇杏——侥幸

霍起——祸起

卜世仁——不是人

秦钟——情种

单聘仁——善骗人

三、谐音与民俗

汉民族在日常生活中也常常运用谐音的表达手法，比如生活中一些不好的词语常常借助谐音来含蓄表达。这体现了汉民族含蓄、幽默、追求愉悦和谐的文化心态。

人类认知世界离不开语言，离不开直观感受。汉民族认识世界也不例外，通常会运用比喻联想来表现汉民族的思维活动。直观感受也就是一种官无取向、理想得意的思维方式。利用这种思维方式，可以直击语言背后的深意。谐音的运用则是这一思维的充分体现，它需要直观感受，以及比喻联想的结合，可以从"筷子"这个词来分析汉民族的这一基本认知方式。

筷子是中华民族的独创，汉民族一直使用筷子，筷子在古代叫作"箸"，到了明代，改成了"筷子"。因为"箸"与"住"同音，"住"往往表示停滞的意思，是不好的寓意，于是反其意而称"快"。又因为筷子多是用竹子制成的，于是就形成了"筷子"。这在明代的《推篷寐语》中有所记载。

世有误恶字而呼为美字者，如立箸讳滞呼为快子，今因流传之久，至有士大夫间，亦呼箸为快子者，忘其始也。

再比如船上的船帆，在船家是不准称帆的，因帆谐音"翻"，是驶船人的忌讳，船家多把"帆"称"篷"。另外，打鱼的人在吃饭时规定鱼身也不能翻。有些地方的方言在说到"帆"这个音时，会将一声变调为二声，也是为了避讳"翻"。

人们相信语言的力量，把语言当作最重要的工具，甚至称其为人类最重要的"武器"，赋予语言以生命。比如古人把语音同人心密切联系在一起："凡音者，生人心者也。情动于中，故形于声，声成文谓之音。"受中国传统文化的影响，浸润于儒家思想的汉民族有着含蓄内敛的民族特性，在语言交际中追求话语的含蓄，钟情于"指鹿为马"式的表达，沉醉于"言外之意"的意蕴。谐音能够化直接为含蓄，可以达到一语双关的目的，而含蓄、隐讳的方式又和汉民族文人的心理特征相契合。

诗词中关于生活、民俗的某些表达，作者也经常借助谐音来实现一语双关的目的。

（1）今昔已欢别，合会在何时。明灯照空局，悠然未有棋。

——梁武帝《子夜歌》

（2）昔我往矣，杨柳依依；今我来思，雨雪霏霏。

——《诗经·小雅·采薇》

（3）春风知别苦，不遣柳条青。

——李白《劳劳亭》

（1）中"棋"的谐音是"期"，诗中以空局无棋，表现了相会无期的失落，写出了情人之间生离死别的悲伤之情，令人动容。（2）中以"柳"寓意"留"，表达恋人之间依依惜别之情，表现含蓄委婉，饱含热情。（3）中也是以"柳"诉说"留"，诗人的这两句诗不仅因送别想到折柳，更因杨柳想到柳眼拖青要

靠春风吹拂，从而把离别与春风这两件本来毫不相干的事物联在了一起，富有新意，另辟诗境。

这里还有一则故事讲述的是文学批评家金圣叹写给临行前的儿子的话："莲子心中苦，梨儿腹内酸。"其中的"莲子""梨儿"谐音为"怜子""离儿"，表现出对儿子的依依惜别之情。

汉语言中的谐音与文化之间的关系反映在不同的方面，利用谐音最重要的目的是趋利避害，汉民族自古以来认为吉凶、好坏可以相互转化，利用谐音可以将一些不好寓意的词语变成吉祥的词语，这样就创造出了属于中华民族的趋利避害的语言文化。

受儒家思想影响，汉民族重视传宗接代，这也突出地表现在相关吉祥语中。例如，传统婚礼常运用谐音"图吉利"。结婚时，恭贺者把红枣、花生、莲子、栗子、核桃、百合等干果作为贺礼，把这些干果放在新婚夫妇的被褥底下，将"枣、花生、桂圆、莲子"谐音为"早生贵子"，"莲子与花生"谐音成"连生子"，"枣和栗子"谐音成"早立子"。另外，花生还有"花着生"的寓意，也就是既得男，又得女。

经过千百年的流传，食物与吃文化、谐音文化巧妙地融为一体，表现出独特的寓意，象征着汉民族力求逢凶化吉、追求和谐的美好愿望。

汤圆：象征吉祥与团圆。

发糕、年糕：步步高升、年年高升、发家致富。

"福"字倒贴：福到了。

除夕的鱼不吃完：寓意年年有余。

蝙蝠：寓意五福临门、福从天降、五福献寿。

鲫鱼戏水：寓意吉庆有余。

鲤鱼跳龙门："鲤"与"利"谐音，且龙门寓意步步高升。

使用谐音来避凶更是汉民族一贯的做法。生老病死是人生必然现象，但人总想延年益寿，因此"死"是最忌讳的字眼，有些方言因"四"与"死"同音，则认为"四"是不吉利的数字，因此在使用时会注意场合。

四、现代汉语言中的谐音文化——以网络语言为例

在现代汉语中，谐音运用也较为广泛，比如当下流行的互联网产生了大量的网络语言，蕴含着丰富的谐音文化。

网络语言是互联网普及的结果，当下网络成为现代人学习、工作、交际的重要工具，而网络语言也成为一种运用范围广泛，使用人数众多的社会化的新兴语言。那么网络语言与日常用语之间有哪些区别呢？通过比较发现网络语言最大的特点是人们通常不用面对面交流，而是借助网络这一媒介实现的跨时空的非面对面交流。可以说，网络语言不仅继承了书面语以文字为载体的特征，还保留了口语的随意、自然的语言风格。在交流过程中，有的人急于表达看法和感情，常常无法确保文字的正确性，导致表达中一些同音或者近音的出现，有的人还利用数字或者字母来表达特定的含义，于是逐渐在网络上形成了大量的谐音词。这些谐音词呈现出隐晦的特点，在表达丰富含义的同时形成了言外之意的特殊表达效果，从而增强了网络语言的艺术魅力。

（一）网络语言中的谐音分类

网络语言中的谐音词，大致可以归纳为以下四种类型（见表 3-2）。

表 3-2　网络语言中的谐音词分类

分类	二级分类	举例
汉语谐音	普通话词语的谐音	鸭梨（压力）、神马（什么）、驴友（旅友）
	方言词语的谐音	银（人）、木有（没有）、偶（我）
数字谐音	—	9494（就是就是）、8147（不要生气）、7456（气死我了）、6161（溜了溜了）、886（拜拜啦）
字母谐音	字母-汉语谐音	GG（哥哥）、DD（弟弟）
	字母-英文谐音	Me2（me too）、how r u（how are you）、IC（I see）
混合谐音	—	＝＝（等等）、+U（加油）、三 Q（谢谢）

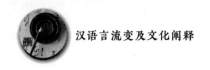

（二）网络语言谐音现象产生的原因

网络语言中的谐音现象的产生究其原因主要包括三点。

（1）网络语言中的谐音遵循了语言的经济原则

谐音词的大量出现是为了缩短文字输入的时间，因为交流的过程中与对方处在同一语境中，一些简化、同音的词语能够简化交流过程，达成某种默契，这样能提升交流效率。网络交流中对于用语并没有进行严格的限制，只要交流双方能达成某种默契就可以畅快聊天，这样在同音或者音近的前提下，可以让准确率让位于速度。可以发现，这些谐音词产生的初期是带有偶然性的。人们在使用智能拼音输入文字时，会优先选择最早跳出的高频词，久而久之就成了谐音词。如输入"版主"这一词，有的输成了"斑竹"，但并不影响交流。

（2）受独特的传播方式和载体的制约

网络实现了人们交流的跨时空界限，但是以键盘输入为主的交流方式无法传达人们面对面交流的语气、表情、动作。当然谐音产生的趣味在一定程度上弥补了文字的单调性，充当了一部分语音，以及非语言交际工具的功能。

（3）广大网民求新求异心理的驱使

很多的谐音是广大网友偶然得知，正所谓歪打正着。例如，用"杯具"代替"悲剧"，"美眉"代替"妹妹"，也会用一些谐音如"霉女""菌男"等来自嘲。

网络语言中的谐音是为了满足大众交流的需求产生的，更满足了现代网民求新求异的心理。不仅丰富了汉语言词汇，还能化繁就简，提升交流效率。另外，汉语言中的谐音词可以为原来的词语增添新的意义，增强了语言的表现能力。网络语言谐音的大量产生也体现了当下时代大众文化的繁荣。

（三）网络语言谐音现象的文化内涵

网络语言中的文化意蕴与现代人的文化审美，以及中国人独特的思维方式有着密切的关系，主要表现在三个方面。

（1）趋吉避凶的文化心理

中华民族趋吉避凶的文化心理在谐音文化中得到了充分的体现，除前文所罗列的事例之外，还有如门牌号码、电话号码、汽车牌照号码乃至年月日期，人们都喜欢"八"和"六"，"八"和"发"谐音，发财是很多人的人生梦想；"六"取文白异读之文言异读而谐音为"禄"，升官也是很多人的另一种梦想。

（2）委婉含蓄的文化心理

汉族人在日常交际中，对于好的事情和东西更多的时候使用放大夸张的修辞手法，对于坏的事情和东西则更多地使用缩小夸张的手法。而这种对于修辞手法的选择和使用，在很大程度上通过委婉的方式表达汉族人对美好事情的追求，以及对坏事情的屏蔽，彰显了汉族人的委婉含蓄。

采用谐音方式造词有时还具有含蓄避讳的功能。为了表达含蓄，网民们往往会将一些粗俗词语转换为另一个相对雅致的词语表达。汉语传统表达中，谐音如果用于避讳，那么一般在表达中尽量避开某音，属于消极避让。新兴的网络谐音词语却以一种积极态度，在表达中积极寻找谐音的另一种书面符号形式，以音同音近的谐音形式（全拼或者缩略），创造出同音异形词代替。当然，有时并非完全为了含蓄和避讳，而是故意用这种含蓄谐趣的形式调侃，取得特殊的表达效果。

（3）求趣求雅心理

网络语言中的歇后语和谚语通过谐音而产生了十足的趣味，如歇后语。

耗子啃皮球——客（咳）气

耗子钻在书箱里——蚀（食）本

耗子偷秤砣——倒贴（盗铁）

秦桧的后代——尖（奸）子

盐井不出卤水——出言（盐）不逊

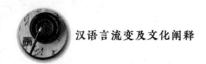

盐坛子冒烟——嫌弃（咸气）

盐店里卖气球——闲（咸）极生非（飞）

盐店里的老板——闲（咸）人

盐倒在酱缸里——闲（咸）搭闲（咸）

盐堆上安喇叭——闲（咸）话不少

网络语言中谐音现象形式多样，富有变化，从侧面反映了词汇鲜明的时代特征。随着网络对现实生活的影响逐渐扩大，网络谐音词语走出网络渗透到日常生活用语中，包括口语和书面语。网络词语对外渗透最明显的表现是其在媒体，以及年轻人语言表达中的运用。由于网络词语具有主观性和随意性，必然对语言规范带来一定的冲击，很多词语和用法是不规范的，甚至称不上"词"。特别在网络以外的语言环境中，有些词语可能会因读者听不懂而影响交际效果等。要谨慎运用网络谐音词语，特别在网络之外应当谨慎使用。

第四章　汉语言语法的流变

第一节　汉语言词法的流变

一、名词的流变

（一）上古时期名词演变的表现

在周代、秦代，以及两汉时期，名词在汉语言中是最丰富的词类，随着时代的发展，主要呈现出以下几个特征。

在上古时期，随着时间的推移其数量不断增多。

名词的类别随着时间的推移不断增多。

突出表现为抽象名词的不断增加，从春秋以后，汉语词汇中的抽象名词不断增加，出现了许多表达哲学、思想、观念等词汇，如"仁""义""礼""智""信""孝""恕"等词语。此外，上古时期还出现了专有名词，如"道"，方位名词，如"东"，时间名词，如"日"等。

名词充当的语法功能也越来越多。

春秋之后，名词开始充当谓语成分，这在之前是非常少见的。

《诗经·大雅·思齐》中有："思齐大任，文王之母"。

名词的形态进一步发展。

上古时期，名词的前面会加词头，常见的是名词之前加"有"字，比如《尚书·汤誓》"有夏多罪，天命殛之"。另外，在《尚书》之中有些名词经常与"有"连用，如"有众"。

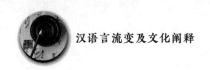
到了上古末期，产生了"阿"这一新的词头。到了战国时期，词头的现象就很少出现了。

（二）中古时期名词演变的表现

1. 名词作谓语的范围变小

中古时期，汉语言中名词的功能与上古时期的功能大致相同，名词通常在句子中充当主语、谓语、定语等成分，这一时期系词"是"产生，名词直接作谓语的范围与上古时期相比变小。

2. 名词在词头词尾上的发展

词头与词尾的发展可以看作是名词语法发展的表现之一。词尾产生早于词头，词尾"子"产生于先秦时期，词头"阿"产生于汉代，之后六朝时期产生了词头"老"和词尾"儿""头"，拓展了名词的使用范围。

（1）词头的发展

这一时期的词头有"阿""老"等。

"阿"最初用作疑问代词谁的词头——"阿谁"，例如，《汉乐府·十五从军征》中有："道逢乡里人，家中有阿谁？"汉代之后，"阿"的使用范围不断扩大，不仅可以用来称呼亲属或者人名，还可以充当人称代词的词头。

汉武帝的皇后——阿娇

曹操——阿蛮

刘禅——阿斗

"老"最初的意思表达是年长或者年老的意思，之后逐渐虚化，老可以用在人、动物身上，如唐代称比自己年长的男性为"老兄"。唐代，鼠、虎等动物前面加"老"字，成为老鼠、老虎，这些词语一直沿用至今。

（2）词尾的发展

词尾的汉字有"子""儿""头"等，先秦时期"子"开始作为词尾，主要放在表示人的名词后面，此时还带有某种实际意义，魏晋之后开始普遍化，如"交子""会子"。"儿"产生于宋代，"儿"在开始时有它本身的意义，之

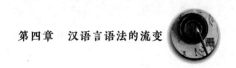

后开始变为词尾。

（三）近代时期名词演变的表现

1. 名词在句法功能上更加全面

近代时期名词的句法功能尚未发生变化，在句子中仍然充当主、宾、定语，随着时代的发展，名词发展为承担更多的句法功能，如可以充当补语、状语、谓语，以及中心语等。

名词作谓语的范围不断缩小，除了名词作谓语之外，名词还可以作状语，主要借助其他手法进行。

需要在名词的前面加"如""如同""似"等词语。

《三国演义》中："不数日间，应募之士，如雨骈集。"

在名词之后加上"似""般"等词语。

康进之《李逵负荆》中："那时节，我若叫你出来，你可休似乌龟一般缩了头，再也不肯出来。"

使用介词"拿""把""将""用""以"等词语与事物名词连用，作为句子的状语。

龚自珍的《己亥六月重过扬州记》中有："归馆，郡之士皆知余至，则大欢。有以经义请质难者；有发史事见问者。"

2. 名词在词头及词尾的变化

（1）词头的变化

在近代汉语中，词头"阿"的用法更加广泛。清代袁枚的《祭妹文》中有："其旁葬汝女阿印，其下两家，一为阿爷侍者朱氏，一为阿兄侍陶氏。"

到了近代，汉语言中词头"老"的用途不断增加，"老"可以用在姓、称谓、动物名称等词语的前面，如"老孙""老娘"等词语，除此之外，老还与数字连用，表示排列。

（2）词尾的变化

在近代汉语中"子"的用途非常广泛，"子"可以放在无生命事物名词、

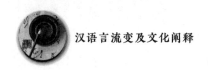

人、动物、时间副词、动词、量词的后面。"儿"可以加在有生命或者无生命的名词之后，除此之外，还可以加在姓名、叠音动词、形容词、副词、量词等词语的后面。

（四）现代汉语名词的演变表现

1. 构词形态

在构词形态上，名词的构词形态灵活多变，可以说汉语构词形态绝大多数是由名词决定的。主要表现在现代汉语中有大量的名词词缀。其中，大多数的名词的词缀构成了指人名词。另外，几乎所有的词缀都是名词所专有的。

2. 句法形态

现代汉语名词上主要有以下几个特点。

名词一般不能重叠。

加词缀"们"的名词常常表现的是复数形态，也可以表现"类"。

"的"作为领域标志，用于名词之后。

3. 组合形式

现代汉语名词在组合形式上表现如下。

（1）名词经常受一些"数词＋名量词"的修饰或者补充。

（2）名词不受副词的修饰。

（3）名词可以直接或者间接受名词的修饰。

（4）名词也可以直接或者间接受形容词的修饰。

（5）名词也可以受动词的修饰。

（6）名词受体词性代词修饰。

（7）名词能直接受区别词的修饰。

4. 句法功能

现代汉语在句法功能上的特点表现如下。

（1）名词在句子中主要充当句子的主语、宾语，以及定语。

（2）名词虽然不能直接充当状语，但一些特殊情况下可以直接充当状语，如表示时间、地点、方式、原因等情况时，可以直接充当状语。

二、动词的流变

（一）上古时期动词流变的表现

1. 动词通常为单音节

从甲骨文中可以发现，大多数动词为单音节，并且出现了复音化倾向。到了先秦时期，复音词逐渐变多，但单音节词语仍然占有较大比例。

2. 动词在句子中主要充当谓语成分

上古时期的动词没有时态的区别，主要由副词、语气词、时间词与上下文紧密联系来表示动作发生的时间。

3. 助动词的产生与发展

这一时期，动词不断发展，除了"可""克"等助动词之外，还出现了三类助动词。

一类是表示可能的助动词，如可、是、何、能、良、得、而、克等。

一类是表示应当的助动词，如当、尚、任、庸、若、将等。

一类是表示意志的助动词，如敢、肯、屑、忍等。

潘允中《汉语语法史概要》总结了这一时期动词的特点。

上古前期的动词、名词、形容词往往是合一的。……汉语动词之所以为动词，并不是依赖形态来表示，而是表现在它的意义，词序和句子中的语法功能，一如充当谓语，可接受副词的修饰，等等。……此外，有极小一部分动词，在字形上也和名词有所不同，这就是有关表示动作偏旁的形声字。……从构词法来说，上古的动词以单音词为主，但也开始出现了一些双音复合的动词……和双音单纯词。

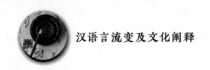

（二）中古时期动词流变的表现

这一时期，动词在形态上表现为新的时态表示法的出现，不仅产生了过去时态表示法，还产生了现在时态表示法。

1. 过去时态表示法

这一时期产生了新的表达方式，主要分为两种。

一种是将部分已经虚化了的动词（表达完结义项）放在谓语动词或者宾语之后作补语，表达已经完成的动作。如白居易在《宴桃源》中有："鬓鬟蝉轻松，凝了一双秋水。"

一种是在谓语动词的前面有"已""既"等副词来充当补语，用来表达某一动作的完成。有些可以用在名词的后面，这些名词可以活用为动词，在句子中充当谓语成分。"已"用在动词的后面，也表示动作的完成，如陈真谛译的《立世阿昆昙论》中有："其兽将死，自至人所。既自死己，乃噉其肉。"

2. 现在时态表示法

这一时期的现在时态表示法继续沿用前朝的表达方式，也就是将一些副词放在谓语动词的前面充当状语，如"方""正"等副词，用于表示动作的持续或者动作正在进行。这一时期的动词"着、著、箸"等可以混用，其时态表示意义上没有本质区别。

（三）近代时期动词流变的表现

近代时期汉语言动词的构词主要包括两类，一类是用重叠的方式表达语法意义，另一类是类似动词词头、词尾的附加成分。

重叠是动词的重要构词的形式，动词经过重叠之后增加了新的语法意义，其形式主要分为三种如表 4-1 所示。

动词附加的形式主要有如表 4-2 所示的几种。

表 4-1　近代时期动词重叠形式及举例

重叠形式	举例
AA 型	采采卷耳，不盈顷筐 行行重行行，与君生别离 生人作死别，恨恨那可论
AABB 型	引得我半生忙，十年闹，无明夜攘攘劳劳 哭哭啼啼、拖拖拉拉、哩哩啦啦、说说笑笑
ABAB 型	你买份礼儿知谢天谢地，方不灭了人情

表 4-2　动词附加形式

类后加成分	思："江之永矣，不可方思" 止："君子至止，言观其旂"
	得："隐机倚不织，寻得烂熳丝"
	看："略说身上伎艺看"
词缀	词缀并没有词汇意义，只是表示词的性质 词缀的数量有限，适用的范围也比较有限
动词时态	了：表示已经完成的状态
	着：表示正在进行的状态
	过：表示已经完成的状态

（四）现代汉语动词流变的表现

现代汉语动词流变在语法上的特点主要表现如下。

1. 动词一般跟在"不""没""没有"等否定副词的后面，对动词进行修饰，比如"不去""没回""没有去"等。

2. 多数动词不能与程度副词结合。

3. 动词后面可以跟动态助词"着""了""过"。

4. 大部分动词可以跟一些动量补语，如"吃一顿""走一遭""看一圈"等。

5. 动词与体词连用构成主谓结构，也就是动词充当谓语成分。

6. 动词可以重叠使用，常常表示短时态，或者表示尝试状态。

7. 动词之后可以带名词宾语、双宾语、动词宾语、形容词宾语等。

三、形容词的流变

（一）上古时期形容词流变的表现

这一时期的形容词流变表现在以下四个方面。

1. 形容词的数量增加，用法也不断增多

根据殷国光的《吕氏春秋词类研究》中总结了形容词有 492 个，状态形容词有 79 个，合计是 571 个。形容词从功能上说，可以充当句子的定语、状语、谓语成分。

2. 形容词的词尾进一步发展

除了"然""如""乎""焉""若"等形容词之外，出现了"其"这一个形容词的词尾。

3. 形容词的词头变化

上古时期，"有"可以放在单音的形容词前，构成复音形容词。如《诗经·女曰鸡鸣》中："子兴视夜，明星有灿。"

4. 形容词重叠形式多样

单音词重叠

复音词重叠

词根＋词尾

词根重叠＋词尾

词根接叠＋词尾

（二）中古时期形容词流变的表现

这一时期的形容词流变并没有较大的突破，其变化表现在以下三个方面。

1. AA 式重叠形容词的发展

这种形式在诗歌、散文中比较常见，这类形容词在句子中主要充当的成分有定语、状语和谓语。

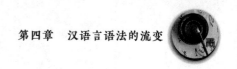

2. 形容词的词尾进一步规范

这一时期出现了诸如"馨"字的后缀,还产生了新的形容词的词尾,如"底""生""地"。

借问别来太瘦生,总为从前作诗苦。

——李白《戏杜甫》

3. 形容词与其他词类的组合发生变化

这一时期,表示性状的叠音形容词与所修饰的名词之间还可以添加其他成分,使得句子包含了更多的内容,如左思《咏史》中有:"郁郁涧底松,离离山上苗。"

(三)近代时期形容词流变的表现

近代汉语的形容词分为性质形容词、状态形容词两类。

性质形容词分为单音节、AA 式、AB 式。

单音节形容词:白、清、大

AA 式形容词:淡淡、暖暖

AB 式形容词:齐整、洁白、温暖

状态形容词分为 AB 式、ABB 式、ABC 式、AABB 式、ABCD 式。

AB 式形容词:焦干、斑白

ABB 式形容词:羞答答、气冲冲

ABC 式形容词:灰不答

AABB 式形容词:标标致致

ABCD 式形容词:乞留屈律

这一时期的单音形容词可以直接作状语,并且速度不断加快,其词义也发生了转移。

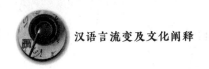

（四）现代汉语形容词流变的表现

1. 形容词主要作谓语、定语

2. 多数的形容词可以与程度副词连用

3. 形容词之后不加宾语

4. 多数的形容词可以重叠

四、代词的流变

代词在语言表达中主要的作用是替代，主要有人称代词、指示代词，以及疑问代词。随着语言的不断变化，代词也不断发展，并不断完善和成熟（见表 4-3）。

表 4-3　古代汉语与现代汉语的代词变化

代词	分类	古代汉语	现代汉语
人称代词	第一人称	我、鱼、吾、余、予、台、身、朕、侬、阿、侬家、甫、奴、阿奴、寡人、孤等	我、我们、咱、咱们、俺、俺们
	第二人称	汝、尔、而、若、乃、戎	你、你们、您
	第三人称	之、其、彼、夫	他、他们、她、她们、它、它们
指示代词	近指	此、是、兹、斯、时、之、尔、然、若、云	这、这样、这么、这里、这儿
	远指	彼、匪、夫	那、那样、那么、那里、那儿
	旁指	他、异、若、之、旃、诸、焉	别的、旁的
	无定	某、或、莫、毋、无、靡	有的、有些、谁、什么
疑问代词	—	恶、安、焉、畴、谁、孰、何、曷、那、以、台、奚、安、害、胡、心	谁、什么、哪里、哪儿、怎样、怎么、怎什样、哪多会儿、多咱、怎、怎的、如何、为什么

五、其他词语的流变

汉语其他词语随着时代的发展不断向前发展，以下介绍数词、量词、副词、连词等词语的演变（见表4-4）。

表4-4　汉语其他词语的流变

数词	基数词	系数词：上古汉语中系数词可以作状语、谓语，但在汉代汉语中不作状语
		概数词：古代汉语中有群、众、诸、若干、若而等概数词，近代出现了"多""把"等概数词
	序数词	古代汉语表示序数时，常常在基数词的前面加上"第"，也有用"一""太""冠""上""太上"等表示次序的首位、近代汉语需要加"最"
	约数词	古代汉语中表示约数的有三种方式，第一种，使用整数表示约数；第二种，用相连的数来表示约数；第三种，用"许""余""所"与数词连用，放在数词之后表示约数。发展到现代汉语，表达约数的主要有"一半""好些""几""来"等词语
	分数词	从汉代开始，汉语分数用母数+之+子数表示，到了近现代，表示分数时，在分母与分子之间用"分之"表示
量词	名量词	在上古汉语中，表达数量有三种方式，第一种是数词放在名词前面；第二种是数词放在名词后面；第三种是数词放在名词的后面，兼带单位词。中古时期，名量词可以连用，之后名量词不断增加
	动量词	动量词"过"，根据王力的研究，大概产生于南北朝时期。唐代的动量词主要有场、遭、觉等词语，宋、明、清动量词进一步发展，数量明显增多
副词	—	上古时期的副词中多是单音词，并且产生了大量的副词及副词类型；中古时期的副词开始双音化，副词的用法不断拓展，并产生了副词词尾；近代时期的副词包括总括副词、类同副词，限定副词、统计副词、程度副词、时间副词、频率副词、累加副词、情状方式副词、语气副词、否定副词，这一时期还出现了文白异读
连词	—	上古时期的连词形式多样，连词多为单音节，不仅可以连接词，还可以连接句子，这一时期已经出现两个连词前后搭配使用的情况，并出现了并列、承接、假设、让步、因果、条件等关系；中古时期的连词不断增加，出现了双音节连词，还出现了"复"的后缀；近代时期产生了"不是……便是……"等连词，双音节连词更加多样，连词的数量增长，同义异形的连词并存，如"一边……一边……"连词呈现出口语化，仍然有少量文言连词在使用

第二节　汉语言句法的流变

一、短语的发展特征

短语是词与词以一定的方式组合起来的语法单位，表达一定的结构关系，

同时表达特定意义，能自由运用的造句单位。汉语的短语在句子中充当各种成分，有的短语加上一定的语调也能构成句子。上古时期的短语非常简练，如殷商时期的主谓短语。

王入？（《甲骨文合集》914）

予独服在寝。（《逸周书·皇门解》）

云蒸雨降兮，纠错相分，大钧播物兮，块圠无垠。（《鹏鸟赋》）

中古时期的短语进一步发展。

后人有间此狸出坑头，掘之，无复尾矣。（《搜神记》）

以言乎体则博大，以言乎末则精微。（《奉天请罢琼林大盈二库状》）

近代时期短语的组合形式进一步增多，有主谓短语、述宾短语、偏正短语、数量短语、联合短语、方位短语、的字短语、兼语短语、同位短语、连动短语、介宾短语、述补短语等。

现代汉语的短语在汉语语法体系中占有重要的地位，短语直接成分间的五种基本结构关系构成了汉语的基本语法关系——主谓关系、述宾关系、述补关系、偏正关系、联合关系。且汉语短语的构造原则与句子的构造原则基本上一致，短语的扩展与紧缩反映了汉语语法的层次性和递归性。

二、语序的发展特征

汉语的语序比较固定，先秦到现代并无太大变化，但相对说来，从先秦两汉到魏晋南北朝的演变要略为显著一些。这是因为汉末以后双音词逐渐增多，句子容量不断增大，借助语序变化来使意义表达更为丰富的方法日渐少用，因而前期经常出现的一些特殊语序开始趋于规律化，句中各个成分之间的排列顺序也就显得相对稳定。

同先秦两汉相比，中古时期的语序的发展主要表现如下。

（一）疑问代词宾语位置变化

表现为疑问代词宾语出现后置，出现宾语前置和后置的并存局面。

（二）否定句代词宾语也发生了变化

主要表现为代词充当宾语时不前置，固定的代词在充当宾语的时候有少量宾语前置的现象。

（三）数量短语不断变化

1. 数量短语语序的变化

主要表现为数量短语内部发生变化，当数词与量词结合时，主要采用"数+量"的方式。

2. 数量短语与名词组合时语序的变化

这一时期，新兴的动量词在与数词结合使用时，采用的是数词+量词的语序。由它组合成的数量短语在计量动作的时候，既可以放在谓语动词之前充当状语，也可以放在动词之后充当补语。

近代时期的汉语语序的变化主要表现以下三个方面。

1. "把"字句进一步完善。

2. 前置宾语的位置概括起来有以受事主语的面貌出现、以处所状语的面貌出现、系词否定式宾语。

3. 这一时期的副词远离被修饰成分的中心语。

4. "把"字句的谓语动词的后面出现了宾语。

五四运动之后，现代汉语产生了新的语序，汉语受到西方语法的影响，汉语的条件式和容许式中的从属部分由前置变为了部分后置。其静态语序、动态语序都发生了变化，语序也有欧化现象。

三、其他句法的发展特征

（一）描写句的发展特征

上古时期描写句的谓语形式主要有单音节形容词谓语句、数词谓语句、

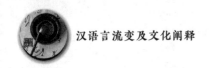
名词短语谓语句等。中古时期描写句如"吴姬越女何丰茸"(《采莲曲》)行人皆怵惕(《古风第二十四首》)。这一时期描写句的基本面貌如下。

1. 形容词或形容词性的短语作谓语,这是组常见的描写句形态。

2. 数词谓语句,数量词作谓语的句子具有描写句的性质。

3. 名词性短语谓语句,通过名词性短语充当谓语的描写句。

4. 由"而"连接两个名词性短语充当谓语,用以对主语进行描写。

5. 用联系性动词"若""如"等构成的描写句,表示主语像或好像什么。

6. 谓语是动词或动词性的短语。

近代时期的描写句如"小乔初嫁了,雄姿英发"(《念奴娇·赤壁怀古》),"天大寒,砚冰坚,手指不可屈伸,弗之怠"(《送东阳马生序》),这些都是描述句的基本面貌。近代、现代汉语中包括联系性动词描写句、动词谓语描写句的发展,表明描写句有了进一步扩展。

(二)问句的发展特征

上古时期的汉语问句在不同的时期形式不同,殷商时期的问句类型包括有疑而问的是非问句、有疑有问的正反问句、有疑而问的选择问句、测度而问的是非问句。西周时期汉语的问句主要分为询问句、反问句两种。先秦时期的问句出现了语气助词,主要分为是非问句、选择问句、正反问句、揣测问句、反问句等。

中古时期的问句进一步发展。魏晋南北朝时期的汉语问句包括提问、反问两类,具体问句为:"那"字疑问句、选择问句、反复问句、度量问句。到了隋唐五代时期,产生的问句有特指问句、选择问句、反复问句、提示式话题问句。

近代时期的汉语问句形式更加多样,各种结构更加完善。宋元时期的问句主要有疑问句、反问句,其中疑问句下细分为是非问、特指问、选择问、正反问、揣测问等。明清民国初期的问句延续近代时期的汉语问句形式并产生了新兴句式,这是时代演变的结果。

现代汉语问句的类型包括反问句、疑问句、设问句。其中，反问句的句型包括是非问句的反问、特指问句的反问、选择问与正反问的反问。疑问句的类型包括是非问、特指问、选择问、正反问。设问句包括一般设问句、混合设问句。

（三）感叹句的发展特征

上古时期的感叹句较为简单明了。殷商时期已经出现了感叹句，此时这种句型较为少见，如"佘！有求有梦"（《甲骨文合集》）。西周时期的感叹句分为两种，一种是有词语标志的感叹句，如"呜呼！君肆其监于兹"《尚书·君奭》。另一种是无词语标志的感叹句，一般表现为主谓倒置。秦汉时期的感叹句表达多种不同的意思。

1. 表达叹息、哀伤

2. 表达惊讶

3. 表达赞美

4. 表达愤怒

5. 表达应诺、呼告

中古时期的感叹句进一步发展。魏晋南北朝时期的感叹句，按照意思表达的不同，可以分为表达赞美、表达惋惜、表达悲痛、表达愤怒，以及惊讶等。隋唐五代时期的感叹句类型沿着魏晋南北朝时期的类型发展。如表达叹息的感叹句："呜呼！时运不齐，命途多舛。冯唐易老，李广难封。"（《滕王阁序》）

这一时期的句型如下。

1. 程度副词＋×！

2. 指示代词＋×！

3. 形容词＋×！

4. 动词性成分＋×！

5. 独词感叹句

近代时期的汉语感叹句常与语气词连用，如"呵""啊""嘎""哇"等，

主要表达感叹、奇怪、辩解等语气。宋元时期的汉语感叹句主要表达感叹、赞美、斥责、呼告、愤怒等情感。明清时期的感叹句主要表达感叹、呼告、斥责，以及奇怪的语气。通常的句式为"真""好""太"的词组成的句式。

第三节　不同时期汉语言语法特征

一、上古时期汉语的语法特征

上古时期的语法呈现出以下几个特征。

殷商时期的语法处于萌芽阶段，句法、结构、句式都比较简单。这一时期的句法成分主要有主语和谓语。

上古时期的句子多由单音词组成，体现少而精的特征，词法也比较灵活，内容丰富。

孙良明在《古代汉语语法变化研究》中提到："语法符号、语法格式有的消失，有的新生，但总的是为了更好地表情达意，让汉语更好地充当汉族人民的交际工具。"

二、中古时期汉语语法的特征

（一）词法方面的特征

中古时期，汉语语法有了较快的发展，最突出的特点在于词类已经具有自己的语法特征。接下来简介一下名词和动词在语法上的发展。

1. 名词

中古时期的名词发展主要体现在形态、功能两个方面的变化。形态上，萌生了一些前缀与后缀，功能上，名词与其他类词的组合关系发生了变化。

（1）前缀与后缀

东汉开始，开始出现"阿""老"等名词词头，"子""头""儿"等名词词尾。尽管如此，这些词头词尾在使用时有一定的限制，主要取决于语言习惯。因此，大多数的名词靠意义和功能来显示它的词性。

（2）名词与其他类词的组合关系

与先秦时期相比，这一时期的名词与其他类词的组合趋于稳定，其中名词与方位词的组合变得普遍。常见的有数量名短语和方位短语。

2. 动词

动词的发展从形态方面看，主要表现为新的时态表示法的产生与发展；从功能方面看，主要表现为同计量动作的数量词组的组合，以及动词补语式的广泛运用。另外，此期助动词在数量上也比前期增添了不少新形式。

（二）句法方面的特征

中古汉语句法研究主要集中在判断句、被动句、疑问句、存在句、动补结构、双宾语结构。

在句法方面的特征表现如下。

句式方面，在口语的判断句中系词成为必需的句子成分。完整的"被"字式被动句的普遍使用，被动式进一步发展。除了沿用"为……所"式以外，被字句就是本时期流行起来的新形式，产生新的疑问句。

特殊的句法结构上，处置式的产生，动补结构，以及双宾语结构等。

疑问句和否定句的代词宾语在上古必先置于动词，战国时期已经开始出现例外。东汉以后，例外发展成为正常规则，终于和一般句子结构一样，变成先动后宾。另外，中古汉语在语序方面也发生了变化。

三、近代时期汉语语法的特征

根据刁晏斌的《试论近代汉语语法的特点》，总结了近代汉语语法的特点。

（一）新的语法手段不断出现，语法运用范围扩大，逐渐定型

这一时期，前缀和后缀产生，并开始频繁使用。另外，语气词"吗""呢"

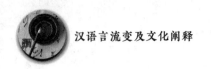

"哩""呀"等出现,标志着汉语语言形态的进步。

(二)句子结构呈现出复杂性

古代汉语的句子崇尚短小简洁,较少使用复杂的句子。而近代汉语的句子成分趋于复杂,如"被"字句、"把"字句的运用。

(三)新的句型的出现

近代时期汉语新的句型的出现,不仅突出了动作的对象,还突出了动作本身,极大地丰富了汉语的表现形式。

四、现代汉语语法的新特征

汉语发展到现代,无论从词法还是句法上看都十分丰富,并且句子呈现出优美性。

(一)词法上的新特征

现代汉语在词法上的新特征概括如下。

1. 新兴词尾的产生

2. 词尾——"的""地"的结构的复杂化

3. 述宾式的动化

(二)句法上的新特征

现代汉语在句法上的新特征概括如下。

1. 产生了同时表示复杂式的新句法。

2. 同时组成合成谓语,且本身成为合成谓语的一部分。

3. 同一谓语的并列,一个带助动词,一个不带。

4. 句式上,呈现出复杂性,有时一个句子往往用上三个或者四个以上的动词或者动词性词组,有的时候还让几个动词共用一个宾语。

5. 修饰语变得复杂。由于复杂的社会现象及新的思想的影响，再加上西方语言的影响，汉语相应地要求复杂而严密化的结构。

第四节　古今汉语言语法比较

一、古今词法比较

汉语言中的不同词经过时代的发展呈现出不同的变化，以下举名词、动词、形容词三类词古今的异同（见表4-5）。

表 4-5　古今词法比较（名词、动词、形容词）

词性	分类	比较
名词	词法	相同点： 用来表示人和事物名称 组合功能基本相同
		不同点： 名词与数词组合。在现代汉语中，名词与数词组合的形式固定，名词通常在数词之后；在古代汉语中，其形式自由，不受特定场合限制，可以在数词之后，也可以在数词之前； 名词与代词组合。现代汉语中，名词放在代词之后，构成偏正结构。古代汉语中，名词与代词的组合形式比较灵活，常根据语境的需要变换不同的形式，不仅可以放在代词之后构成偏正结构，还可以放在代词前面，构成动宾结构； 名词与助动词。在现代汉语中，名词不能与助动词组合。但在古代汉语中，有些名词却能与"可""能""足""欲"等助动词组合，构成动宾短语
	句法	相同点： 古今汉语的名词在句中一般都充当主语、宾语以及定语； 都能受形容词，数词、代词的修饰而不受副词修饰； 多作名词性偏正结构中的中心语； 都能作判断句的谓语
		不同点： 作谓语，在现代汉语中，名词作谓语时，一般只出现在判断句中，且只能出现在特定的语境中。在古代汉语中，名词作谓语的用法比较自由，既可以用在判断句中，也可以用在叙述句中； 作状语，如时间状语，现代汉语中的时间状语只是修饰时间，而在古代汉语中，时间状语不仅表示时间，还可以修饰动作的重复发生
动词	组合功能	相同点： 古今动词可以同副词组合； 古今动词一般能与宾语搭配，组成述宾结构； 古今动词都存在重叠使用现象； 古今动词充当不及物动词时，一般不带宾语

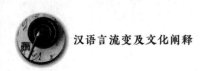
词性	分类	比较
动词	组合功能	不同点： 重叠式表现不同。现代汉语中的动词重叠表现为将两个动词重叠构成一个动词，强调时态。在古代汉语中，动词重叠分为两种形式：动词叠加构成一个形容词；动词连用； 动词带双宾语的不同。在现代汉语中，动词带双宾语的情况只在一些表达"告示""给予"的动词之中，一般的动词不能带双宾语。古代汉语中一般的动词都可以带双宾语
	句法功能	相同点： 古今汉语的动词在句子中主要充当谓语
		不同点： 及物动词带宾语，在现代汉语中，及物动词带宾语，动词与宾语之间构成支配与被支配的关系。但在古代汉语中，不构成支配与被支配的关系，表达的意思是"使……怎么样"； 动词作定语，在现代汉语中，动词作定语一般要在动词后面加上助词"的"；在古代汉语中，动词作定语，一般不使用虚词，动词可以直接与中心语搭配，直接修饰中心语； 动词作状语，在现代汉语中，动词作状语一般要在动词后面加上助词"地"；古代汉语中，动词作状语时，常常用虚词"而""以"进行连接
形容词	词法	相同点： 一般都能同程度副词和否定副词"不"组合； 一般都能同名词组合，构成偏正词组； 现代汉语与古代汉语的单音节形容词重叠，形式相同
		不同点： 形容词重叠不同。现代汉语中，单音节形容词重叠构成复音形容词，主要修饰名词，表达程度的减轻或者加重。古代汉语中，单音节形容词重叠表达事物的整体风貌； 与名词组成偏正短语的形式不同，在现代汉语中，由形容词加"的"与名词构成的偏正词组，可转换成意义基本相同的别类词组，主要分为两类：偏正短语转化为主谓短语；去掉后面的名词，转化为"的"字结构； 形容词能否同助词组合，在现代汉语中，形容词不同于助动词组合，在古代汉语中，形容词可以与助动词组合
	句法	相同点： 形容词在句子中主要承担定语和谓语的成分； 形容词在充当谓语时，一般不带宾语
		不同点： 能否带宾语，现代汉语中形容词作谓语的时候，不能带宾语；古代汉语中，形容词作谓语时，可以带宾语； 作定语时的区别，在现代汉语中，形容词作定语，需要放在中心语前面；古代汉语中，当形容词作定语时，可以放在中心语的前后

二、古今句法比较

现代汉语言与古代汉语言的句子有着相同的语法特点，在句法上的相同点与不同点主要表现在以下几个方面。

（一）古今的判断句比较

1. 相同点

现代汉语与古代汉语的判断句式相同，都分为肯定判断句与否定判断句两种句式。

现代汉语与古代汉语中的否定判断句，都是用否定副词表达否定。

2. 差异性

古今判断句的差异首先表现在肯定判断句式的差异上。在现代汉语里，表示肯定判断句式一般需要在主语与谓语之间加上判断词"是"，这样就构成了"主语＋是＋宾语"的格式，不用判断词"是"的判断句式，其谓语主要表达时令，以及籍贯等内容。

在古代汉语中，表达肯定判断的形式多种多样，概括起来有以下几种格式。

（1）"主语＋谓语＋也"式

（2）"主语＋者＋谓语＋也"式

（3）"主语＋者＋谓语"式

（4）"主语＋谓语"式

（5）"主语＋副词＋谓语＋也"式

另外，古今汉语在否定判断句式的差异上表现为：现代汉语中，否定判断的句式是在判断词"是"的前面加上否定副词"不"，构成的句式为"主语＋不＋是（谓语）＋宾语"。古代汉语中否定判断句式是在主谓之间加上否定副词"非"，组成"主语＋非＋谓语"的格式。

（二）古今的被动句比较

1. 相同点

（1）古今汉语都有表达被动的句子。

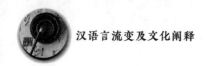

（2）古今汉语都有特定的词语来表达被动关系。

2. 差异性

（1）现代汉语中的被动句式

现代汉语中的被动句通常用一个"被"字来表现，其特征鲜明，易于辨认。

他被偷袭了。

他被举报了。

（2）古代汉语中的被动句式

古代汉语的被动句式灵活多样，概括起来分为以下几种类型。

介词"于"

介词"于"作为引进行为主动者，构成了被动句。如《左传》中"郤克伤于矢"。

介词"为"

介词"为"作为引进行为主动者，构成了被动句。如《庄子·盗跖》中说到："此二子者，世谓忠臣也，卒然为天下笑"。

助动词"见"

助动词"见"表达被动关系，如《史记·屈原列传》中"信而见疑，忠而被谤，能无怨乎？"

"见……于……"

如《吕氏春秋·士节》："有间，晏子见疑于齐君。"

"……为……所……"

如《世说新语·方正》："和峤为武帝，所亲重。"

（三）古今的疑问句比较

1. 相同点

无论是现代汉语还是古代汉语，其疑问句都可以根据疑问的程度、表达的方式，以及目的分为询问疑问句和反问句两种形式。另外，古今汉语中的（？）因为句式一般都会出现疑问词，常见的疑问词有疑问代词或者疑问语气词，用来加强疑问的语气。

2. 差异性

（1）词序上的差异

现代汉语中，当疑问句中的疑问代词作动词的宾语时，总是放在动词的后面。

而在古代汉语中，当疑问代词作动词的宾语时，就必须放在动词的前面。当疑问代词作宾语的时候，如果动词的前面有助动词，那么疑问代词宾语需要放在助动词的前面。

除此之外，现代汉语的疑问句中，如果疑问代词与介词组成介词词组，则疑问代词放在介词的后面。而在古代汉语的疑问句中，疑问代词和介词在组合时，需要放在介词的前面。

（2）表达疑问的词语的差异

现代汉语中的疑问句中通常使用疑问代词或者疑问语气词来表达疑问语气。而在古代汉语中，疑问句中除了使用疑问代词或者疑问语气词来表示疑问语气之外，经常会出现一些固定搭配，这些都为了表达疑问，常见的有奈何、如何、若何、何如、若之何、孰……与、何……为等。

古今汉语的否定句、省略句、复句等方面也存在着异同，这样不再一一赘述。

第五章　汉语语法的文化表达

第一节　汉语言语法之灵活

汉语意义具有灵活性，主要表现为汉语有固定的形式，但往往不拘泥于形式，这种灵活的变化在古代叫作"以神统形""得意忘形""以意为主"。因此汉语言语法功能有较大的灵活性，按照汉民族的语言习惯进行双音组合时呈现出较大的灵活性，表现在组合顺序上的随意。

一、词语、句子、语义上的灵活

（一）词语组合上的灵活

词语是句子的基本单位，在语言组织中有着强大的语义能量和语法能量，有着较为灵活的变换形式。即汉语言在组合上有较大的灵活性，能在最大程度上表现其组合的灵活性。

语素是从音义结合的角度分辨出来的最小语言单位，词由语素构成。由两个或两个以上的语素构成的合成词，其构词语素的顺序改变之后，有些词语的意义会发生细微的变化。这种现象在古汉语中便普遍存在。

朋友：责善，朋友之道。——《孟子·离娄下》

友朋：岂不欲往，畏我友朋。——《左转·庄公二十二年》

离别：余既不难夫离别兮，伤灵修之数化。——《离骚》

别离：多情自古伤别离，更那堪冷落清秋节。——《雨霖铃·寒蝉凄切》

有的词语的语素组合顺序改变后会发生较大的变化，这主要表现为词意的变化、功能的变化，以及褒贬意义的变化。因此有许多词在变化顺序之后产生了新的意义，如表 5-1 所示。

表 5-1　词语变化顺序之后呈现出的变化

原词	变化顺序之后的词
人生	生人
终年	年终
科学	学科
蜜蜂	蜂蜜
奶牛	牛奶
工人	人工
结巴	巴结
房产	产房
客房	房客

由上表所列例词可以看出，表达某一事物的构词语素的位置一旦变换，其内容往往也发生了较大变化。上述表格中的词语在顺序和倒序中所呈现出来的是两类不同的事物。这些反映不同事物的词语之间，有的有一定的关联性，如"牛奶"和"奶牛""蜜蜂"和"蜂蜜""客房"和"房客"等，有的则毫无联系，如"结巴"和"巴结""房产"和"产房"等。

1. 语义的变化

有的表达动作的双音节词语在变化了构词语素的顺序之后，其内容也发生了变化，如表 5-2 所示。

表 5-2　语义变化举例

原词	变化顺序之后的词
动摇	摇动
列出	出列
打开	开打
出发	发出
达到	到达
进攻	攻进

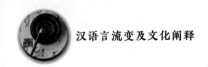

以上词语，在语素顺序改变之后发生了词意上的变化，产生了不同的意义。

2. 功能的变化

除了词语的意义发生变化之外，词的功能也往往会发生相应的变化，大致表现为词语在动与静、虚与实之间的切换。有的甚至在变化顺序之后，声调与读音也发生了变化，因此汉语言能借助功能的变化来区别词与词之间的不同。

（1）动与静

构词语素的顺序发生变化时，原来表达动作的词语，发生了功能的变化表达静的功能，有的表达静态的词语，则变成动词使用。

提前——前提　生养——养生

带领——领带　感动——动感

现实——实现　意愿——愿意

歌颂——颂歌

（2）虚与实

改变构词语素的顺序后，词语功能中的虚与实往往也会发生转换。

好看——看好　用功——功用

彩色——色彩　雪白——白雪

年青——青年　窝心——心窝

邻近——近邻

（二）句子上的随意

双音节的词语之间的搭配较为灵活，句子同样也可以进行简单而灵活的组合，在此借用唐代王维的《使至塞上》的一句话进行论证。

原诗中有"大漠孤烟直",可以对句子进行词语上的重新组合,可以变成"漠大孤烟直""直烟大漠孤""大漠孤直烟""烟直大漠孤"这四组合,而且都能表达诗歌的基本意义,但从词义搭配、对账、格律等进行考虑,则"大漠孤烟直"是最佳的词语组合。

再如,王勃在他的名作《滕王阁序》中写道:"物华天宝,龙光射牛斗之墟;人杰地灵,徐孺下陈蕃之榻"中的"人杰地灵",按照惯用的组合方式应为"地灵人杰",因为地灵所以人杰。但为了突显作者借人杰反衬地灵的用意,为了强调人才辈出,所以成了"人杰地灵"。正是其用词的巧妙,传达了无穷的意蕴,千百年来为后世人推崇。

汉语中有些组合还可以表达循环意义。

可以清心也—清心也可以—也可以清心—以清心可也—心也可以清

从这个用例可以看出,汉语言的魅力在于可以根据不同的情景变换语序,组成最恰当的句子。语句组合方面的随意性,为增强作者表达的灵活性、准确性和丰富性带来了极大便利。

(三)语义上的灵活

汉语言中的各级语言单位组合能力较强,比如表达动作的词语往往被赋予了多样化的功能,它所关联的内容,可以出现在句子的任何位置。比如它既可以指向主语,也可以指向宾语,与该动词相关联的事物可以放在前面,也可以放在后面,但语义关系并未发生实质性的变化。

汉语中的词语的意义也具有灵活性,有的词既可以表示事物,也可以表示事象,还可以表示动作、形状等,使得语意上有着丰富的内涵,其词性也往往随之发生了一定的变化。

便宜

哎呀,你今天真是捡了个大便宜呀!(名词)

今天超市大促销,已经很便宜了。(形容词)

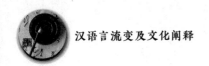

今天算你运气好，便宜你了。（动词）

优惠

这是能给你的最大优惠了。（名词）

这个优惠价是今年最低的。（形容词）

咱们都是老朋友，当然先优惠你。（动词）

阅读

阅读是一件令人身心愉悦的事情。（名词）

这本书不错，值得阅读。（动词）

二、句子成分的位置互换

汉语句子的各成分位置可以互换，比如主语与宾语的互换，宾语与状语的互换、主语与谓语的互换等，接下来主要围绕前两者进行简述。

（一）主语与宾语的互换

主语和宾语对谓语动词有着不同的意义，主语是被陈述说明的对象，宾语是支配的对象。印欧语言体系中，通常通过动词和名词的形态变化来确立彼此的关系，因此经常将动词定义为具体的数、物体、人称、时间、语态等范畴的词，对于宾语来说，通常是由宾格变化或者词序、前置词进行标示。对于汉语来说，其语义的指向十分灵活，通常其成分位置并没有十分固定不容改变的限制。

"涨潮了"可以说成"潮涨了"。

"长个儿了"可以说成"个儿长了"。

从以上两个例子可以看出，谓语动词所联系的词语，无论其处在主语还是宾语的位置，它与动词的语义关系是没有发生变化的，也就是说主语和宾语可以自由切换，且切换之后语义没有什么变化。

汉语言中主语与宾语可以调换位置的情况概括起来大致有四种（见表 5-3）。

表 5-3　主宾易位种类及举例

主宾易位种类	举例
容纳性名词的主宾易位	一张桌子坐十个人 十个人坐一张桌子
	这把椅子坐过很多人 很多人坐过这本椅子
	大碗盛菜，小碗盛汤 菜盛大碗，汤盛小碗
空间性名词的主宾易位	羊群跑出围栏 围栏跑出羊群
	宣传栏上贴满了报纸 报纸贴满了宣传栏
	窗前飞过一只鹦鹉
	一只鹦鹉飞过窗前
受事性名词的主宾易位	他一身淋了水 水淋了他一身
	脑袋顶着天花板 天花板顶着脑袋
心理性的动词主宾易位	你把我羡慕死了 我把你羡慕死了
	我担心得你要命
	你担心得我要命
	你气死我了 我气死你了

从以上举例可以看出汉语言的独特性，在意义不变的情况下，主语与宾语的位置互换一般不影响句子所表达的内容，因为与动词相关联的名词性成分始终保持着与谓语动词不变的语义关系。例如，"醉了酒"可以说成"酒醉了（人）""酒醉人""人醉酒"，不管其语序如何调，人、酒、醉三者之间的

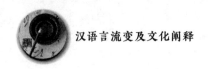

逻辑关系始终不变。

吕叔湘在其《汉语语法分析问题》一书中指出。

在一定程度上，宾语和主语可以互相转化……似乎不妨说，主语只是动词的几个宾语之中提出来放在主题位置上的一个。好比一个委员会里几个委员各有职务，开会的时候可以轮流当主席，不过当主席的次数有人多有人少，有人老轮不上罢了。

吕叔湘这段话恰好说明了汉语言的主语与宾语易位中通常以语义关系统领的特征。

（二）宾语与状语的互换

汉语言中，有的宾语与状语相互变换位置，也可以保持前后语义的一致。

造福子孙——为子孙造福

服务社会——为社会服务

扎根基层——在基层扎根

落户北京——在北京落户

从上述移到前面的宾语看，宾语的前面往往需要加上"在""为"等介词，才能将宾语与状语互换位置，汉语言的这类动宾关系实质上是动补关系。前后位置互换后，其所表达的内容并未发生改变。

三、反义替换

在汉语言中，一些句子中同一位置上意义相反的词语可以自由替换，却不影响意义的表达。主要表现在以下两个方面。

（一）动词替换

在汉语言中句子中的某些反义关系的动词互换而句子意思不变。如早年的体育新闻中，中国女篮战胜了南朝鲜，取得了胜利，于是在报道中出现了《中国女篮大败南朝鲜队》《中国女篮大胜南朝鲜队》，这里一个为"败"，一个为"胜"，构成反义关系，但句意不受影响。《中国女篮大败南朝鲜队》这里的"败"，指向的是南朝鲜队，《中国女篮大胜南朝鲜队》中的"胜"指向中国女篮。

（二）副词替换

汉语随语境的变化呈现出不同的表达方式，有的肯定式与否定式可以相互替换，替换之后的意义不变，即否定副词的有或无不影响句子的意思。如"好"与"好不"在一定的条件下可以相互转换。

"好"与"好不"同样表示肯定的意思。如"好聪明、好伤心、好神气、好热闹"，替换成"好不聪明、好不伤心、好不神气、好不热闹"，前后所指并未发生改变，都表示肯定的意思。

当表达否定时也可以通用。如好容易＝好不容易，都表达"不容易"的意思。此外，当"好不"表达否定意思的时候，如果换上"好"则带有贬义色彩，表达的依然是否定的意义。

好不正派——好正派

好不争气——好争气

好不值钱——好值钱

好不讲理——好讲理

在具体的语境中，"好"与"好不"也会保持着各自的独立性，两者各司其职，"好"表达肯定意义，"好不"表达否定意义。

他这个人好谦虚——他这个人好不谦虚。

这个小孩好懂事——这个小孩好不懂事。

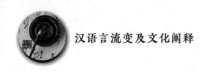
总之，对汉语言的理解，主要通过对其意义的领悟。因此，汉语有时所呈现出来的是"得意"而"忘言"的状态。

第二节　汉语言语法之随意

一、汉语言句子结构的随意性

形神同构是汉语言语法结构方面的特征，主要体现为"文以意主""意在笔先"。在谈到语法结构时，往往谈论的重点是语义，因为语法的结构体现着语义的结构。

汉语所传达的是"达意"，因此语法结构体现的实质是语义的结构。在组合句子的时候通常按照语义的先后、大小、轻重来组合句子，句子之间的意思通过内在的联系连在一起，语法关系则需要读者自己去体会。语序的安排上，汉语言注重事理的顺序，将事理看成"天理"，因此语法跟随"天理"生成，汉语这种顺序的选择，与汉民族的"尊天理、重长幼"的文化传统有密切的关系。这里主要从排列的顺序看其结构的随"意"性。

（一）句子成分的排列

从已知到未知是汉民族的思维习惯，这种思维习惯在语言结构的组合中得到了充分体现。接下来结合主谓宾的组合方式进行分析，即对 S—V—O 句式进行简要分析。

汉语中通常将已知信息放到主语的位置。主语 S 在前面，属于已知的，既定的。例如，"客人来了"这句话，其主语"客人"属于已知的，是事先已经约定好的。

在说到未知时，通常将其放到宾语位置，动词在前面，宾语在后面，表达的意思是不确定或者不太确定。例如，"来客人了"，这里的"客人"处在宾语的位置，这时的"客人"事先是不知道要来的。

（二）逻辑结构的排列

1. 按时间顺序进行排列

汉语言在组合句子时，通常会按照起点、过程和结束时间的先后顺序排列，体现了汉族的一定的时间方面的逻辑顺序。如下述例句所示。

小明从石家庄坐高铁途经保定到达北京。

这句话的组织顺序，依次是起点、交通工具、经过的地方、目的地，其中贯穿着过程的先后顺序，即根据时间线索就能梳理出句子的逻辑。

2. 按照大小顺序进行排列

如果汉语的语句中出现了多个定语或者状语，通常按照从大到小的顺序进行排列。

中国是世界上人口最多的国家。

我们游览了当地的三个景区。

今天我们去看了她的一个亲戚。

英语的表述与汉语言恰恰相反，通常从小到大进行叙述。

（三）表意上的"有意性"与"无意性"的异序

汉语言的有意性，指的是主体对事件或动作本身，以及动作所涉及的场所、性状、方式等语义范畴的自觉性的观照。汉语言的无意性指的是不自觉的动作的发生，如表 5-4 所示。

表 5-4　有意与无意的表现形式

词义	分类	举例
场所	有意	小王在沙发上坐着
	无意	小王坐在沙发上
可能性	有意	他能听懂外语
	无意	他听得懂外语
样式	有意	他工整地写了一个字
	无意	他写了一个工整的字

从以上例子可以看出，汉语言的有意性具有两个语义特征：一个表现为主体性，也就是主语的判断、选择、目标等；另一个表现为先时性，也就是领先于动作或者与动作同时存在。

1. 表现动作的有意性和无意性

动作的有意性和无意性指的是同一动作既可以表达有意性，也可以表达无意性。

昨天在路上他终于看见小梁了。（有意）

昨天在路上他看见小梁了。（无意）

我好不容易看见了他。（有意）

我看见了他。（无意）

他捡起了那个钱包。（有意）

他在路上捡了个钱包。（无意）

可以看到有些词语在单用时表现出无意性，但是如果加上一些特定的修饰词，往往就变成了有意的表达。

2. 表现方位或者处所的有意性和无意性

方位或者处所的有意性和无意性，主要表现为两种（见表 5-5）。

表 5-5　方位或者处所的有意性与无意性

动所句	动向句
他在家里病了（有意性）	他病在家里了（无意性）
他在医院里病死了（有意性）	他病死在医院里（无意性）
飞机向家乡（的方向）飞去（有意性）	飞机飞向家乡（无意性）
他向前方走（有意性）	他走向前方（无意性）

由表 5-5 可以看出，动所句中的方位或处所表示动作已经实现，或表示动作所涉的场所。动向句中的处所表现的是动作的具体方向。由此可以得出动所句与动向句的区别：动所句中的场所通常呈现静态的特征，而动向句中的场所呈现出动态的特征；动所句中，对于动作的主体来说，动作的实现与

场所之间具有时间差，或者是描述的场所要先于动作发生。在动向句中，动作与场所的关系呈现出互动，同时进行的状态。

二、汉语言语句达意的灵活性

由于汉语言是为了"达意"，故孔子提倡"辞达而已矣"，意思是言辞可以表达意义就行，不需要言尽。这里反映了汉民族使用汉语言的"意达即可"的心理，于是在语句上表现出灵活多变的组合特征。

（一）词语的灵活性

1. 词语的动与静

中国哲学与西方哲学是两个相互区别的体系，与西方哲学观不同的是中国的哲学观讲究动静观，也就是"一动一静，互为其根"。阐述了动静之间的辩证哲学。先秦时期，在《庄子·天下》中有"轮不辗地"的说法，也就是说当飞驰的车轮压过地面时，车轮与地面既在某一接触点上，又不在某一接触点上。也有"镞矢之疾，而有不行、不止之时"，即箭头既在某一点空间，又不在某一点空间，以上两点表现出"动中有静，静中有动"的辩证观。这种观念深刻地影响着华夏民族，并延伸到汉语言的使用，这充分体现了汉语言动静相生的独特性。

在上古汉语中，有很多词可以同时表达动与静的两种意义，表现出的是中国哲学对事物运动与静止关系的深刻理解，这种辩证观也影响着词语的组合与使用。如《孟子》中就有很多例子。

则文王不足法与（效法）

礼人不答反其敬（以礼待人）

孔子主我（当做主人）

填然鼓之（击鼓）

许子冠乎（戴帽）

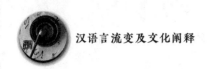

到了现代，这种现象仍然延续，汉语言的词语就像是一个具有多种功能的零件，像一个螺丝钉，可以左右旋转，也可以钻进、钻出，也可以使用锤子直接把钉子钉进去，也可以用钳子把钉子拔出。同时，作为汉语的词语还可以用在多种场景中。例如"食""衣"作为名词分别指"食物""衣服"，作为动词分别指的是"吃饭"的"吃""穿衣服"的"穿"。"衣我食我"中的"食""衣"就是用作动词，其意思是"给我衣服穿，给我食物吃"。所以"食""衣"具有动词和名词的两种词类性质。又如"用刷子刷鞋""这个塞子塞不进去""一个盖子盖一个杯子"等，这些例子显示，同一词在同一句中出现两次，一个是动词一个是名词。

汉民族的动静观深深地影响着汉语言的使用习惯，通过动静结合，某些词语既可以作名词，也可以作动词，名词与动词之间灵活切换，表现出汉语词语功能的灵活性。

2. 词语的虚与实

（1）以虚表事物之实

在汉语言中，一些词语表现的是抽象的事物，主要描述事物的性质、状态。例如，"灯红酒绿""人高马大"，其中"红""绿""高""大"这些词在汉语言中，通常借抽象含义进一步表达具体、实在的事物及动作，使抽象变得具体，即所谓虚中见实。虚中见实的相关词语很多，如"改邪归正""标新立异""惩恶扬善""除旧迎新""恃强凌弱""日新月异"等。有一些表达性状的词语也可以直接表示某一事物，例如，常说的吃苦耐劳、爱干净、爱和平、脱贫、脱困、损害健康等，这些词语可以用来直接表达客观可感的事物。

在汉语言中，词语的虚实经常可以相互转化，这就是常见的虚词实用，实词虚用。

天下云集而响应，赢粮而景从。

——贾谊《过秦论》

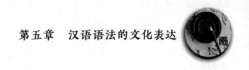

丁壮号哭，老人儿啼

——司马迁《史记·循吏列传》

这两句话用具体的事物和人直接修饰动作，表现出动作的状态和性质。

有的词语在表达的时候通常以实物去涵盖事物的性状，以实表虚，此时的实词常用在修饰语中，如骨肉同胞、热血青年、权威平台、龙眉凤眼。

通过事物的形象来表现性质或状态的通常放在专表性质、状态程度的副词之后，如很女人、特现代、太商业、非常专业、很绅士。

（2）以虚表动作之实

汉语言中存在突出性质状态，显现动作的某一特点，这些在古代汉语中有大量的例子。

老吾老以及人之老，幼吾幼以及人之幼。

不行仁政而富之。

"老""幼"的意思是"当作老人"和"当作孩子"，充当了动作的一个方面。"富"意思是"使富起来"。在汉语言中，用形容性质或者状态的词语去表示动作，就会表达比较生动的意义。如白了一眼、多事、偏心、滑倒、稳定情绪。

汉语言中还有使用双音节的形容词来表示一定的动作，如集中精力、突出重点、繁荣市场、健全体魄等。

此外，汉语中还有一部分词语可以实现虚实转化，主要是实词虚化，大致表现在两个方面。

一方面，单音节的一些动作词，可以虚化为形状词，如流水、落叶、讲稿、抄本、挂钟、喜糖、扶梯等。

另一方面，一些双音节动作词语也出现了虚化现象，并在汉语言中属于普遍现象。如集中营、领导人、号召力、研究所、孵化园区、邀请函、折叠

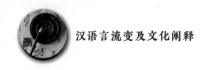

床等。

一些动词还可以涵盖现象，主要出现在专表性状程度的副词后面，此时的动作已经性状化，体现出以虚表实的意义。如很安全、有点迷信、太投入、相当普及等。

（二）句子组织的灵活性

汉语言句子的灵活性表现为汉语句子之间的组织重在表情达意，因此只要句子流畅即可，句子的组合特征则往往呈现出虚实相间的特点。例如：

他有个孙子，在北京工作，已经打电话去了，下午就能赶回来。

这句话中，每个分句的主语不同，分句的主语分别是"他""孙子""打电话的人""孙子"，这一句子属于暗换主语，但所表达的意思完整，也容易理解，如果把这些主语加上，虽然语义更加完整，但却显得啰嗦繁冗。

1. 虚实相间的句子组织

汉文化在汉语言的不同形式中有所体现，运用虚实相间可以使句子读起来言简意赅，铿锵有力。

这屯子还是数老孙头能干，又会赶车，又会骑马，摔跤也摔得漂亮，叭哒一声，掉下地来，又响亮又干脆。

这一句中，显然省略了主语，如果放在西方语境中，造成无法解释的局面。如果将所有的主语补全，则变成：

这屯子还是数老孙头能干，（他）又会赶车，（他）又会骑马，（他）摔跤也摔得漂亮，（他）叭哒一声，（他）掉下地来，又响亮又干脆。

但加上主语整个句子的表现力就差了很多，而且有的地方补上主语之后，纯属多余。

汉民族的意识中，事物的形式较事物的本质来说，处于次要地位，事物的本质才是关键。本质虽然无形无相，但却在形式之上。在绘画艺术中，常常用虚实之法进行绘画。通常在线与点之外留下大量的空白，造成疏密、聚散、浓淡的对立，但整体上体现出疏密有度、聚散有法、浓淡相宜的和谐感。用笔力度的大小、笔画的详略、构图的虚实，来源于画家的情感流露，是画家主观情感的外露。空白处因为实景的衬托表现出作者的深情幽思，给读者以无限的想象空间。此时的"无"就是"有"的延续，"白"其实是"黑"的延伸，也是"黑"的传神之处。以上绘画的表现手法同样适用于汉语言的句式，通过以神统形，重意轻言的表现手法突出句子的表意功能，使句子的表达呈现出虚实相间，虽然结构并不完整，但不影响句子语意的表达。

2. "虚"词运用于语法结构中

在汉语言中，和实相间的"虚"，几乎涵盖了所有的句子成分和词组成分（见表5-6）。

表5-6　汉语言句子成分中的"虚"词

成分	举例
虚动词	她每天（穿）皮鞋领带，低头（看）报表数字，抬头（看）老板脸色
虚介词	你（用）一桶水还是（用）十桶水浇，它也长不大
虚宾语	我请管事的（人）来，求做个保
虚定语	他上周参加了考试，今天查看（考试）成绩
虚状语	你（怎么）还不去，大家都在屋里等着你呢
虚中心语	你先走，你家比我（家）远
虚关联词	（如果）不犯罪就好，（但）结婚可不行，（因为）命相不和
虚主语	他很喜欢我，（我）一到他家就很高兴

3. 句子表意的灵活性

汉语句子的意义结构中，有很多虚位。而且往往需要依赖语境中的"虚"，

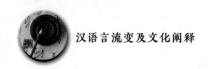

也就是无形的"虚"来表达。在具体的语境中，汉语语法上的虚有其必然性和合理性。有的句子从表面上看似乎与现实相悖，必须借助整个语境，才能表现出来。

有的词语在句子中没有体现出来，但是在句外却能够意会其中的内容，这在汉语中经常使用，显得简洁、亲切。

买包子往里走。（买包子的人请往里走）

不喜欢穿裙子。（喜欢穿裤子）

你有肚子吗？（卖裤子时询问腰围情况）

上述例子说明，一些词如果不借助语境理解便会觉得莫名其妙，不知所云，但一旦放在具体场景中，这些词就非常容易理解。

另外，有的句子因为结构变化使其语义关系变得复杂，这类句子有固定的结构，即主题＋评论的形式，使读者能感受到句子的言外之意。

十个大盘子还说没有菜。（表达菜不少）

这个孩子没地方买衣服。（表现孩子太胖或者太高，有夸张成分）

结构的变化也体现在句子逻辑关系上的跳跃。

这个柿子非熟透了（不能吃，只有熟透了）才好吃。

有时候某些逻辑关系合理，但形式上不太合理，用着用着其固定格式便继承下来，说话人在表达的时候会对语义和句法重新分析，也能够使其根据具体语境而形成形式上的自足结构。

除非有人告密，（否则）他的父母不会知道的。

这样的羽绒服非到冬天才有人买。

当然，这些句子需要放到具体的语境中，说话人与听话人处在同样的语境中，才可能理解彼此并进行有效沟通。

第三节 汉语言语法之"气"

在汉民族的哲学中有这样的论断，"凡可状，皆有也；凡有，皆象也；凡象，皆气也"。这一论断强调了气的连续性，这样客观的事象在"气的统领下"呈现出流动性的特征。汉语言的句子组织之间之所以展现出了流动铺排的形式，这与汉语的语词单位的弹性有直接的联系。

古汉语中的词汇以单音节词为主，造成同音现象比较频繁。为了避免同音造成的理解困难，也为了使语音具备节奏感和满足修辞需求，单音节词逐渐向双音节词语演变。这种从单音节到双音节的词语变化并没有既定的模式，而是根据语境灵活变化。汉语言组织句子的时候不以动词为中心，严格意义上的完整的"主谓宾"句型也不常有，大多数以自然的形式呈现出来。

一、汉语言的流动之气

汉民族的整体观在汉语言中体现的是"气"的流动，句法中气的流动，所表现的正是汉民族的以神统形，以气贯之的文化精神。

汉语言中的气表现为句子在诵读的时候呈现出一气呵成的感觉，通常在读的时候前一个句读与下一个句读之间流转、顿挫自然，句子自然而然发生流动，形成语流。另外，句子声律的高低、长短、整散等都能体现语言的"文气"。

一般情况下，为了保持句子的流动，相关的繁冗的词句需要简化，有些地方的词语自然省去，这并不影响对全句的理解。例如，《红楼梦》中《刘姥姥进大观园》有一段这样的描写。

只听一路靴子脚响，进来了一个十七八岁的少年，面目清秀，身材俊俏，轻裘宝带，美服华冠。

这一段中，为了保持语流的流畅，将少年提前，之后是对少年的描述。如果变成"进来一个十七八岁的面目清秀，身材俊俏，轻裘宝带，美服华冠的少年"，则读起来感觉修饰语过长，而失去了句子的流畅。汉语言习惯将多个限定词的句子化成一个个述谓性的句读来表示，从语气上看，显得流畅自然，一气呵成。

将时间写得绝妙的要数朱自清，他在《匆匆》一文中这样写道。

洗手的时候，日子从水盆里过去；吃饭的时候，日子从饭碗里过去；默默时，便从凝然的双眼前过去。

文中利用排比句，且大多数是短句，显得轻快流畅，句法结构也比较简单。读者在阅读的时候，通俗亲切，感受到作者细腻地画出了时间流逝踪迹的笔触，字里行间表达了作者对时光流逝的无奈与惋惜。

汉语言的句子脉络与节律是相辅相成的，而音步是节律的基础。单音步与双音步的交错运用，使得汉语言有了节律，而句读成为这种节律变化的最佳伴奏，使得汉语言读起来抑扬顿挫，充满节奏感。正是汉语句子中的节律，使得汉语言在自然流畅中突出事理，将音乐性、顺序性加以结合，这样"音句"就进入了"义句"，语句随着事态的变化而变化，向读者清楚地传递想要表达的内容。

汉语言的表达常常采取拼接的方法，虽然断断续续，但有条不紊，最终形成一个完整的意义表达体系。汉语言的句子不仅表达节律，还使用停顿来表现句子的脉络，在字里行间将语气与语法贯穿其中，即便句子不使用某些关系词，也能清晰地显示出语义关系。

汉语言在形式上和功能上都表现出极大的灵活性，他们可以根据需要自由组合。正是由于汉语言的灵活性，使得句子能适应语音的变化，生成和谐的音律。从而导致一个语句可以用一个意象去统率多个短语，可以让人们多层次、多角度地感受汉语言的独特魅力。

二、汉语言的散与聚

汉语言的组织虽然有极大的灵活性，但也有一定的规则。汉语句子的结构主要是由无形的手段来控制句子的走向，随着声气的止息，以及意向的完成而自然形成。而意向指的是句子要表达的内容及其效果，也就是说话人要传递的信息及其语用意图。汉语的散与聚，则主要体现在句子灵活组合形式中的"散"与达意方面的"聚"，即汉语语句中的意向主要借助各种灵活的句型来实现。

汉语言的意向表达大致包括三大句子类型。

（一）动向句

动向句的主要功能是叙述行为事件。动向句的特点通常包括以下几个方面。

1. 动向句表达的目的是叙述某个行为事件。

2. 动向句在形式上的特点表现为，动向句以句读段的时间先后展开，在时间顺序的叙述中还夹杂着因果关系、转折关系、条件关系、假设关系等逻辑关系。

3. 动向句由时间、地点、人物、行动四个要素构成。在表述过程中其结构通常是时间＋地点＋施事＋动作，其中动作是句子的核心，不可省略。

4. 动向句只有说完一件事，才算完成表达功能。

那周瑞家的又和智能儿唠叨了一回，便往凤姐处来，穿过了夹道子。从李纨后窗下越过西花墙，出西角门，进凤姐院中。

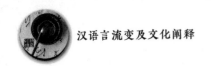

这句话表述的是周瑞家的去凤姐那里汇报。在这一动作完成过程中，还夹杂着唠叨、途经的地方——夹道子、李纨后窗、西花墙、西角门。

动向句也称为施事句。施事句以施事者的意向为线索，运用多个动词，按照声气、语义的表达习惯来组织句子，再依照时间的先后，事件发展的顺序展开，直到完整叙述整个意思，可以说是施事者一以贯之，统领着整个句子。

与印欧语系相比，汉语句子呈现出多视点表达，它的视点不是由单个的形态框架决定，而是具体语境中的内容决定。多个视点沿着时间发展脉络移动，随着事情发展展开，不断衔接，层层递进，最终以流动的方式呈现出来。而印欧语系的语言因为受限定动词的制约，采取的是单一视点，围绕核心动词展开，且没有汉语言句读断句的构造复杂。

动向句随着时间、事件的发展流动，因为断句断字显得流畅而不累赘，所以能将复杂的思想和意义表达得绘声绘色，兼具条理性。施事的动作按照时间顺序进行铺排，以句读为基本单位，分为单段句、双段句、三段句、四段句、五段句、六段句，最长的不超过七段句（见表5-7）。

表5-7　动向句的类型

动向句的类型	分类	举例
单段句	单段单动句	习惯啦
	单段双动连贯句	他喝了那杯水便皱起了眉头
	单段双动并列句	这小子又恼恨又得计
	单段三动句	老太太站在马路上看到了直跺脚
双段句	双段转折句	这两天一直想过来看看，赶上市里开会
	双段递进句	他终于想出了解决的办法，还帮朋友出了这口恶气
三段句	三段比兴句	他转了一个大圈子，盖了一连串的大帽子，才引出正题
	三段注述句	他这几天很懊恼，本来想立功劳，却不想惹来祸事
四段句	四段目的句	到了高潮的时候，他便拍桌子、打玻璃，哗啦啦一声把窗子上的玻璃打碎，以壮军威
五段句	五段贯连句	在街上连，碰着古董掮客，他也连哄带吓买了几件，瞧了几眼，便径直往前走开了
六段句	六段贯连句	小辣椒见是书记，一愣，松开手，跟着就瘫了下来，滚地皮，大哭大叫

（二）名向句

汉语言中有一类句子，先是引出话题，之后是对话题的评论和说明，这一类句子叫名向句。这一话题可以是词，也可以是短语，还可以是句子。

水果买了一大堆。

交情还是有的。

饭要一口一口吃。

以上例句，构成了话题＋评论的关系，所要传达的是评论某一功能。这类句子具有句读本体、逻辑铺排、义尽为界的特点。名向句的突出特征是无论是话题还是评论都可以通过句读进行铺排，句子的中心在评论上。名向句分为网收型和辐射型两种。

1. 网收型

网收，也就是句子的话题部分以句读的形式流动铺排，最后将重点引到评论上，就像是一张撒开的大网，最后还会一把收回来，而收回来的关键就是最后的评论。

如《红楼梦》中的这一句：

嘴甜心苦，两面三刀，上头笑着，脚底下就使绊子，明是一盆火，暗是一把刀，他都占全了。

这一句子，话题较长，从"他都占全了"之前都是话题，最后一句是评论。在评论之前，这些句子呈现出流动转折的特点。等到评论一旦出现，则前面凝聚成一个大的话题。

2. 辐射型

辐射，指的是从不同侧面，围绕着一个话题进行评论，或者以话题为基

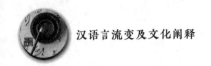

点，进行有规律的辐射评论。

浸过水的青菜不能要，分量重、烧不烂、样子好看，都是骗骗你们这种洋盘的。

第一个句读主要引出话题——浸过水的青菜不能要，之后从分量、烧制、品相、目的等方面进行评述。话题是后面评论的一个支撑点，整个句子以这个话题为中心，延伸出一个个连贯的评论语。

（三）关系句

关系句的功能是为了表达事物间、事件间的逻辑性。汉语言中的各个句子都有不同程度的关联，构成逻辑事理关系。前面提到的动向句、名向句中的施事句，以及主题句主要为了说清一件事，而关系句主要是为了厘清两件事或多件事之间的逻辑关系，三者之间有着本质的不同。

1. 我如果迟到就不进会场了。（具有假设关系的施事句）
2. 如果我迟到，那多不好意思。（具有假设关系的主题句）
3. 如果我迟到了，你最好等我一会儿。（两个事件之间是假设关系）

要分清关系句，主要看句子的表达功能，关联词语是否出现并不重要，但所表达的关系显而易见。关系句主要分为以下几类（见表5-8）。

表 5-8　关系句的类型及举例

类型	举例
表因果	因为她没有反驳，这场风波才没有发展成通常所见的两个女人的互撕
表推断	你说不打扮给别人看，那你还打扮干啥
表假设	如果当年我也上大学的话，兴许我们还能做同事呢
表条件	不管妈妈怎么训他他都学不会

续表

类型	举例
表目的	为啥不早作准备呢，也好从容应对这样的事情
表平转	当初我说让他多经历点风雨，你却硬让我把他养在温室里
表让转	领导虽然没有点名道姓，但很多人都知道说的是谁
表并列	他梦想娶一个文雅、高贵、漂亮的妻子，马上就来了个落落大方的姑娘
表比喻、拟人	剥开的橘子像一朵含苞欲放的花蕊，正等着我们来享用。
表比兴	（朱家是做过大官的）瘦瘦的鹅儿顶只鸡，怎么能和穷人相比
表注释	我只看中我老公一点，为人豁达，心胸开阔

除了动向句、名向句、关系句之外，还有描述句、说明句、存现句、有无句、祈使句、感叹句等，这里不再一一罗列。

第六章 词义发展的相关因素及演变

第一节 词义发展的相关因素

组成语义的基本单位词义的形成、发展受诸多因素的影响，其中主要受认知与心理因素、社会历史因素、语言文字因素的影响。

一、认知与心理因素

语言的创造和使用主体是人，人们的认知活动，以及汉语使用者的民族心理特征对汉语词义的发展有着重要的意义。汉语词义的发展是基于人们的心理特征。

（一）汉民族的认知活动是汉语词义生成与发展的动力基础

有了语言之后，人们就能用有意义的声音来称呼客观世界中的事物、现象及关系，无论这些事物有多么的复杂，人们总能通过语言将其叙述清晰。不同的词组合起来就成为承载意义的句子，表达人们的所思所想。之后，人们将世界的每一个新的发展纳入语言系统中，实现词汇的不断扩大。可以说，语言尤其是词义的发展是与人们的认知与心理同步的。

（二）人们的思维活动也是词义发展的基础

人们用自己的思维认识和改造世界，语言则成为思维认知结果的外化表现，即人们的思维通过语言进行表达。可以说思维引领语言，但多数情况下思维与语言是相互交融的，思维已经内化在语言之中。

1. 词义与逻辑思维

逻辑思维也就是运用概念、判断、推理等基本逻辑形式来认识事物的关系、规律及本质的思维活动，逻辑思维依靠语音的序列进行排列，属于不出声的"内部语言"。因此语言与思维存在整合性。人们的思维伴随着语言同步发展。逻辑思维首先产生概念，这是词形成的基础，此时词是概念的语言形式。倘若没有逻辑思维的存在，也不会产生概念，那么词也不可能产生。词与概念之间有着密切的关联，主要表现为以下几个特点。

（1）词义和逻辑思维中的概念相对应。

（2）词义的概括及传递要依靠逻辑思维来传达。

（3）词义之间的组合、聚合、层级关系与逻辑思维的活动模式是一致的。

当概念产生时，可以超越时间和空间的范畴，具体事物可以在具体的时空中出现，而思维可以对具体的事物进行抽象化，可以超越时空的限制，所以，不管事物是继续存在还是已经消亡，都可以从概念中找到它的存在。

随着时代的发展，人们对事物的认知在不断加深，从而产生新的认知，最终字义产生了四种结果。

（1）旧词新义——赋予旧概念以新的内容。

（2）旧词的消失。

（3）词的分化。

（4）新词产生。

2. 词义与形象思维

形象思维是人的感官所产生的视觉、听觉、触觉、嗅觉、味觉等各种感觉，通过人脑产生形象思维。人们认识世界就是从形象思维开始的，透过形象思维为人们的认知积累丰富的感性材料，同时也为词义的发展提供真实可感的素材。形象思维的独特性还表现为可以产生奇妙的联想，可以带领人们的思维从一个形象跳跃到另一个形象。

形象思维非常重要，爱因斯坦说过："书面或口头语言中的词似乎在我的思维机制中并不起什么作用，构成思维的心理实体是某些符号和比较明确的

形象"。的确，形象思维是连接认知对象与词的中间媒介，即便是逻辑思维非常发达的科学家，在说到某个词的时候，其大脑中也会浮现相应的形象。当浮现出的这一形象会赋予这一形象以色彩意义，汉语言中的"冷清""花白"等词语体现了鲜明的色彩意义。

3. 词义与直觉思维

直觉思维与逻辑思维、形象思维相比是一种具有神秘感的思维方式。直觉思维如同沉睡的人，通常以"灵光乍现"的形式出现，可遇不可抓。

直觉思维对词义的发展的影响主要表现为在一些特定的情景下，词语往往包含一些暗示的意义，这些意义往往需要人们运用直觉思维去领会。

4. 词义和情感思维

情感思维指的是人通过情感体验来进行的思维活动。虽然情感可以通过语言进行描述，但情感思维从本质上说具有"非语言性"，并不能用语言深刻、生动地表现出来。

用来表达人类情感的词语有很多，是总结人类共有的情感、态度、立场、精神面貌等基础上形成的，因此其感情色彩具有一致性，如爱、恨、情、愁等都是人类的共有情感。

（三）词义与意象

在人的认知活动中所生成的记忆表象或者想象性表象就是意象。意象从语言学层面界定为非语音序列思维与语音序列思维活动的综合认知成果，是概念得以形成的认知基础，是词义所表达的认知成果在思维中的深层映现形式。

1. 思维活动与意象

人们的思维活动可以生成各种各样的意象，一般来说逻辑思维活动生成理性意象，形象思维活动生成形象意象。直觉思维活动生成直觉意象，情感思维活动生成情感意象，人们将这些意象进行综合，称之为"意象的综合"，成为概念形成的基础。

2. 意象始终是词义认知在思维中的表现

当概念形成时，词随之产生，意象就被语言所替代，由语言来表达，而表达概念的正是词义。词义的产生并不意味着意象就消失了，而是作为一种深意附着在语言上，在词的动态运用中随时显现。可见，无论是词的诞生还是词的动态运用，意象始终反映着思维。

3. 义素是意象在语言中的落脚点

所谓义素，指的是由分解义项而得到的比义项低一层的语义单位，义素属于语义的微观层面，义素不是自然语义单位，无法直接观察它们的语义特征，无论在语言体系还是在言语体系中都不能直接观察到。人们无法直接观察到义素的主要原因在于义素触及认知层面，义素的认知实质上是通过语言层面向认知层面迈进的认知方式。

从认知来源角度可以将义素分为理性义素、情感义素、形象义素、直觉义素、心理义素等，这些类型与思维、意象的类型是一致的。

（1）理性义素

理性义素的产生是通过逻辑思维活动所产生的理性意象，是理性思维认知成果的具体表现。这里的"理性"不仅指的是科学上的理性，还表现为常规理性。所以理性义素可以细分为科学理性义素、常规理性义素。

科学理性义素也就是人们运用科学的方法来认知世界所产生的词义构成成分，需要依照逻辑思维的客观规律进行表述。如"快乐"一词中，有"愉悦的心理感受"的理性义素。

（2）情感义素

情感意象产生情感义素，有多少情感类型就会产生多少情感义素，如日常中的热爱、喜爱、神秘、尊重、崇拜、幸福、不幸、痛苦、冷漠、厌烦、不满、鄙视等情感都会形成情感义素。一般来说情感义素可以分为共性情感义素、民族情感义素、个体情感义素。

① 共性情感义素

共性情感义素也就是人类共有的情感意象。这些情感可以跨越国界、民

族、种族而达成共识。

② 民族情感义素

民族情感义素是从各民族独特的感情体验入手产生的词义成分，不同民族对同一事物的看法不同，因此就产生了不同的情感意象，因此民族情感义素也不同。对待动物"狗"，中国的词义中与狗有关的词语多蕴含贬义，而西方的词语中有关"狗"的词语则表达了忠诚、尊重的情感。

③ 个体情感义素

个体情感义素指的是动态言语活动，每一位语言使用者个体的独特情感意象外化而来的动态词义构成成分，个体情感注重个体的真实情感体验，其具有个别性，处在非稳定性状态，因此个体情感义素在动态词义中有着十分丰富多样的表现形式。

（3）形象义素

形象义素包括静态与动态两种形式，静态形式如表现事物的形状、大小、颜色、气味、属性、样貌等；动态形式如表现运用、行为、心理、音响、变化等。形象义素同时还包括部分抽象事物的一些形象表述，如果抽象事物与形象关联进一步联想，那么该词义中就有形象义素。而那些不能引发任何形象联想的，只表现抽象概念的词义中不存在形象义素。

（4）直觉义素

直觉意象促进直觉义素的产生，尽管直觉是转瞬即逝的，但实质上是人的潜意识的不断积累，也就是说其来源与人的精神世界、深层意识是分不开的。并非所有的潜意识都能获得灵感，但灵感一定是潜意识的结果。可以从日常生活中感知直觉义素，就拿文艺作品来说，汉民族和外国人对中国的诗歌、文学、文化等的领悟程度显然是不一样的。再比如，汉语言中有"心有灵犀"一说，二人之间的默契往往是建立在他们之间深刻了解的基础之上的。在他们的精神层面一定有某些契合点，使得他们对客观事物的看法能达到一致。

（5）心理义素

人在认识客观事物的过程中通过想象、联想等心理活动不断作用大脑，使人产生心理意象就是心理义素。共性心理义素、类型化心理义素、个体心理义素是心理义素的大致类型。

共性心理义素也就是人类共同的心理意象，人类在面对某一事物时产生的词都在表达同一词义。

类型化心理义素基于民族的地域、心理特征、文化背景等产生的具有类型化的词义成分。如中西方对待白颜色有着不同的寓意，在汉民族眼中，白色表达的是悲哀、不吉祥的意思。而在西方人眼中，白色代表纯洁、高贵，因此西方人的婚礼穿洁白的婚纱。我国的白族对白色情有独钟，他们的民族名称也体现了对白的热爱，他们认为白色是世界上最漂亮的颜色，白色具有"美丽""尊贵"的意义。

实际上，以上两种心理义素的呈现方式是十分个体化的，同一个个体在不同的心理状态下会产生不同的心理意象，从而产生不同的心理义素，这就叫作个体心理义素。对于"岁月"一词，对于一个懵懂少年来说，指的是遥远未知的将来，对于一个中年人来说，指的是走过的时光，而对于一个老年人来说"岁月"中充满着故事，因此也反映出了人生的酸甜苦辣。

（四）心理特征是词义发展的基础

不同的心理特征对民族语言的影响有着重要的作用，民族心理特征是民族文化产生的基础，决定着一个民族认识客观世界的视角，也直接影响着语言的产生。民族心理特征同样对汉语词义有重要的作用，汉民族心理特征决定着词义的形成、发展的基本形式，同时词义也对民族心理特征进行定义，以及文化表达。

语言与语言之间存在着共性，但一定也会有差异，而造成差异的最主要原因是不同的民族心理特征。汉语言中有些词语在其他文化中找不到对应的词义。即使不同语言的词在表达相同概念时，二者之间也绝不会是同义词，究其原因在于各民族的心理特征不同，因此词义内容也不相同。汉语词义集中体现了汉民族的心理特征，植根于中华上下五千年的文化积淀中，从中可

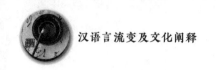
以折射出汉民族共同的文化传统、心理品质、精神风貌。

二、社会历史因素

社会历史因素为汉语言的发展提供了环境支持，促进语言的发展延续。同时历史的延续性与发展性成为词义存在与发展的前提。社会历史因素对词义的发展大致可以从社会体制、历史事件、生活习俗、文化积淀这四个方面探讨。

（一）社会体制

所谓社会体制，指的是社会生活的基本状态、时代的价值取向，以及思想主流，主要包括政治体制和经济体制两部分。社会体制会在方方面面影响人们的生活，因此也会不断渗透在思想观念中，不断体现在语言词义中。

1. 与社会体制相关的词

社会体制的产生必然形成代表社会制度的基本理念，以及具体制度，从而形成与之配套的词义，这些词义可以反映特定时期体现这种社会制度的事物或是概念。

与社会体制相关的词可以分为以下几类（见表 6-1）。

表 6-1　与社会体制相关的词类及例证

类型	例证
职官	天子、丞相、县令、将军、县长、元帅
制度	均田制、科举制、井田制、公有制、私有制、集体所有制、民主集中制
观念	表现古代对中央集权的维护，如"天下所归王也""古之造文者三画而连其中谓之王。三者，天地人也，而参通之者，王也"，强调君王的权力

2. 与社会体制更迭的词

伴随着社会体制的更迭而来的是社会生活的巨大变化，使得语言中的共时词语也发生了变化，特定的社会体制下产生特定的词。

封建社会：皇帝、大臣、进士

民国时期：三民主义、总统

中华人民共和国成立时期：社会主义、主席、人民币

（二）历史事件

汉语中有一些记录历史事件的词语，这些词语作为语言对历史的记录。当说到这些词语的时候，人们会对这一事件达成普遍的共识。

1. 通过极其凝练的手段记录在词义中

这类词义通常作为记录历史的一个记号出现，其词义涵盖了整个历史事件的起因、经过、结果。如"九一八"，用数字概括历史，简单的三个数字是中国历史上的一段耻辱历史。

2. 源于历史典故的词义

汉语中有很多的典故，其中成语是代表。有些成语仍然延续其本义，有的则在本义的基础上继续延伸和发展，很难发现与本义的关联。

比如"才高八斗"中"八斗"出自南朝谢灵运的句子中："天下才有一石，曹子建独占八斗，我得一斗，天下共分一斗"，此后"八斗"成为才华出众的代名词。再比如"无人问津"中的"问津"，出自《论语·微子》："长沮、桀溺耦而耕。孔子过之，使子路问津焉。"这里的"问津"指的是"询问渡口的意思"，与后世的"问津"有很大的区别。

3. 记录文化事件的词义

比如，魏晋南北朝时期，佛教在中国得到广泛传播，相关的翻译工作也取得很大的进展，特别是语言方面的发展，产生了很多的新词，或者对汉语词汇的创造产生了重要的影响。如古汉语中表示第一人称的"我"，原来用来称呼自己，到了汉译佛经中则表示的是"呼吸"的意思，经过不断地引申，这个术语在佛教中有了发展，引申为"自我"或者"物体本身"，因此"我"成为佛教义的义项。

（三）生活习俗

在汉语中有一些词语表达了汉民族的生活习俗，这些词义多与人们的日

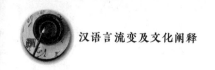

常生活习俗有关，体现了汉民族的独特精神风貌，具有浓郁的民族色彩（见表 6-2）。

表 6-2　表达生活习俗的词义分类及举例

分类	具体表现	举例
传统习俗	传统节日	春节、元宵节、清明节、端午节、七夕、中秋节、重阳节等
	节气	立春、春分、立夏、夏至、立秋、秋分、立冬、冬至等
	民俗	汉民族特有的事物，如龙舟、舞狮、饺子、昆曲；汉民族特有的象征义，如红豆（相思）、四君子（高洁）
生活方式	词义进行扩展	邮件本来是由邮电局接受、运送、投递的信件、包裹等的统称。拓展为"通过网络收发的信件或者资料"
	不同的词素构成新的词义	如"卡片"，"卡"源于英语单词"card"，与汉语中的固定词素"片"构成"用来记录各种事项以便排比、检查、参考的纸片"
社会风尚	新词产生	如网民、大数据、互联网＋等
	旧词消失	大跃进、人民公社等
	词义的发展	如"富"表示"财物多"，一定时期具有批判色彩，如富农，指的是农村中以剥削雇佣劳动为主要生活来源的人，同时他们也是农村汇总的"资产阶级"。随着时代的发展，富的贬义色彩消失了，取而代之的是褒义、肯定

（四）文化积淀

文化积淀的内涵十分丰富，指的是一个民族的传统文化在不同的时代得以不断积累，并向前发展。文化积淀的前提是民族的心理特征，它随着时代的发展不断变化，并对汉语言词义产生巨大的影响。汉语言中的任意词义都具有一定的文化深意，它并非一下产生的。词义与文化之间的关系是双向的，透过词义的发展可以看到文化对语言的深刻影响，同时从语言中也能关照文化特征及文化事件。

词义的文化内涵包括趋同性文化内涵和差异性文化内涵两个方面。趋同性文化内涵指的是可以超越民族界限的文化内涵，具有普遍性。差异性文化内涵指的是民族语言具有本民族的独特心理特征、精神风貌等，具有特殊性。

趋同性文化内涵和差异性文化内涵进行细分可以分为以下几个方面（见表6-3）。

表6-3 词义的文化内涵的分类及举例

分类	具体表现	举例
趋同性文化内涵	普遍共性文化内涵	汉语词"诚实""公正""高尚"的词义中认同、褒奖的色彩意义和英语词"honesty""equity""loftiness"词义的褒义色彩意义是完全一致的
	人文区域文化内涵	汉语、韩语和日语中许多词义有共同的文化内涵，比如"儒家""修身""书法"等
差异性文化内涵	民族文化内涵	汉语中"水仙"的词义中有清雅纯洁的象征内涵。但在英语中"narcissus"有"自我陶醉、自恋的象征意义
	地域文化内涵	北方地区用"剽悍"来形容一个男子的样貌，含有健壮、高大等认同性的含义，南方的地域文化则不像北方那样崇尚豪放、粗犷，而是倾向于精致、柔美，因此在南方的大多数地方，人们对这个词的理解中就含有粗野、蛮横等排斥性的意味
	社会群体文化内涵	如"化疗""印象派""站点"等专业性比较强的行业语，就分别带有明显的医学、美术、计算机行业的社会群体文化内涵
	个体文化内涵	如"阳春白雪""下里巴人"

三、语言文字因素

（一）词汇系统与词义发展

词汇系统的发展直接影响着词义的传承与发展。因为词义的产生与发展必须依托一定的词汇系统与词义系统。

1. 词汇系统的传承性为词义的传承与发展提供了基础

词汇的变化是最活跃的，词汇从整体上看，是以传承为前提与基础的，基本词汇是沿袭这一传统继续向前发展，如果这一传统被打破，那么语言的基础也会被动摇。词义的发展正是词汇系统传承的结果，是词汇系统的真实反映。

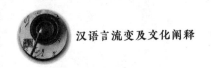

2. 词汇系统的语义分布状况对整个词义系统有重要的影响

在特定的时期，词汇系统的语义分布状况决定着本时期整体词义系统的基本面貌。语义密集的那部分词汇形成了主要的语义场。可以说，一个时代的流行词的词义构成了这个时代的焦点语义场。比如我国历来重视自然和农业，产生了丰富的关于自然和农业的词语，形成丰富的语义场。到了现代，随着市场经济的发展，科技不断进步，产生了大量关于科技、经济的词语，形成新的语义场。

随着时代的发展基本词汇，以及一般词汇的词义都会在具体情境中向前发展。对于那些使用频率高的词汇，能满足语义表达的最新需求，为词义系统注入新的活力，同时也影响着基本词汇的语义构成。

在词汇系统发展的漫长过程中，一般词汇是基本词汇的基础，其发展需要建立在一般词汇之上，也是基本词汇中那些不能满足新的言语交际表义需求、从而无法跨越下一个历史阶段的词的归宿。

3. 造词活动促进词义的形成

每一个词的产生都是人们认识客观事物的结果，人们在认识的过程中经过高度抽象化产生了词，用来表达人们的独特心理及民族文化，因此造词的主体——人们对词义的形成与发展有着决定性作用。汉语造词活动是在汉民族心理基础上，结合汉民族文化积淀的基础上产生的，那么汉民族对客观事物的真实反映也真实地反映在词义中。

在汉语言中有一些独特的语义场，比如"元气""真气""神气""志气"，这些关于"气"的义场，是古人对"气"的认识与深入。汉语的造词法决定了词义的基本构成义素。比如一些模拟声音的词，如"沙沙""嗡嗡""咚咚"，就是由听觉形象构成的。而"佛手""鸡冠花"等这些词由形象义素和心理义素组成的。为了表义逐渐形成稳定的结构，从而形成了某种表义模式。当为了表达新的意义时就产生了新词，对已有的表义模式进行创新，促进其发展。

（二）修辞与词义发展

所谓修辞指的是人们为了达到某一个表达效果而对语言的一种加工，汉语言中就有大量的修辞手法，对汉语词义有深刻的影响。

修辞与词义的关系十分密切。运用修辞时，修辞与词义是相通的，二者基于共同的思维、心理机制，其中形象思维、逻辑思维、直觉思维，以及情感思维对词义的形成与发展有积极的作用，同时这些思维活动促进了修辞的发生。另外，汉民族独特的心理特征也为汉语修辞，以及汉语词义的发展提供了心理背景。

人们处在动态语言活动中，要表达的意义其实远远超过词典所罗列的静态词义。人们尽量遵守词义的表意功能，但由于人们的思维、心理活动的独特性，仍然会跨越词义本身的描述方式，这样人与现实世界就产生了屏障。修辞正是人们运用语言的技巧性运用，它帮助人们跨越这一屏障。运用修辞手法使得词语实现变体，临时性的变化进一步规范为大众使用时，修辞变体就成为新的静态词义，作为词义表达进行表述。

（三）书面语体与词义发展

词义是语义的基本单位，它与其他的词义结合，从而构成完整的句义。其中书面语有自我独特的表述方式，与口语相区别，因此书面语不仅制约着词语的搭配，也制约着词义与词义的组合。一定的历史时期内占主导地位的书面语叫作主导书面语，它引导着人们对语义表达方式，以及对词语的选择。经过漫长的历史发展，汉语的主导书面语经历了文言文、白话文两个阶段，这两个阶段有着本质的不同。

1. 文言文语境与词义发展

文言文指的是先秦时期的语言风格，它区别于口语，是文本之言，因此称为"文言"。文言文在汉语言中有着重要的作用。

（1）文言文的词汇是现代汉语固有词、古语词的来源

文言文词汇是汉语固有词的来源之一，古汉语中一些词语因为长期不被使用，逐渐成为历史。有的词语不断使用、创新、发展，成为汉语固有词，如"给""仿佛""爱""去"等。成为汉语固有词之后又可以分为两类。

其一，在口语、书面语中都可以看到的固有词。

其二，在书面语中经常用到，在口语中已经消失的书面固有词。

（2）文言文的句法与词义发展

文言文的词汇以单音词为主，从现存的古汉语辞书中看，单音节在辞书中占重要地位。单音节的特征使得文言文的句式简单，整齐，其句式中的词通常被活用，其实质是词义在动态发展中的变化，变化是丰富多彩的，通过内部意义的拓展，促使词具备不同的语法表达功能。这样，汉语从古至今的书写、语音方面都没有发生变化，但意义一直在变，使得今天的词语与古词语呈现出不同的语法功能。

（3）文言文风格与词义发展

大量运用典故，其风格古朴典雅，这是文言文的主要风格特征。其中，现代汉语中的许多词语本身就是典故，但由于年代久远，人们已经忽略了其典故来源，将其当成日常用词使用，比如东道主、舆论、革命等。古朴典雅体现在用词上，有的词较好地保留了词的古义，虽然与现代汉语的词义有明显的区别，这些古义为考证提供了依据。

2. 白话文语境与词义发展

白话文与文言文是相对的，白话指的是接近口语的书面语形式。白话文也分为古代白话和现代白话。从后汉到明清是古代白话的分期，从五四运动到今天是现代白话的分期。白话文繁荣时期是在唐宋，随着白话形式的俗文学的产生，不断壮大。而白话最终取代文言文是五四运动之后。

白话文在词汇、语法方面自成体系，对汉语词义的发展有重要的意义。

（1）古代白话的词汇是现代汉语固有词的基础

古代的民歌、乐府诗、佛经译文、变文、谚语等的语言都属于古代白话文范畴，这些为研究古代白话文奠定了基础。早期的白话文经常与文言文夹杂在一起，一直发展到清代才与现代白话文相似，在清代的章回小说中有大量体现。

今天的白话是由古代白话代代传承下来的，古代的一些白话一直沿用到今天，如现代汉语中的"庄严""结果"等。也有的古代白话文只在特定的历史时期出现，之后便消失了。

（2）古代白话的句法对词义发展有重要影响

白话文在句式上与文言文相比，较为自由，不像文言文那样讲究对称，在结构上也比较松散。且白话与日常的口语较为接近，也体现了白话向日常口语靠拢的倾向，是一种较为自然、生动的话语状态。

古代白话在文本表达过程中，因为其接近口语化的特征，词义的表意更加清晰，进一步促进了言语交际。文言文由于言简意赅，一个词常常对应着白话文中的几个词义，这样词义就存在模糊性。古代白话文虽然与文言文相比，有些意蕴神秘的消失了，但词义更加清晰、明确，这样汉语词义在白话文背景下描绘出新的风情与意蕴。

（3）古代白话的风格对词义的发展也有重要影响

古代白话非常接近当时的口语，这些语言是存在于人们日常生活中的反映人们真实状态的语言，是原汁原味，未加工的语言，因此白话文读起来更具有亲切感，这样也引导汉语词义朝着鲜明、活泼的方向发展。

（4）现代白话文本语境对汉语词义的影响巨大

以五四运动为标志，中国进入白话文时代，这就是现代白话文，现代白话为汉语词义提供了一个十分复杂的文本语境。

比较有代表的是 20 世纪 30 年代的作家，如鲁迅、冰心等，他们的作品中的白话文独具特色，"与口语的关系是不即不离"，从他们的作品中可以看到"杂糅"的成分，当然他们通晓各种语体的特征，并灵活运用于文章中，他们的文中经常出现古代白话、现代白话、文言、欧化语言等，对当时词汇的发展有重要影响。

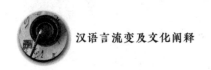
现代白话文发展到今天，其词汇及句法方面都发生了许多的变化，如外来词汇的加入，极大地扩展了词义的发展空间。

（四）汉字与词义发展

汉字是表意体系的文字，同时也是记录汉语的书面形式，汉字对词义的发展有重要的作用，在汉语发展历史进程中，词义的形成、引申与发展，都与汉字的发生、引申有着十分密切且复杂的关系。

1. 汉字的造意功能

汉字的形成分为很多的形式，有的汉字在形成时是对某个词义的直接呈现。因为汉语词义在人的思维中反映，并不断影响着人们造字的过程，字形的本身现实与表达意义与当时的词义基本相同，有的汉字是用形象化的表现手法将词义赋予在汉字上。许慎的《说文解字》就是对汉字造意的集中阐释。许慎在《说文解字》中采用了"象某某形""象某某之形""从某某"等，其中的"象""从"等，客观上也表达了对词义的解析。比如"休息"的"休"字，解释为"从人从木"，即人靠着树木休息，这里从造字法上可以清楚地明白词义。

2. 汉字的象与形

汉字的字形与词义之间有着直观的可视性，也就是从字形上可以大体了解词义。训诂学上将这一现象称为"形训"，随着时代的向前发展，词义发生了很大的变化，因此，最初的字形难以负载后来的词义，因此这一现象也很少出现了。其实，汉字的字形并不能等同于词义本身，汉字的字形直接反应的也并非是词义本身，而是一种接近词义思维映现形式的涵盖物，也就是"象"。

象具有深刻的含义，这是由汉民族重视整体思维的现状决定的。它涵盖哲学、艺术、文学等领域，对象的记载，在古书中比比皆是。

立象以尽意。

圣人有以见天下之赜，而拟诸其形容，象其物宜，是故谓之象。

——《周易·系辞》

无状之状，无物之象。

道之为物，惟恍惟惚；惚兮恍兮，其中有象；恍兮惚兮，其中有物。

——《老子》

义也，名也，时也，似也，比也，状也，谓之象。

——《管子七法》

意相也，谓之象。

——《韩非子·解法》

在古人心中，形与象是密切相关的，形式具体、可感的，同时也是有局限的，象则是抽象的，无限拓展的，将形象与词义紧密结合，形承载着象，象则蕴含着词义，以及之后词义的扩展内容。

汉字的发展经历了从形示象，到以形载象的历程，形是最初人们的思维中的物象与心象的书面转化，象则蕴含着包括字形表面意义在内的丰富内涵。由字形引发的事物、事理的联想意义，以及象征意义都深深藏在汉字的"象"中。这样的表现形式非常符合人们的思维习惯。另外，从汉字字形角度进行分析，发现汉字字形表现出引发联想，引领词义发展的能力。字形所承载的"象"随着时代的发展不断引发不同主体的联想，这样词义进一步发展。

3. 汉字的"象"与词义在思维中的"意象"映像

汉字的"象"就是人们在造字初期人的思维的客观反映。词义正是在思维的基础上形成的。之后意象经过汉民族的创造，转化为语言形式，同时也转化为记录语言的文字。因此文字就成了独一无二的形象的直接或者间接的反映。所以，汉字的字形的表意其实质就是文字意象的形象化、图解化。

词义在思维中的"意象"，其原理在于人们在创造词义时，意象不断比附、联想，这样使得认知的主体与客体之间的浑然一体的灌注式特征发生转移，也就是同一个构字部件出现在不同的字形之中，但它承载的是不同的造意。

第二节　词义发展演变的理论、原则及途径

词义的发展与演变处于动态与静态、历时与共时相互交织的过程，其中动态是最关键的，有了动态，推动汉语词义的向前发展。另外，一些静态词义也是从动态词义衍生过来的。词义在共时的状态下对已经产生的静态词义进行动态展现，促进了动态词义的动态发展。而在动态发展过程中，一些词义经过人们的约定俗成变成了静态词。当人们用动态形式记录下来的共时平面词之间连在一起时，最终形成了词义动态的历时变化脉络。从词义发展的整体看，静态词义是对动态词义的记录，但并非是全部。词义发展演变可以分为个体和整体，这里主要讨论词义作为整体的发展演变。

一、词义发展演变的理论

（一）静态词义、动态词义

静态词义属于语言范畴，静态词义与动态词义的关系是静态词义的产生是从动态词义中概括出来的词义表述模式，同时静态词义可以在动态的运用中。静态词义具有语境的对应性功能，许多动态的词义中的常规变体、超常规变体都是通过静态词义来构建的。而动态词义属于言语范畴，体现了对静态词义的运用，其运用过程中通常能促进静态词义在语境中获得意义，同时还能产生超出静态词义的意义。这些超出词义的意义经过人们的认可，就可以归纳到静态词义的表达模式之中，拓展了静态词义的意义。

静态词义与动态词义的关系具体表现是什么，二者之间有哪些内在联系呢？

静态词义是动态词义衍生而来的，是对动态运用中的那些被人们认可并广泛接受、具有稳定意义的整合。

静态词义的动态表现形式主要表现如表 6-4 所示。

表 6-4 静态词义的动态表现形式

表现意义	形式	举例
静态词义在动态中显现的表层义	静态词义在动态中显现为语言义	"为书找读者"中的"书""读者"的词义与静态词义是相对应的语言义
	静态词义在动态中显现为言语义	"云南的气候真好"中的"气候"除了表达特定的气候之外，还表示云南的具体气候情况，具有明确的指向性
静态词义在动态中显现的深层义、模糊义	静态词义在动态中显现出深层义	"绿色发展倾斜政策"中倾斜原来指的是物理现象，指有形物体的歪斜，这里进一步引申为无形物体的歪斜，体现出的是政府非常重视并投入很大
	静态词义在动态中通过各种修辞手段，实现了超常规变体	"水分"的本义是物质中的水的成分，但在"这里面肯定有水分"中"水分"就有了"掺假"的意思
	静态词义在动态中具有了深层义，还有可能产生新的意义	古代汉语中的"终""沉"等词语，现代汉语中的"没了""走了""不在了"等词语都表达死亡的意思，这些词作为汉语中的委婉语出现，因此词义产生了新的意义——作为死亡的具体指向，这些词语已经约定俗称，在遇到死亡的时候经常用到
	静态词义在动态中被有意识地模糊化	用具体的数字表示次数多的，如十全十美、九牛一毫、九死一生等。双关语中也使得原来的词义模糊化。如哑巴吃黄连——有苦说不出，其中的"苦"，不仅指的是黄连带来的味觉上的苦，还指心理上的痛苦
	静态词义在动态中具有了特殊的色彩意义	在春节期间，包完饺子要说"包满饺子了"，因为"完"这一字眼带有不吉利的色彩，而换成"满"则表达了美满、吉祥的意思
	静态词义在动态中产生新的语法意义	如"很现代中的"现代"，的功能意义发生了变化，同时也赋予了这句话"具有现代特征的理性意义，因此"现代"一词就产生了新的语法意义
	静态词义在动态中表现出个性化、主观性的特征	所谓"一千个读者就有一千个哈姆雷特"，其意思就是不同的读者因为自我认识不同，其理解方式，以及接受程度不同，因此会带有个性化、主观性地解读

动态词义是静态词义产生及发展的源泉，所有的静态词义都源于动态词义，但反过来并非所有的动态词义都会发展成静态词义。

动态词义的发展方向分为四种方式（见表 6-5）。

表 6-5　动态词义的发展方向

发展方向	举例
动态词义显示其语言义和言语义	"为书找读者"中的"书""读者","云南的气候真好"中的"气候",是对原来的静态词义的呈现,这里包括复原式呈现,或者略有变化的呈现,所起的作用就是巩固原来的词义,对词义不会产生变化
动态词义在语境中其意义进一步发展,被赋予了特殊的意义	现代汉语中的"没""走""不在"等词语进入静态词义,被约定俗成,频繁使用
动态词义中有对静态词义的深层次现象,赋予了动态词义特殊的内涵,这些内涵持续沉淀,或者产生新的意义	如"九""十"等词语在表达多的意思是进入了静态词义的层面
有的动态词义只在特殊的语境中体现出静态词义,其他时候仍然是动态词义	如现在流行的网络语的谐音,"版主"说成"斑竹","大侠"说成"大虾",这些兴起的网络用语只在网络的特殊语境中使用,书本中不使用这一语言

静态词义与动态词义是水乳交融的状态,二者在不断互动中向前发展。

静态词义与动态词义不是分开使用,而是互动的状态,静态词义经常会用在动态言语的活动中,静态词义此时显示为常规的变体或者超常规的变体。变体之后的词义被人们约定俗成,频繁使用,从而进一步拓展了静态的词义范围。新的动态词义再运用到新的语境之中,也促进了动态词义的发展,为动态词义提供了变化的"原材料"。这样,静态词义与动态词义在互动中不断发展,动态的言语成分不断向静态的语言成分切换。

(二)词义发展的历时状态和共时状态

在理解词义发展的历时状态和共时状态之前,先来阐释历时和共时两个概念。语言学中经常会用到历时和共时,所谓历时,指的是探讨语言学系统的历史起源和发展。所谓共时,指的是审美意识能够在撇开一切内容意义的前提下,把历史上一切时代的具有形式上的审美价值的作品聚集在自身之内,使它们超出历史时代、文化变迁的限制,在一种共时形态中全部成为审美意识的观照对象。历时与共时又有千丝万缕的联系,首先历时是由无数个共时连接在一起形成,而每个共时平面是相对独立存在的个体,带有历时的性质。

词义发展正是历时状态与共时状态交织而成的。共时状态的词义往往也表现出整个词义发展历史，需要用历时的眼光考虑，发现词义发展的历史与规律。同样，历时状态的词义主要放在具体的共时语境中剖析，才能总结共时状态的发展情况，以及变化规律。

总而言之，词义的发展在历时状态与共时状态中存在，在动态与静态的词义转化中发展，因此在研究词义发展演变时，需要考虑以上四个因素（历时、共时、动态、静态），同时还要全面把握四者之间的关系。

词义的义项之间引申与发展的关系构成了历时的动态，而每一个共时平面上言语活动对词义的运用，都是静态词义在动态发展过程中的具体呈现，随之而来的是将产生的新的意义纳入静态词义中，拓展了静态词义的范围。同时，各个共时平面对历史上的静态词义进行选择，对不适合的语境的词语进行淘汰，这就是"推陈出新""吐故纳新"。于是词义就是带有静态性质的状态进入了动态性质的状态，不断巩固，不断发展，所产生的新的静态词义运用到新的动态语境中，不断往复，不断发展。因此，词义在经历了每一个共时状态之后，形成了它的历时状态。

二、词义发展演变的原则

词义的发展演变需要遵循以下原则。

（一）遵循词义的准确性

语言的产生是人们对客观世界的最初的认识，这样的认识是浅显的、模糊的，随着语言的使用，以及语言的发展，朝着越来越细致的方向发展，人们除了表达事物本身的意义，还传达出更多的表现思想、感情的信息。因此词义出现了分化现象，在分化过程中，遵循了词义的准确性。词义的表达力求准确，这也体现出了词义的分化现象。

（二）遵循词义的简省性

人们在追求词义准确的同时，还追求词义的简省，人们尽量用最准确最

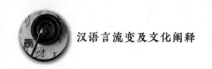

简练的词语表达意思，即"言简意赅"。人们通常从一个词义中不断扩展其义项，或者通过词的意义的引申，或者通过语素义参与造词构词等方式，促使清晰地表达某一意义，做到简便、流畅。

现实生活中，为了交际的方便，以及语言的简洁，原来分别说的事物被归为一个词，这个词囊括了同类词，而这个词也是原来词义的总和。又比如，对一些旧词赋予新的意义，这样旧词可以继续使用，这些都体现了词义的简省性。

（三）遵循词义的类别性

随着词义的增加，人们发现相似的事物越来越多，而区分这些事物或者表达时难免繁杂，就是将相关的事物进行类化处理，于是产生了"类"，汉语言中的语义场，以及词义类聚就是词义类化的结果。在这一基础上，思维，以及心理活动使人们遵循不同事物之间、现象之间的相似与相通，进一步产生关联，进而产生联想、想象等，从而进一步引申与发展。此时的词义的发展在类的基础上进行了更加抽象的引申。

（四）遵循词语的抽象性

词义本身就是抽象思维的产物，并在发展过程中继续抽象化。人们的认知规律是从个别到一般，从具体到抽象的过程，词义的引申的轨迹也相应地朝着更高的抽象程度延伸。另外，词汇在发展过程中，随着抽象词语的增多也说明了词义集合抽象化的程度越来越高。

（五）遵循词义的逻辑性

词义的发展并非杂乱无章的，要遵循一定的逻辑性，这些逻辑性表现为因果、条件、目的等逻辑关系，而生成的理性意象外化为词义形式，引起词义逻辑式的引申。

（六）遵循词义的修辞性

词义引申方式与修辞手法的思维在某种程度上相契合，在词义的动态运用中，可以通过比喻、借代、委婉等修辞方法实现词义的发展，进一步扩大词义的范围。

三、词义发展演变的途径

汉语言的词义发展演变主要通过两大途径，其一是义项的增加和减少，其二是新的词和新词义的产生，随之产生的是旧词和旧词义的消失。

这两大途径并不是不相干的两条线索，而是相互交织，共同发展的。由原来的词义延伸出的新的意义通常以新增义项的形式出现，之后会朝着三个方向发展。

新的词义代替旧的词义，旧的词义会出现义项不断减少，最终消失。这样就完成了词义的发展演变，其结果是词的数量不变。

新的词义与旧的词义共存，新义与旧义最终保留了下来，其结果是词的意义增加，构建了多义系统。

新的词义的产生促使了新词的产生，并且从此之后有新词来承担新的意义。

而词义的旧的意义成分也朝着三个方面发展。

旧义被新义取代，旧义成为曾经存在的义项，之后不被使用，体现为旧的意义的消亡。

旧义与新义并存在多义词的词义中，新义与旧义之间有着意义上的联系，同时各自都是独立的义项。

旧义由其他的词来表述或者转化为词素义继续存在，并不断发展。

词义演变发展的途径主要表现在以下三个方面。

（一）引申

纵观词义的发展，人们通常会用已有的词来表达新的意义，使得已有的

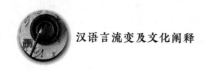

词产生更多的表述模式。通常是在一个义项范畴内，产生新的意义替代旧的意义。如果一个义项不能容纳，那么就各自发展，产生新义项与旧义项共同存在的局面。而由动态运用产生的新的意义往往是原来的静态词义的意义变体，与原来的静态词义之间有着一定的关系。

（二）分化

引申发展到一定阶段之后，导致词义的表意负担太重，直接导致词义的混淆，或者导致新产生的词义与最初的词义之间的共性越来越小。当同一词的词义之间具有明显区别意义时，人们开始使用分解或者调整的方式来避免词义过重，这就是词义的分化。

词义的分化分为两种形式，一种是创造新词；另一种是将新的意义赋予其他的词。创造新词就是创造一个全新的词来区别原来的词，使得表义更加地明确。新词的创造原则一般是以原来的词为基础，在此基础上派生出来，也可以是以原词的词素为基本单位参与构造，总之新词一定是原词的引申义，或者是原词的分化。将新的意义赋予其他的词，此时词义发生了变化，达到了区分的目的。

（三）不同词素组合产生新词

除了以上两种词义演变形式之外，词义还通过词素进行新词的创造，具体表现为原词的词素与其他词的词素进行重组，共同产生新词的词义。例如，一些古汉语词在现代汉语中不适用，但它们作为词的词素参与到新词的构造中，所产生的新词与原来的汉语言词义有一定的关系，是在它的基础上转化而来的。

在创造新词时，由于原来的词义的词素无法进行引申或者分化，此时只能创造新的词语，但是意义上却与某些已经存在的词存在相关性，因此从这些词语中提取词素成为新词创造的"原材料"。这样词义发展的形式以及途径发生了变化。

当然以上三种划分是新词产生的理想状态，在现实生活中，汉语经历了漫长的发展过程，表现的是复杂的演变形式。词的发展最初是单义，之后经过不断引申，形成了有多个义项的多义词。而最初的只有一个意义发展为具有丰富意义的词义，而多义词义项发生增加或者减少的变化，由词义发展演变现象导致新词的不断产生与旧词的不断消失，这些都是词义发展过程中的表现形式。

第三节　词义发展的形式及规律

汉语词义分为个体词义与整体词义，它们的发展形式及规律不同。

一、个体词义发展的形式及规律

就个体词义来说，其发展演变主要分为两种形式，一种是在词的一个义项的基础上进一步发展演变；另一种是在一个词的范围内完成发展演变。

（一）在词的一个义项基础上的发展

第一种形式使得新意义增加的同时，旧意义随着消失。新旧意义交替发生在人们的日常生活中，在人们的认知领域中，并且在约定俗成中完成。这样新意义取代了旧意义，旧意义作为新意义基础保留在词典中。主要分为两种形式：词义深化、词义范围变化（见表6-6）。

表6-6　词义深化与词义范围变化

基本形式	定义	分类	举例
词义深化	词的某一个意义在外延不变的情况下，在内涵方面发生了由简单到复杂，由肤浅到深刻，由不正确到正确的变化和发展	对人们认知的改正或者补充	土 原义：地之吐生物者也； 深化：地面上的沙、泥等物，即泥土、土壤
		反映精神现实的一些词语	神 原义：天神，引出万物者也； 引申：宗教迷信及神话中称天地万物的创造者和统治者，或迷信的人指神仙或指能力、德行高超的人

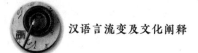

基本形式	定义	分类	举例
词义范围变化	词所指称的范围发生了变化	意义范围的扩大	使用性扩大 专名扩大为总名，如"江"由专指长江扩大为所有江的通称； 特指扩大为泛指，如"脸"由两颊扩展为整个人的面部； 意义所指的主题扩大，如"嘴"由鸟嘴扩展为所有人、动物或者器物的口； 动作方式扩大，如"睡"由原来的坐着睡，扩展为所有形式的睡； 动作对象扩大，如"理"由原来的治玉扩展为治理、整理一切有形和无形的事物； 目的扩大，如"访"由原来的咨询扩展为不仅限于咨询目的的一切访问
			发展式扩大 "灯"由原来的"燃油照明的器具"扩展为"使用燃油、电能、酒精灯用来照明的器具"。这里其指称范围也相应地扩大，从燃油的电能扩展到包括油灯在内的电灯、荧光灯、探照灯、红绿灯、酒精灯等各种各样的灯
		意义范围的缩小	由总名缩小为专有名词，如"禽"在古汉语中指"鸟兽之名"缩小为"飞禽"； 由泛指缩小为特指，如"宫"由原来的"房屋"缩小为"宫殿"； 由双向缩小为单向，如"受"在古汉语中指"授予和接受"，缩小为"接受"； 感情色彩类型化缩小，如"事故"由原来的所有事情缩小为"意外的损失或者灾祸"
		意义范围的转移	理性意义的转移 引申转移，如"巨擘"由原来的"大拇指"经过比喻引申转移为"杰出人物"，进行相似引申； 特指转移，如"辛苦"一词由原来的"痛苦、悲痛"发展为后来的"劳累"； 假借转移，如"西"的本义是"栖息"，后来被假借过来记录方位"西"，词义转移为西方
			色彩意义的转移 由褒义变为贬义，如"爪牙"原义是"勇猛、善于作战的武将以及得力的辅佐之臣"是褒义，后来变成"恶势力的党羽和坏人的帮凶"，变成贬义； 由贬义变为褒义，如"深刻"在古代指的是"刑罚严酷苛刻残忍"，在今天指的是：理解或者阐释十分透彻、精辟； 由中性转为褒义或者贬义，如"祥"在古代指的是"预兆"是个中性词，之后表示"吉兆、吉祥"的意思，成为褒义词

基本形式	定义	分类	举例
词义范围变化	词所指称的范围发生了变化	意义范围的转移	语法功能意义的转移 引申转移，如"精"的原义是"上等的细米"，其后"上等"的意义进一步引申，引申为"加工、提炼使事物精细""精美"的意思，此时词性也发生了变化，由原来的名词转移到动词或者形容词； 假借转移，如"而"的原义是"胡须"，后来被假借来记录连词"而"，表达顺承、转折的意思，实现了实词到虚词的转变

（二）在一个词的范围内发展

第二种形式中新意义与旧意义在现实言语中都可以作为独立的义项出现，所以它与第一种形式区别明显的是新意义的增加并不能引起旧意义的消失。新意义作为词义的一个新的成员加入其中，当然，不可避免地一些旧的意义逐渐消失，但这是历时发展的必然趋势，新的意义的产生并不是旧义项消失的直接原因。也就是说在词的范围内产生的新意义在共时与历时上表现出了词义义项的丰富。旧的意义的消退表现为共时上的义项的减少，而消失的旧意义仍然会作为词义历时发展演变的资料存在。

词义在一个词的范围内发展表现为义项的增加和义项的减少两个方面。

1. 义项的增加

新的意义以义项增加的方式进入词义，此时新意义与旧意义成为词的两个独立的义项，在言语中发挥着独立的作用。义项的增加也称"词内引申"，分为常规引申与修辞引申。

（1）常规引申

常规引申指的是没有借助其他手段，自然而然地发生词义引申的现象。包括相关引申、相似引申、相容引申、逻辑引申。

① 相关引申

相关引申指的是表示某事物引申为表示其他相关的事物，其引申理据是人们对事物的整体认知。如"画"可以表示"作图、描绘"的词义，也可以

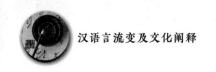
表示"图画",其中"图画"就是由"作图、描绘"的动词义引申为表示"图画"的名词义。

② 相似引申

相似引申指的是词义由表示某种特定的事物引申为表示相似或相近的事物,所引申的依据是建立在人们对事物理解的思维模式之上。如"节"一词,在许慎《说文解字》中解释为"竹约也",这一意义进一步引申为"骨骼的衔接处",这是具体事物的引申,又引申为"段落""节拍""节奏"等抽象事物,这些引申义引申的依据是某一整体事物中规律性出现的间隔部分。

③ 相容引申

相容引申指的是词义由表示某一事物发展为表示与此事物有相容关系的其他事物。如"江"由原来的特指长江,引申为泛指大河,原义与引申义之间发生了相容引申,引申前的词义被划入引申后的词义范围内。

④ 逻辑引申

逻辑引申指的是新义项由旧义项经过逻辑推理得出的,新义项与旧义项之间有着深刻的逻辑关系。这里试分析"土"字。

"土"在《古今汉语词典》的有如下义项。

泥土、土壤:本义。

土地、国土:其逻辑推理是占有领土是国家的标志,所以为"土地、国土"。

乡土、乡里:其逻辑推理是一方水土养一方人,造就一方风俗,所以为"乡土、乡里"。

本地的、区域性的:其逻辑推理为乡土、乡里往往具有本地色彩,具有明显的地方性特色,所以为"本地的、区域性的"。

我国民间沿用的、传统的,与"洋"相对:其逻辑推理为国内外,是本土与其他地域的区别,国内通行的就是民间沿用的、传统的。

不合潮流、不开通:其逻辑推理为民间沿用的、传统的与社会发展的最新趋势,与国外相比明显保守,因此,产生了"不合潮流、不开通"的意思。

（2）修辞引申

修辞引申，指的是词义的引申采用的是鲜明的修辞手法作为词义引申的线索。包括比喻引申、移觉引申、双关引申、借代引申、委婉引申、象征引申等。

① 比喻引申

比喻引申也就是通过比喻手法的运用实现词义的引申。人们通常用已有的对事物间内在相似性的认知进行引申。如"海"根据《古今汉语词典》解释为"大洋靠近陆地的部分；大的湖泊"，该词发展到今天引申为"比喻连成一大片的很多同类事物"，这样的引申就是比喻引申，像"烟海""人海""题海""书海"等，都是"海"的比喻引申义。

② 移觉引申

移觉引申也就是通过移觉的手法实现的词义的引申，其主要标志是感觉在不同器官间转移。如"苦"在古代的意思是"大苦，苓也"。"苦"本来是一种叫苓的植物，这种植物的味道很苦。随着词义的发展，又引申为"劳苦"，即从味觉上的苦，引申到身体或者心理上的"苦"。

③ 双关引申

双关引申也就是词义由原来的一个意思发展为同时具备两个意思的词，双关引申包括语义双关引申、谐音双关引申两类。

语义双关引申如"心肝"一词，"心肝"是由"心"和"肝"两个字组成，这两个字分别代表两个内脏器官，它们对人来说非常的重要，因此"心肝"一词进一步引申为"重要的人""亲近的人"，比如"心肝宝贝"，它的本义仍然存在，但又赋予了更深的词义指向。

谐音双关引申如"鸡"同吉，寓意吉祥如意，因此"鸡"也成了中国民间的吉祥物，与"鱼"一道成为人们节庆餐桌上的美食。

④ 借代引申

借代引申也就是通过借代手法实现的词义的引申，借代引申包括部分代整体和专指代泛称两种情况。

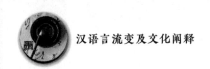

例如，古代汉语中的"巾帼"，原指"古代妇女的头巾和发饰"，之后发生借代引申，发展为"妇女的代称"，这一例子属于部分代整体。另外，比如表示颜色的词语"红"，在古代指的是浅红色，发展到今天是所有的红颜色的通称，包括粉红、火红、大红、枣红、橘红等。

⑤ 委婉引申

委婉引申也就是由表达一般意义引申为表达委婉意义的引申。如表达死亡的词语，多表现为委婉引申。

⑥ 象征引申

象征引申也就是人们使用象征手法进行引申。如"鹤"原来指一种禽类，人们对其进行象征，引申为"品格高尚""长寿"等意义，在《相鹤经》中有这样的描述："体尚洁""声闻天""翔于云"，人们利用鹤的这些属性赋予了鹤的象征义。

2. 义项的减少

造成义项的减少主要有两种原因，一种是旧的义项被新的义项取代，一种是词义的自然消亡（见表 6-7）。

表 6-7　义项减少的原因及分类

两大原因	分类	举例
旧的义项被新的义项取代	随着认知的变化，引起词义发展变化，这样新意义逐渐取代了旧意义	如"灯""桥"的发展式引申
	事物的本质未发生变化，但人们的认知深化，促进了词义的深化	如"神"
	被淘汰的旧词重新获得新的意义时，产生新的义项	如彩票、股份等词义的重新利用
词义的自然消亡	特定时代、背景下产生的事物、现象或者观念，随着时代的发展而结束	如皇上、知青、大臣
	为避免一词多义，发生了词义的选择	如在汉代"删取""删掉"同时存在，随着时代的发展，"删取"逐渐被取代
	在某个共时平面上对词义进行特殊规定和运用，伴随共时平面的结束而消失	如汉代的"哀"表达"美好"的意义，如"哀家"，后世很少使用

二、整体词义发展的形式及规律

整体词义发展的形式大致分为三类，词外引申、词义类聚、词义发展与身份的转化。

（一）词外引申及规律

所谓词外引申指的是词义引申的最后结果已经超出了一个词的范畴，词外引申与词内引申是相对而言的。词外引申包括三种形式。

1. 引申产生新词及新义

（1）灌输式引申

灌输式引申反映了人们对事物的属性及特征的认识，体现了词义表现的精密性。

灌输式引申表现的是词义在本义的基础上经过不断引申发展的结果。原义素在思维中所对应的意象是同源词词义所共同对应的深层意象。比如"宛"在意义生成的最初，表达"屈草自覆"的形态，引申义为"宛曲""婉转""委曲"的意思。由"宛"进一步引申，更多的字如碗、婉、腕、琬等词。"碗"的意思是"食器之宛曲以盛物者"。"婉"的意思是"妇女之宛曲顺从"。"腕"的意思是"手掌与手臂连接处之宛曲者"。"琬"的意思是"玉之弯隆者"。由以上引申的字可以看出，"宛"的本义贯穿于各个引申义中。

（2）裂变式引申

裂变式引申是以新的文字形式记录新词为标志，由一个词直接裂变出另一个或者几个词来。引申义以新义项的形式出现在原词中，之后裂变为新词的词义。

比如古代汉语中表达影子的"影"都用"景"代替，"影""景"本是一个词，"景"的本义是"日光"，"光中之阴"就是"影，"之后"影"成为一个独立的词。

2. 词素重组产生新义

（1）原词义消失，转化为词素义，参与新词构造。词素义参与到新词的构造中，共同合成新词义，例如在古汉语中，"民"的意思是"百姓""民间""人民"等意义，在现代汉语中这些意义都作为词素义存在，参与到新词的构造中，如民众、人民、民情、民风、民谣等。

（2）对于多义词其演变的形式是某个或者某些义项发展成独立的词，其余的义项只作为词素以参与到新词或者词义的构造。

如"宝"，发展为不同的新词。如表示"珍贵的东西"时，可以独立成词，如"宝贝""珍宝"。表示"珍贵的"或者一些敬辞时，只能作为词素义表现出来，如"宝号""宝石"等。

（3）古汉语中的单字与其他的单字合成双音词，这样的词叫合成词素，其词义作为词素义与其他的词素重新组合构成新的词义。如"自然""教育"，随着社会的发展，出现了新的现象，其意义、内容与"自""然""教""育"词有着相似性，于是就将这些字组合起来形成新词，表达新的意义。

3. 词义转嫁

词义转嫁是指词义由一个词转嫁到其他词的意义内容中去，主要由词义转移引起。当词义发生转移之后，原来的词义由其他的词承担，也就是词的意义转嫁给别的词或者为原来的意义另外形成新词。比如"走"的词义是"疾趋"，经过发展转移为"行走"，后来的词义"疾趋"发展为跑的意思。

（二）词义类聚及规律

词义类聚的发展过程中还存在着以下规律。

1. 等义词的选择、淘汰及分化

（1）等义词的淘汰

等义词的发展过程中，主要呈现淘汰、分化两种形式。等义词的出现是人们从不同角度、不同方法造成的结果，由于等义词表现的意义完全相同，在语境中可以相互替换，因此等义词不可能在语言中长期保留，此时人们会对等义词进行选择，通常使用频率较高的会保留下来，使用频率较低的会逐渐淘汰。比如"自行车"的等义词是"脚踏车"，"脚踏车"很少使用，人们更青睐"自行车"，因此"自行车"被保留下来继续使用，"脚踏车"这一名称则被淘汰。

（2）等义词的分化

分化现象的出现是因为人们在不同的语境中选择最适合的词进行表述，使得处于并存状态的等义词的词义出现分化现象。这些被分化的词开始具有固定的语境。如"西红柿""番茄"在使用上就出现了分化，"西红柿"常用在中餐中，西餐中常使用"番茄"。这两个词的使用人群也呈现出鲜明的地域特征，但没有严格的区分标准。

2. 近义词的分化及发展

近义词有着较浅程度的差别，这种区别特征使得近义词出现分化现象，近义词有着特定的语境，或者在表义中存在不同的表意效果。

比如"小气""吝啬"是一对近义词，但二者又有不同的区别，"小气"比较口语化，在口语表达中使用的频率高，相比较"吝啬"较为书面化。后来"小气"又发展出表示"不具备大家风范，不够得体"，此时的意义就不能用"吝啬"代替，如"这件衣服穿上感觉很小气"，此时句子中"小气"就不能用"吝啬"替代。

3. 对称式引申与词义渗透

（1）对称式引申

对称式引申体现的是汉民族追求对称、和谐的心理，例如，"黑""白"两个词由表示颜色发展为表示"秘密的、不法的""公开的、合法"的词素，构成的词语是"黑道""白道"。再如"红""白"这两个表示颜色的字，引申为"忠诚与合作""奸诈与反对"，用在"唱红脸""唱白脸"之中。

（2）词义渗透

所谓词义渗透，指的是"在两个（甚至两个以上）词语之间所发生的意义的流转变化"，是对词汇系统中"词与词的结合、依存关系进行综合考察"

得出的认识。很多词之间都会发生词义渗透现象。

如汉语中"上"的近义词是"高","高"的近义词又是"远","远"与"久"有很大关联。

总而言之,词义的对称式引申和词义渗透的发生与不同个体词义系统之间处于相交状态的共有义素相关。在词义重合的词义中,由于其中的一个个体词义的词义特征或者由于词语本身的发展使得它们的共有义素呈现出新的意义,促使其同步式发展,这一发展同时渗透到相关的近义词、反义词、相关义中,这样使得词义系统的类聚关系得以继续发展,并保持相对平衡。

(三)词义发展与身份的转化及规律

在共时平面上,词可以分为基本词汇和一般词汇,其中一般词汇又可以根据其来源分为固有词、新词、方言词、外来词、古语词、社会方言词等。这些词汇不断发展同时相互转化,其转化的动因就是词义的运用和发展演变。

一般来说,词的基本词汇与一般词汇之间可以相互转化,由于一般词汇能及时反映社会发展的现象,但这些词有一定的实效性,人们于是将这些词进行改造和约束后被广泛运用,最终形成了基本词。如"天空""干净""大地""生活"等词语就是由一般词汇发展为基本词汇。

词义发展与身份的转化通常有以下几种形式。

1. 新词的转化

新词是伴随着时代发展产生的,因此新词也具有相对性,一部分新词因为应用广泛,得到人们的认可,逐渐发展为固有词,成为基本词汇。一部分则随着时代的发展退出历史舞台,成为历史。

如东汉时期产生的"饥饿""殿堂"等词一直延续到今天,中华人民共和国成立之后的"普通话""爱人""大跃进"等词,其中前两个词成为现代汉语中的基本词汇,而"大跃进"则退出了历史舞台,不再使用。

2. 古汉语词语被重新利用并转化

汉语言中重新利用古汉语词语主要表现在三个方面。

（1）被重新利用的词语仍然使用原来的历史词语

比如古汉语中表现历史事物、现象的古语词被重新利用时，其词义并没有发生变化。这些词语有着具体的语境，通常出现在用于回顾历史的语境之中，如"朝廷""皇帝""御史""太监"等。

（2）被重新利用的词语的意义是在原义基础上引申、发展的新义

比如"状元"一词，在古汉语中指的是"科举时代应考中的第一名"，现在的词义范围进一步扩大，指的是各行各业成绩最好的人，如"文科状元""理科状元""单科状元"等。

（3）为了特定的表达而重新利用的词语

常见的是古语中的语气词，如"哉""矣""欤"等词，这些词语主要用于书面语之中。

3. 固有词及方言词的转化

（1）固有词的转化

固有词是比较稳定的词汇，随着时代的发展而传递下去，但有些固有词逐渐失去了使用语境，进而成为历史词语。比如封建社会出现的"皇帝""大臣""奴才""上朝"等词语在封建社会属于固有词，被一代代传承下去，但到了现代社会失去了使用语境，因此成为历史词语。

（2）方言词的转化

方言词有着鲜明的地域特色，这些词由局部逐渐扩散开来，最终取得了全民性，成为固有词。如"老公"一词，指的是广东、香港地区已婚妇女对丈夫的称呼，近年来成为流行语，并转化为现代汉语的基本词。

4. 外来词的词义发展

外来词产生时，具有鲜明的外来色彩，外来词在进入汉语之后逐渐被大家熟知，于是形成了固有词。

如"琵琶""玻璃"等词是外来词，但由于这些词已经产生很久了，人们已经意识不到它们属于外来词了。

有些词语是汉化程度较高的意译词或者音兼意意译词，它们产生之后朝

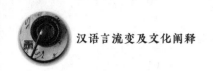
着固有词发展，如来自梵语的"未来""庄严""结果"等词，来自英语的"民主""科学"等。

对于那些完全音译的外来词或者直接以外语字母形式入词的字母词则始终带有比较明显的外来色彩，如"沙龙""沙发""巧克力""咖啡""番茄""番薯"等词语，他们的外来特性就非常明显。

第四节　词义发展的未来

一、语义场词义增多

改革开放以来，中国的经济飞速发展，伴随着科技的迅速提升，汉语言中也大量出现与科技、经济有关的词语，形成了以"科技语义场""教育语义场""经济语义场"为代表的语义场，词义分布呈现出密集状态。如"智能""互联网""基因工程""教育改革""扩招""营销"等词语。

这些语义场的词义的鲜明特征是以外来词居多，中国开始与世界接轨，紧跟世界发展的证明。

在书面语中，科技、教育方面的外来词主要通过汉字型的方式呈现。

科技方面的外来词，如基因、克隆、试管、软件、拷贝、纳米等词语。

教育方面的外来词，如雅思、托福、托育等。

经济方面的外来词主要是外语的缩写，取首字母表示，如 GDP、MBA、CEO、HR 等词语。

这些新词反映着时代的主题，因此被当代运用的频率较高，词义发展的机会也越来越多，发展空间广泛。因此，一些外来词在进入汉语语境之后，发展迅速。如"软件"一词的词义本来指的是"计算机系统中指挥计算机进行运算、判断、处理信息的程序"，经过发展，进一步引申为"生产、科研、经营等过程中的人员素质、管理水平、服务质量等"，它与硬件设备相对而言，进一步引申为与"硬实力"相对的"软实力"。

二、外来义素的增加

在汉语言中，汉语对外来词的同化能力非常强，进而形成了以汉语言为基础的规范外来词的传统。但随着社会主义现代化建设的深入，中国的国际化程度越来越高，对外来词的改造越来越淡，且汉化程度明显减少，这些表现在词义上，则表现为越来越多的外来义素直接进入现代汉语词义系统。

一些文化生活方面的词汇也逐渐与国际的接轨，出现了很多的外来词，如"朋克""可乐""汉堡""酷"等词语都含有外来元素。

外来元素进入汉语的形式最直接的是通过字母缩写的形式直接引入，如：

E-mail（electronic mail）电子邮件（电邮）；

GDP（gross domestic product）国内生产总值；

IQ（intelligence quotient）智商；

IT（information technology）信息技术；

OECD（Organization for Economic Co-operation and Development）经济合作与发展组织经合组织；

OPEC（Organization of the Petroleum Exporting Countries）石油输出国组织（欧佩克）；

PM2.5（particulate matter）细颗粒物；

WHO（World Health Organization）世界卫生组织（世卫组织）；

WTO（World Trade Organization）世界贸易组织（世贸组织）；

UN（United Nations）联合国。

外来的义素对于汉语言词义来说是有益补充，就目前来说，外来义素凭借字母形式直接进入汉语词汇中，这是时代发展的必然结果，同时也是当前社会、历史发展情况在汉语中的体现。

三、媒体时代的词义

随着互联网技术的不断提升，运用于社会的各行各业，促进了社会各方面的发展，媒体在时代大潮中发展迅速，人们因此进入了媒体时代，无论视

觉、听觉都为各大媒体占领。而媒体在传播各种各样信息的同时，也逐渐改变着人们的语言表达方式。词义是汉语言中最为灵敏的要素，词义直接反映着人们的思想观念、时代内容、变革形式。而媒体在话语表达过程中需要广泛运用，并且需要对词义进行深度冲击经过不断改变之后，多数人会认同媒体的语言表达形式，并与词义所表达思想感情趋同。

在媒体的影响下，词义的运用与发展主要表现在以下两个方面。

（一）媒体加速了词义的约定俗成

媒体的受众群体不同，按照年龄、知识水平、身份、生活背景等可以分为不同的受众群体，因此他们喜欢的媒体也各不相同。在过去时代媒体整齐划一，其受众群体也异常广泛。而随着媒体的发展，其传播速度不断加快，一件事情往往刚发生，或者正在发生就会为其他人知晓。在互联网技术的支持下，地球已经成了"地球村"。

媒体时代，人们对词义的约定俗成变得轻而易举。于是由几个人组成或者一个圈子里创造出来的词，很可能在短时间内就"火"了起来。比如现在流行的网络用语"冤种"这是东北的方言，一般是做了傻事的冤大头或是比较傻的人就被称为"冤种"。这两个字也是指蒙受冤屈而不开心的人。再比如"摆烂式爱情"一词中"摆烂"这个词来源于 NBA 联赛，指篮球队故意输球，让排名靠后，以便第二年的夏天有更好顺位。这个词用在生活上是指事情无法好好发展，干脆放弃，任由事情往坏的方向发展。而"摆烂式爱情"可以是指不主动追求，但面对别人的追求，会觉得还是一个人就好。抑或是明知这段感情有问题，还是任由它继续下去。再如"元宇宙"，其实就是指人们沉浸式地活在虚拟世界中，这是未来科技发展的一大趋势。

（二）媒体对词义的运用使得词义的动态性发展

1. 由于受媒体创造影响，使得词义的传统意义不断发展，其动态性表现明显

当代媒体在当代文化构建中有着十分重要的意义，它不仅是文化的宣扬者与传播者，同时也是文化的审视者，但归根到底，媒体与流行文化有着必然的联系。许多新词发展的新的意义正是通过现代媒体冲击传统的语义表达和理解，使得词义的动态性不断发展。通常，人们会在各大媒体上看到一定的语义表达方式，这些表达方式适应时代背景下人们的审美，让人们感到耳目一新，当然有些也会让人难以接受。令人耳目一新的词汇进入大众视野中，成为当今社会的流行话语。当人们习惯这些话语时，大多数人接受了这一词义。事实上，媒体所创造和引申的流行话语也成为人们日常生活的重要组成部分，人们很难从这样的一个环境中抽离出来。

当流行话语被人们广泛接受并认可，那么词义势必会增加，朝着多样化的方向发展。有的词义进一步拓展更广、更深的范围，或者增加了词义的内涵，或者增加了新的色彩意义。有的词则进一步规范，使其符合当下语境氛围。

词义的变化有的直接发生在流行话语的内部，例如，"说法"一词，本来表示言说的方式，但媒体中的"讨个说法"却深入人心，人们将其灵活运用到各种语境中。一些民事诉讼、纠纷中，受害者、弱者为了争取权利和维护争议时，会用到"说法"，此时的说法表现为"正义、道理、本该享有的权益"。

词义的变化有的间接反映在流行话语的外部，也就是词义本身处于流行话语中，受到间接的影响。例如，"农民"一词，其词义"从事农业劳作的人们"，具有"勤劳、朴实、善良"的内涵。从感情色彩上看，是褒义词，带有亲切感。但近年来，随着社会发展、人们价值观受到流行的时尚文化冲击，对于这个词的理解也发生了变化。对于某些较为年长或能够比较深刻地理解农民的生存境遇和内心世界的人们来说，"农民"一词除了具有过去那些含义之外，还有了"中国传统农业社会生存方式的继承者，尚未被当代流行文化所完全同化的文化群体"等内涵；但对于一些年轻人来，"农民"也成了"老土、落后"的代名词。

2. 新的意义被媒体采纳，进而快速传播

媒体是时代的最强音，它们的职责就在于传播最新、最真的信息，大量

的信息经过媒体的表述，扩散到各处。由于当下自媒体的形成，个人更是形成具有鲜明特征的"IP"，他们也创造一些词汇，当大多数人接受之后就作为新词被广泛使用。

媒体对于流行词，以及词义的传播的作用无疑是巨大的，是作为媒介进行传播的。人们对于这些流行词词义的理解在很大程度上依赖于媒体的宣传。例如，"康养"一词，是近几年流行的词汇，但是它在汉语中的意义并不是"健康、养生"的意思，往往与一种经济模式、健康养生服务等意义联系在一起，体现了时代的特点。

3. 媒体促使词义出现了修辞变体

媒体作用于词义，呈现出词义的新的"媒体变体"，而媒体变体的意思是媒体对词义进行特殊的运用，或者词义在媒体环境下通过叙述获得一种独特的意味。这样"媒体变体"就成为词义动态发展的一种形式。网络语言中的媒体变体是代表，例如，"灌水"一词，在网络上的词义是"文章内容空洞、水分大"，这严重脱离了本义，但又非常恰当表达了文章的质量差。网络语言对于不熟悉的人们来说非常排斥，但对于网民来说，就具备了约定俗成。

第七章　汉语言词义、语言运用与文化表达

第一节　汉语言词义中的思想

汉语言有着特定的文化寓意，其中的语言现象，以及语义内涵直接与文化背景联系在一起。有的是直接联系，如龙、凤等，有的是间接联系，如"四君子"，这是中华民族特定的社会文化背景下产生的。汉民族的文化心理、伦理观念表现在汉语言上，就形成了汉语言词义的思想性。

一、汉语言中的哲学观

1. 汉语言中的对称心理

汉语言追求对称的审美情趣，在这一审美情趣的指导下，汉字、语音、词语、短语、句子形成了对称之美。

汉民族有着"好事成双"的心理，因此汉语言中形成了成双成对的词语格式，原先的单音节词语逐渐朝着双音节词发展，使古汉语以单音节词为主的词汇特点有了进一步的变化，如桌、椅、木、虎、鼠等单音节词变成了桌子、椅子、木头、老虎、老鼠。而成语中多表现为对偶，两两相对，平仄交替。

在汉语言中有一些词表达的是对立统一的辩证关系，体现的是相对主义思想，有的词语呈现出相对或者相近的意义（见表7-1）。

表 7-1 体现汉民族相对或相近哲学观的词、成语、句子

语言单位	关系	例子
词语	相对	黑白、胖瘦、高矮、长短、安危、兴亡、盛衰
	相近	节约、炎热、寒冷、温暖、聪明、小人、君子
成语	相对	生离死别、因祸得福、物极必反、除旧迎新
	相近	风声鹤唳、风平浪静、生龙活虎、腾云驾雾
句子	相对	一阴一阳谓之道、投之以桃，报之以李
	相近	人面桃花相映红

2. 汉语言中的"天"与"气"

汉民族认为人与天之间存在着某种关系，因此产生了"天人合一""天人感应"的思想，认为人的一切都与天有关，因此，汉语言中所有与天有关的词语大多数表现了这一思想。如天才、天道、天子、天选、天资、天马、天王、天眼、天罗地网、天伦、天赋、天分等。

由"敬天"延伸，体现了汉民族重"气"的特色。气最早源于望气者的望气术，根据云，以及气的色彩、形状和变化来推测人事吉凶。

在许慎的《说文解字》中有："气，云气也，象形。"因此而知"气"的本义是云与气。之后汉民族中逐渐形成了"气"是生命本源的论断，代表是"六气"。一些典籍中有所记载。

天有六气，降生五味，发为五色，徵为五声，淫生六疾。六气，曰阴、阳、风、雨、晦、明也，分为四时，序为五节，过则为灾。阴淫寒疾，阳淫热疾，风淫末疾，雨淫腹疾，晦淫惑疾，明淫心疾。

——《左传·昭公元年》

人之生，在元气中；既死，复归元气。

——王充《论衡·论死》

以老子为代表的道家思想，认为万物起源于气，俗称元气，这是一切生物的起源，这种哲学观在汉语言中有丰富的体现（见表 7-2）。

表 7-2　汉语言中与"气"相关的词语

词类	例词
自然气象类	阴气、阳气、热气、暑气、寒气、雾气、气象、天气、气温、气流、气团、潮气、湿气
生理体质类	气短、气虚、气盛、精气神、肝气、阳气、闷气、肾气
精神品质类	才气、朝气、豪气、霸气、景气、气韵、气魄、硬气、帅气、神气、风气、服气
性格情感类	娇气、晦气、赌气、斗气、杀气、怒气、喜气、秀气、稚气

二、汉语言中的伦理

伦理，原本的语义指向是自然之理，是汉民族历史文化的重要组成部分，伦理所体现的是宗法观念，表现人处在社会之中与他人的关系，其中以家庭关系、君臣关系、社会关系为主。汉语言中有丰富的亲属称谓词语，主要体现在以下几个方面。

（一）表达亲疏、长幼的词语

汉民族非常重视血缘关系，体现在汉语言中则表现在亲属的称谓上。因而形成了表现宗法制度，以及亲属的称谓，其中亲属关系分为血亲和姻亲两大类。

血亲指的是有血缘关系的亲属，血亲进一步细分为宗亲和外亲。其中宗亲指的是同姓的亲属，分为直系和旁系；外亲指的是有血缘关系，但不同姓。

姻亲指的是本没有血缘关系，但靠婚姻关系衍生出来的亲戚，包括配偶，以及配偶的父母和兄弟姐妹，配偶父母的兄弟姐妹，配偶的堂兄弟姐妹、表兄弟姐妹等。

亲属称谓还分为背称和面称。

血亲和姻亲衍生出的词较多，反映着汉民族重视血缘的传统（见表7-3）。

表 7-3 血缘关系词汇类型及例证

词汇类型	是否同姓/是否当面	例证
血亲类	宗亲（同姓）	直系：曾祖父母、祖父母、父母、兄弟姐妹、儿女、孙子女
		旁系：伯、叔、堂兄弟、堂姐妹、侄子、侄女、侄孙、侄孙女
	外亲（异性）	外祖父母、舅舅、姨母、表兄弟、姐妹
姻亲类	背称	祖父母、父母亲、外祖父母、父亲、母亲
	面称	爷爷、奶奶、姥爷（外公）、外婆（姥姥）、爸爸、妈妈

汉民族在日常生活中非常注重亲属的称谓，注意分辨长幼与辈分，一直提倡长幼有序，尊卑有序。面对长辈时，需要恭敬有礼，使用必要的称谓。亲属称谓还会沿用于非亲属身上，如孩子需要称呼父母的朋友为"叔叔""伯伯""阿姨"等，所表达的是对长辈的尊敬，也有助于拉近彼此的关系。

（二）汉语言中的排他性

汉民族还有内外有别、亲疏有别的观念，在语言中表现为亲与疏的关系，如"同（内）"和外。

同：同宗、同族、同门、同窗、同事、同伴、同学、同乡、同胞。

外：外人、外戚、外公、外孙。

除了表达上述关系的词汇外，还衍生出了不少用于生活和外交方面的词汇。

同：同行、同年、同志、同病。

外：外事、外国、外交、外贸、外来、外行。

三、汉语言中的秩序表达

汉民族非常重视秩序，形成了由个人到家庭、社会、国家等的一系列秩序的词语，如"君臣、父子、夫妻、长幼"等，注重尊卑有序，内外有别。汉语言中的秩序通常体现为长在前，幼在后；尊在前，卑在后；内在前，外在后（见表7-4）。

表 7-4　汉语言秩序观念在词汇中的体现

秩序类型	例证
尊与卑	天地、乾坤、师生、父母、公婆 婆媳、主仆、师徒、左右、君臣、高低、贵贱、雅俗
长与幼	父子、母女、兄弟、姐妹、兄妹、姐弟、爷孙、长幼、叔嫂
内与外	亲朋、子侄

汉民族的秩序观念还表现在方位词语的使用上，汉民族自古以来将南称为尊位，认为"坐北朝南"的座位或者住宅是尊位。因此，历代的宫殿、王府、官衙、庙堂等都是坐北朝南。历代皇帝登基称为"南面称帝"，打败仗或者投降时称为"败北""北面称臣"。

至于东西方向，古人将东方视为尊位，因为太阳从东面升起，属阳。水自西向东流淌，因此，古代的皇后、妃嫔的住所有东西之分，东宫为大、为正，西宫为小，为从。供奉祖先的太庙通常建在皇宫的东侧。流传至今的一些词仍然延续着这一观念，如房东、东家、做东等。西方是太阳下山的地方，属阴。因此汉语言中的"日薄西山""驾鹤西去"表达了生命的衰退。

汉语言中的上、下、左、右也表现出不同的感情色彩。

上：上京、上中央、上房。

下：下基层、下察民情。

古代哲学认为宇宙包含阴阳两极，故而大自然的事物有大有小、有长有短、有上有下、有左有右，因此产生了"阳刚""阴柔"等词语。

第二节　汉语言词义中的本土特色文化与节日文化

一、汉语言词义中的本土特色文化

（一）汉语言词义中的阴阳与五行

1. 阴阳

阴阳是汉民族文化的重要组成部分，古人将人体的器官分为阴与阳两大类。

阳：上身、腰、背、手背、六腑、筋骨、躯壳。

阴：下身、内脏、血、手心、五脏、皮肤。

古人认为人体与宇宙之间有着紧密的关系，所谓"天地大宇宙，人体小宇宙""宇宙一天地，人体亦一天地"。于是在表达人体器官时，也常常带有阴阳文化。

2. 五行

五行指的是金、木、水、火、土五种基本的物质元素，五行中的各元素有着阴阳之分。

金：靠山岩贮存。

木：靠雨露灌溉。

水：靠铁器开导与疏通。

火：靠柴草维持燃烧。

土：靠太阳照射。

如果五行相生，则人生平安吉祥。如果五行相克，则好比战争，处于敌对状态，但五行之间又相互制衡，如木可以入土，火可以熔金，土可以覆水，金可以伐木、水可以灭火等。最终实现了万物的和谐统一。

（二）汉语言词义中的生肖

十二生肖是汉民族智慧的结晶，古人在长期的岁月更迭中发现了寒暑交替，日月变化，以十二个月为一岁，形成了最初的历法。十二生肖产生于何时难考，但十二生肖用来纪年是在东汉时期。十二生肖的排列大概是根据动物的活动时间加以确定，分别为子鼠、丑牛、寅虎、卯兔、辰龙、巳蛇、午马、未羊、申猴、酉鸡、戌狗、亥猪。而人们对十二生肖也倾注了感情，在汉语言中产生了大量的关于十二生肖动物的词语和成语（见表7-5）。

表7-5　与十二生肖相关的词语和成语

十二生肖	寓意	词语	成语
鼠	多为贬义，目光短浅	鼠辈、鼠技、鼠子	鼠目寸光、胆小如鼠、首鼠两端、投鼠忌器
牛	汉民族歌颂的对象，是勤劳、坚韧、厚德的象征	老黄牛、孺子牛、铁牛精神	如牛负重、汗牛充栋、牛气冲天
虎	被称为"百兽之王"，是镇邪驱魔的神兽，象征着威严与权势	虎狼、虎将、虎步、虎墩墩	将门出虎子、猛虎下山、虎啸风生、虎背熊腰、虎踞龙盘
兔	运用广泛，有的词语与兔子的形体、生活习惯、事实有关	兔丝、兔唇、兔崽子	狡兔三穴、兔死狗烹、兔死狐悲
龙	炎黄子孙自称是"龙的传人"，代表着高贵、尊贵、神圣、力量、权威、繁荣，常与凤搭配	龙子、龙脉	龙首蛇身、龙凤呈祥、龙马精神、龙腾虎跃、龙飞凤舞
蛇	代表财富、长寿	蛇行、蛇吞	蛇蝎心肠、打草惊蛇、牛鬼蛇神、草蛇灰线
马	比喻精明能干、纵横驰骋的人才，是才能、尊贵、雄健刚强的象征	千里马、马鞍、马匹、马虎、马贼、马脚	马到成功、千军万马、一马当先、龙马精神、老马识途、车水马龙、人困马乏、驷马难追、万马奔腾、金戈铁马
羊	在古代被视为吉祥物，也是弱者的象征	以"羊"旁为基础的美、善、祥，体现着吉祥的意思	羊入虎口、亡羊补牢、羊羔美酒
猴	与"候"同音，视为吉祥、富贵的象征，民间常用石猴辟邪；形容人瘦弱	石猴同"时候"，延伸为时运，有时运来了的意思。	尖嘴猴腮、杀鸡儆猴、猴年马月、沐猴而冠

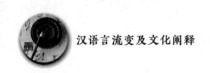

续表

十二生肖	寓意	词语	成语
鸡	鸡同"吉",象征着吉祥,有驱邪的作用	金鸡、铁公鸡	闻鸡起舞、鹤立鸡群、牝鸡司晨、鸡犬不宁、呆若木鸡、金鸡独立、杀鸡取卵
狗	多为贬义	狗眼、狗东西、疯狗	狗头军师、狗胆包天、狐朋狗友、鸡鸣狗盗
猪	汉语言中多为贬义	蠢猪、懒猪	猪狗不如、猪朋狗友

除了十二生肖外,汉语中经常赋予动物以独特的意义,如凤凰、大雁、鸳鸯等。

凤凰源于神话,是鸟中之王,也是吉祥富贵的象征。常与龙一起出现。汉语言中有大量关于"凤"的成语,如凤毛麟角、鸾凤和鸣、龙飞凤舞等。其他的灵兽包括麒麟、龟等都赋予了特殊的寓意,一般来说麒麟视为上天的儿子,民间有"麒麟送子"的年画,而龟视为长寿的象征。

大雁是传递喜讯的信使,有"鸿雁传书"的词语,线盒象征着长寿,鲲鹏象征着志向远大、喜鹊也被认为是感应吉祥的鸟类。在过年或者办喜事的时候经常画喜鹊,寓意"双喜临门"。北方的被褥、窗花多取材喜鹊,表达了人们渴望吉祥,追求喜乐的美好愿望。有的画作中画有梧桐和喜鹊,取"同喜"之意。

鸳鸯经常成双成对生活,汉民族用鸳鸯比喻夫妻之间的恩爱,也通过鸳鸯表达忠贞的爱情。结婚时,会选择带有鸳鸯图案的蚊帐、枕头、枕巾、窗花等,表达喜庆,寓意百年好合。

(三)汉语言词义中的季节变化

1. 天干地支

天干地支是汉民族的独创,其按照固定顺序相互配合,形成了干支纪法(见表7-6和表7-7)。

表 7-6　天干及意义

天干	意义
甲	铠甲，万物冲破铠甲而突出
乙	轧，万物生长
丙	炳，万物茂盛
丁	壮，壮丁
午	茂盛，事物繁茂
己	起，万物生机勃勃
庚	更，万物更新
辛	新，万物焕然一新
壬	妊，万物被养育
癸	揆，万物萌芽

表 7-7　地支及意义

地支	意义
子	孳，表示繁茂
丑	纽，用身子捆住
寅	演，万物开始生长
卯	茂，万物茂盛
辰	震，万物震动生长
巳	已，万物已成
午	忤，万物已经过了极盛状态
未	味，万物已成滋味
申	身，万物初具形体
酉	鲍，万物已经成熟
戌	灭，万物消亡归土
亥	核，万物结出种子

除了天干地支之外，日月星辰的哲学思考也大量出现在汉语言中，组成了汉语言的基本词义。

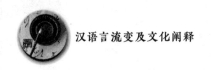

日象征着太阳和光明，常用的词语有：如日中天、日月如梭、日月同辉。

月同样也是光明的象征，此外增加了柔和的感情色彩，如月色如水、月明星稀、月华泻地。

星用来表现光辉，常用的词语有：星河灿烂、星光闪烁、天马行空、群星璀璨。此外，大自然的一些自然现象，也赋予了汉民族独特的寓意，如冰雪常常用来代表纯洁，冰霜用来象征冷酷无情。风、雨、雷表达动荡雄浑质感，常见的词语有风暴、风波、风霜、风声、风花雪月、风驰电掣、风卷残云、狂风怒号、风雨同舟等。

2. 春夏秋冬

春夏秋冬本是四个季节，古人在其本义的基础上赋予了另外的含义，其表现含蓄委婉，具有隐喻性。汉民族将季节分为四季，以春分、夏至、秋分、冬至作为四个季节的分界线。

春季是四季的第一个季节，万物生长开放，蕴含着生机勃勃的意义。春天万物复苏，加上季节温和舒适，给人以无限的希望。春季也同情欲联系在一起，汉语言中的一些词如春心、思春、春宵一刻等有所体现。春季也给人以美好的体验，如许多脍炙人口的诗句，"春风得意马蹄疾""春到人间草木知"。

夏季烈日炎炎，让人心烦气躁，夏天与酷热密不可分，因此，汉语中有烈日当空、酷暑、酷热、炙热等词语形容夏季，进一步引申则有酷吏、酷虐、酷刑等，体现程度之深，强度之大。

秋季是丰收的季节，硕果累累。但在古人的眼中，秋季增添了一份愁思，由于秋天一到，万物凋零，由盛转衰，因此，汉民族在喜迎收获的同时又多了一份悲情。古人的诗词中描写秋季的句子不胜枚举，赋予了悲伤、苍凉、寂寞、忧愁的文化寓意。"自古逢秋悲寂寥""万里悲秋常作客"等诗句中体现了古人的悲秋情怀。

俗语有"秋收冬藏"，冬季更多的是沉寂，"千山鸟飞绝，万径人踪灭"表达了冬天的萧条清冷。当然古人也赋予了冬季不一样的温情，如围炉夜话。冬季生长的梅花、竹、松被称为"岁寒三友"，赋予了傲骨、高尚的寓意。

二、汉语言词义中的节日文化内涵

（一）春节的文化内涵

春节是汉民族最重要的传统节日，象征着辞旧迎新、团圆、兴旺，寄予对未来的美好期望。春节产生于虞舜时期，当时举行了腊祭，为了迎接春天的到来，人们通常会杀猪宰羊来拜谢天地，祭祀祖先，祈求新的一年风调雨顺，获得丰收。春节期间的习俗有守岁、放鞭炮、拜年、贴春联、贴门神、贴年画、做年糕、做豆腐、蒸豆包等。春节的前一天晚上叫"除夕"，除夕晚上通常会吃饺子，饺子是"交子"的谐音，过年吃饺子象征着吉祥、团圆的意思。不同的地方对饺子进行了创新，他们将饺子包成元宝的形状，寓意富足，有的地方还在里面放入花生（长生果），寓意健康长寿。除夕这一晚人们通常整夜不眠，叫"守岁"，此时全家人团聚叙旧聊天，等待天明。过年时，长辈给后辈一些"压岁钱"，寓意孩子健康成长。

春节期间，要燃放鞭炮，古代称鞭炮为爆竹，古人发现在烧竹子的时候会发生爆裂的响声，声音很大，后来就用来驱赶鬼怪野兽。人们发现用爆竹可以驱赶猛兽——"年"，"年"每到春节期间会出来伤人，年兽听到爆竹声就被吓跑，因此，春节期间家家户户燃放爆竹，以驱赶年兽，保佑全家人一年健健康康。宋代的王安石的《元日》一首诗成为记录这一习俗的代表。

爆竹声中一岁除，春风送暖入屠苏。

千门万户曈曈日，总把新桃换旧符。

此诗写景自然，寓意深远，读来令人振奋。在热烈的爆竹声中，人们忙着辞旧迎新。春风送暖，连屠苏酒也好像不温自暖，与平时大不相同。灿烂的朝阳照遍了千家万户，人们在兴高采烈地更换桃符。元日，是农历的正月初一，在这一天要燃放爆竹诗句描写春节来临时的热烈气氛。屠苏酒也是古

人过春节的一个习俗，大年初一全家合饮这种用屠苏草浸泡的酒，以驱邪避瘟疫，求得长寿。诗人通过描写春节期间的一系列风俗及文化，用万象更新的喜人景象，抒发自己推行新法、除旧布新的愿望和决心。

人们通常还要张贴春联来庆祝春节。将表达人们吉祥、喜庆、团圆、希望、激励、欢乐等美好愿望的句子，以对仗的方式书写，张贴在大门上。除了春联外，有的地方还张贴年画，即贴在大门上的门神。人们通常将历史上的勇猛之士如张飞、关羽、秦叔宝、尉迟恭、钟馗等人张贴在门上，用来驱鬼辟邪，保佑全家人的平安。有的年画表现了人们对美好生活的愿望，反映了人们的理想、追求乃至生活情趣等。常见的风俗画有年年有余、风调雨顺、一路平安、五谷丰登、六畜兴旺、福寿安康等，以此增添节日热闹喜悦的气氛。

（二）元宵节的文化内涵

元宵节乃正月十五，古代称为"上元节"。关于这个节日的起源，最早可以追溯到西汉时期。西汉初年，在刘邦死后诸吕专权，大臣周勃、陈平杀了诸吕，立刘恒为皇帝，即汉文帝。平定诸吕的日子是正月十五，人们为了纪念这一胜利，就将正月十五定为元宵节，汉文帝刘恒出宫与民同乐，万家灯火通明。到了汉明帝，他提倡佛教，于是在元宵节这天点上灯，表达对佛的尊敬。

到了唐宋时期，元宵节期间会举行盛大的灯会，从正月十三一直到正月十七，热闹空前。明代也有"一入新正，灯火日盛"，从正月初八就开始上灯，一直延续到正月十七，连续十夜。到了清代，在观灯的基础上又延伸出更多的娱乐节目，如挂灯、猜灯谜、放焰火、耍狮子、舞龙、踩高跷、走旱船等，尤其猜灯谜已经成了元宵佳节的一项重要活动。经过不断的流传与演变，今天的元宵节成了亲人庆祝团圆的节日，寓意一家团圆美满。

除了观灯之外，元宵节这一天要吃"元宵"，这里的"元宵"也叫"汤圆、汤团"，寓为团圆的意思。正月十五正好是一年当中的第一个月圆之夜，家家户户吃汤圆，庆团圆。

古诗词中有很多描写元宵节的盛景，如宋代辛弃疾的《青玉案》。

东风夜放花千树，更吹落，星如雨。宝马雕车香满路。凤箫声动，玉壶光转，一夜鱼龙舞。

蛾儿雪柳黄金缕，笑语盈盈暗香去。众里寻他千百度。蓦然回首，那人却在，灯火阑珊处。

整首词极力渲染元宵佳节的热闹景象，如满城灯火，满街游人，火树银花，通宵歌舞等。作者的意图不在写景，而是为了反衬"灯火阑珊处"的那个人的与众不同。上片写元夕之夜灯火辉煌，游人如云的热闹场面，下片写不慕荣华，甘守寂寞的一位美人形象。美人形象更是寄托了作者理想人格的化身。"众里寻他千百度，蓦然回首，那人却在，灯火阑珊处。"此句成为脍炙人口的佳句。王国维把这种境界称之为成大事业者，大学问者的第三种境界。

（三）清明节的文化内涵

清明是二十四节气之一，在四月五日前后。在这一天，人们慎终追远，祭奠逝者，缅怀先烈。清明时期的雨水往往会给这一节日增添不少悲凉气氛。正如诗句"清明时节雨纷纷，路上行人欲断魂"所写。除了扫墓祭拜祖先之外，清明时节还有插柳、戴柳和植树的习俗，植树的习俗由插柳和戴柳的风俗演变而来。其中插柳、戴柳被赋予了表惜别、表挽留、表祝愿等意蕴，寄托着人们对过去的思念，也承载了人们对未来的希望。

这一时节因为柳树吐出新芽，青草开始变绿，到处一派生机勃勃的景象。因此在这一时期民间还有踏青、放风筝的习俗。"踏青"即春日郊游，也指清明节前后到郊外散步游玩。踏青习俗由来已久，源于远古农耕祭祀的迎春习俗。清明时节放风筝也是一大习俗，风筝也叫纸鸢，有些地方把飞在天上的

风筝剪断，任凭它飞到天涯海角，预示着除病消灾，给自己及家人带来好运。

（四）端午节的文化内涵

端午节是每年的农历五月初五，也被称为"端阳节"，"端"是初的意思。此时处于仲夏之月，万物丰茂，同时瘟疫也悄然而至，人们为了免除瘟疫的侵蚀，通常会采摘草药，使用菖蒲、艾蒿、出游、缠五色线等来防蚊蝇的滋扰、驱除邪气、祈求安康好运。之后端午节开始演变为纪念楚国大夫屈原。屈原是伟大的爱国主义诗人，在他看到楚国被他国欺凌，而自己却不被重用，十分悲愤，最终自投汨罗江而离世。后来人们在端午节这天包粽子、赛龙舟来纪念屈原，缅怀其忠君爱国的高尚情操。

端午节发展到今天，不少民众仍会在家门口插艾蒿、挂菖蒲，佩戴辟邪的香包，会制作雄黄酒来灭五毒。人们保持这一传统习俗，是因为认为五月是整个酷暑的起点，是"五毒"活跃的起点，故仍认为这一天是趋利避害的重要时间节点。人们在这一天用艾蒿来净化空气，点燃艾蒿灭屋内蚊虫，还用苍术、白芷、菖蒲、雄黄、冰片等配在一起，制成香包给孩子辟邪。孩子们将香包挂在衣襟上，用香包散发出的药香预防疾病传染。

（五）七夕的文化内涵

七夕指每年的农历七月初七，原来还称为"乞巧节""女儿节"，指姑娘们在这一天晚上会在月下祈祷牛郎和织女能相会，希望上天能赐予她们聪慧的心灵和灵巧的双手，并赐予她们美好的姻缘。

七夕乞巧的传统最早产生于汉代，在《西京杂记》中，记载："汉彩女常以七月七日穿七孔针于开襟楼，人俱习之"的记载。

在古诗十九首中也有记载，《迢迢牵牛星》中有：

迢迢牵牛星，皎皎河汉女。

纤纤擢素手，札札弄机杼。

终日不成章，泣涕零如雨。

河汉清且浅，相去复几许。

盈盈一水间，脉脉不得语。

　　到了唐代，宫中坊间也盛行七夕乞巧。根据《开元天宝遗事》记载，唐太宗与妃嫔们在七夕这一天会举行夜宴，为宫女们举办乞巧活动，并由此传到民间，就这样"七夕乞巧"代代传承下来了。唐代诗人王建描写乞巧"阑珊星斗缀珠光，七夕宫娥乞巧忙。总上穿针楼上去，竞看银汉洒琼浆"。到了宋代，经济进一步发展，在市井中已经有售卖乞巧用的物品。宋罗烨、金盈之的《醉翁谈录》中有："七夕，潘楼前买卖乞巧物。自七月一日，车马嗔咽，至七夕前三日，车马不通行，相次壅遏，不复得出，至夜方散。"描写了七夕乞巧节的繁荣景象。

（六）中秋节的文化内涵

　　中秋节是每年的阴历八月十五日。中秋时节正好是秋分时节，此时秋高气爽，皓月当空，正好又是月圆之时，象征着团团圆圆。中秋称为佳节，是因为有着种种传说，有嫦娥奔月、玉兔捣药、吴刚伐桂等。

　　在古代，皇帝常常在八月十五这一天奏乐祭祀月神，祈求丰收。至于民间，则有了赏月、祭月和拜月的习俗。而中秋节的重要美食月饼是节日的一大亮点。

　　古人赏月的佳作众多，突出表现在诗词中。

但愿人长久，千里共婵娟

——苏轼《水调歌头》

云山行处合，风雨兴中秋。

——高适《送魏八》

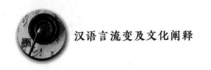

离别一何久，七度过中秋。

——苏辙《水调歌头·徐州中秋》

海上生明月，天涯共此时。

——张九龄《望月怀远》

圆魄上寒空，皆言四海同。

——李峤《中秋月二首·其二》

此夜若无月，一年虚过秋。

——司空图《中秋》

　　随着物质生活的变迁，人们思想观念的转变，近些年，月饼虽然仍属于中秋节有代表性的佳节礼物，但已呈现淡化的趋势，逐渐由其他美食代替。

（七）重阳节的文化内涵

　　古人认为六为阴数，九为阳数，因此每年的农历九月初九被称为"重阳"。重阳节的起源大致可以追溯到战国时期，到了汉代，出现了佩戴茱萸、采食莲蓬、饮菊花酒等活动，以祈求健康长寿。唐代开始，重阳节插茱萸的习俗已经很普遍了，有诗为证，如"遥知兄弟登高处，遍插茱萸少一人"。"茱萸"成为了消灾避难，遥寄相思的象征。

　　重阳节的代表美食是"重阳糕"，这种糕点制作较为随意，但有的人会将其做成九层，像一座宝塔，通常还会在上面做两只小羊，"重羊"与"重阳"谐音，借此祝愿儿女平安。还有点灯习俗，过去重阳节点灯是为了表达对已故亲人的思念和美好的祝愿，现在不少民众更多的是为了表达对自己美好愿望的护佑。

　　重阳赏菊也是一个很重要的习俗，因为菊花象征着长寿，重阳节很多人会聚在一起赏菊，预祝大家健康长寿。重阳节还有饮菊花酒的习俗，因为人们认为菊花酒是代表吉祥的一种饮品，喝了能养生而且能带来吉祥。除此之外，重阳节还有登高的习俗，相传这一习俗起源于东汉，在秋高气爽的好时节，登高远眺，可以养身健体。历代的诗人骚客在重阳节这一天登高眺远，饮酒赋诗，留下了许多脍炙人口的诗词。

衰蝉无留响，丛雁鸣云霄。

——陶渊明《己酉岁九月九日》

九日登高处，群山入望赊。

——赵时春《原州九日》

还似今朝歌酒席，白头翁入少年场。

——白居易《重阳席上赋白菊》

绿杯红袖趁重阳。

——几道《阮郎归天边金掌露成霜》

何事又作南来，看重阳药市，元夕灯山？花时万人乐处，欹帽垂鞭。

——陆游《汉宫春初自郑来成都作》

弟妹萧条各何在，干戈衰谢两相催！

——杜甫《九日五首：其一》

日月常悬忠烈胆，风尘障却奸邪目。

——宋江《满江红喜遇重阳》

第三节　汉语言词义中的饮食文化

古语有云"民以食为天"，从本土特色文化与节日文化来看，节日通常与美食紧密联系在一起。另外，我国历来非常重视农业，因此也形成了以食为本的文化心理。汉语言中与吃相关的词语众多，《现代汉语词典》中，关于"吃"的意思就有八项，共计 41 个词条。《现代汉语补编》中收补了 57 个词条，可见中国的"吃"文化非常丰富。

一、"吃"文化

中国的 960 万平方千米的土地上，生活着不同的民族，各民族风俗习惯不同，各地的特产也丰富多样。由于地域不同，同一食物在不同地域因为烹饪方法、饮食习惯、口味爱好等的不同，便形成了不同的美食。在汉民族心中，"吃"居于非常重要的地位，因此形成了较为丰富的"吃"文化。

汉民族通常在祭祀、祭拜祖先、逢年过节时会准备丰盛的食物，用以供奉"各路神仙"。

在重要节日来临时，人们通常会筹备各种各样的美食。不同的节日吃不同的美食，如春节吃饺子，元宵节吃汤圆，端午节吃粽子，中秋节吃月饼，重阳节吃糕，腊八节喝腊八粥，生日时吃长寿面等。

古人在对外交流过程中引进的美食不胜枚举。通过丝绸之路引入中国的有葡萄、胡桃、石榴、胡椒、黄瓜、生姜、西红柿等。

人们认识客观事物时也与吃紧密相连，如日食、月食。称所从事的工作为谋生"饭碗"，被拒绝叫吃"闭门羹"，靠本钱过活叫"吃老本"。得到好处叫"尝到甜头"，一直受苦叫"吃苦"。随着汉语言的发展，有的吃已经由实体转为无形的、抽象的概念，如吃透文件精神、吃准时机等。

汉语中有许多词语通过"吃"进行定义或引申，用与吃相关的词语来描述客观事物。

学的东西还没有消化，需要慢慢来才能吃透。（没有完全明白）

我对这件事没啥胃口。（没有兴趣）

有些句法组合中，因为与"吃"相连，变得生动而形象。如表达男女婚姻大事：吃茶（女子受聘）、吃婆姨（娶媳妇）。

汉语中存在着大量与"吃"有关的词语、成语，以及俗语。

关于"吃"的词语

吃亏、吃苦、吃惊、吃紧、吃香、吃喝、吃力、吃空、吃父母、吃老本、吃利息、吃得开、吃得消、吃闲饭、吃食堂、吃剩饭、吃枪子、吃闭门羹

关于"吃"的成语

吃里扒外、省吃俭用、大吃大喝、大吃一惊、坐吃山空、好吃懒做、吃穿用度、自讨苦吃

关于"吃"的俗语

敬酒不吃吃罚酒、吃人家的嘴软，拿人家的手短、吃不了兜着走、有人吃肉有人喝汤

二、烹饪词汇，以及与食物相关的词汇所蕴含的文化

汉语言中关于烹饪的词语众多，不同的食材使用不同的方法制作，因此汉语言中产生了四五十种与烹饪有关的词语。常见的有煮、煎、炒。

中国的烹调技术闻名世界，花样繁多。汉语中表示烹调的词烹、炸、焖、炖、焐、烩、炖、煮、烧、烙、馏、煸、炮、汆、煨等，可以说，汉民族将烹饪文化发挥得淋漓尽致。在烹饪的时候讲究的是调料的选用，以及加工的

207

方法。人们将一些与烹饪有关的词语进一步引申到日常生活中，往往赋予了这些词语新的意蕴。例如，夹生饭、回炉、欠火候、炒冷饭、回炉、炒鱿鱼、炒冷饭、煎熬、大杂烩、熏染、利欲熏心等，这些词语明显带有褒贬色彩，使得句子更加生动形象。

汉语言中有很多句子借助食物来描写客观事物，使其所表达的内容与食物有了一定的关联性，便于人们的理解。有的词语引用事物的形状、颜色等，如关于描写女性的词汇，樱桃小嘴、杏仁眼、瓜子脸、指如削葱根、口若含贝等。汉语中有的词语直接利用食物的外形，或者食物的自身属性来描写客观事物。

他的脸像极了被霜打过的茄子。（比喻）

他这个人就是刀子嘴，豆腐心。（借代）

除了以上例子外，日常习语中还经常出现软面条、闷葫芦、空心萝卜、菜包子、橘子皮脸、奶油小生、蒜头鼻子、豆芽菜等，增加了词语的可感性。

有些汉语词汇根据食物的特征进行比喻，如与"肥""油"有关的词语。

关于"肥"的词语：肥缺、肥水不流外人田。

关于"油"的词语：揩油、油水、富得流油。"油"进一步引申之后往往带有贬义，表示油滑的意思。

这个家伙真是老油条。

除了老油条之外，还有"真油""老油子"之说，这里主要指代的是那些熟喑世故，左右逢源的人。

再比如面粉，面粉的特征是松散、柔软，汉语言借用"面"来形容慢性子的人，如"真面""面瓜"等。

还有一些与烹饪、饮食相关的习语，如"巧妇难为无米之炊""生米煮成熟饭""饱汉不知饿汉饥""吃饱了撑的"等。此外，还有一些与器具有关的习语。

锅：大锅饭、一锅端、背黑锅、等米下锅、揭不开锅、吃着碗里，看着锅里。

碗：铁饭碗、金饭碗、丢了饭碗。

碟：小菜一碟、看人下菜碟。

以上习语主要运用借代的修辞手法，使表达更委婉含蓄，避免了直陈其事的尴尬。

三、味觉、嗅觉词汇所蕴含的民族文化

（一）味觉词汇所蕴含的汉民族文化

关于味觉，常见的有酸、甜、苦、辣、咸、辛、淡、香等，这些味觉作用于人会形成不同的情感体验。古人通过味觉感知产生了不同的联想。

甜、香——美好、幸福

苦、咸、辛——艰苦、痛苦

辣——热情、急躁、狠毒

汉语通过这些具有通感性质的词语，让食物的味道与个人的情感紧密联系在一起，形成百味人生。

汉语用味觉表达事物的词语数量巨大，不同的词语表达不同的感情色彩与人生体验（见表 7-8）。

表 7-8　味觉词语所反映的感情色彩

表达意义	味觉词语	举例
美好、幸福	甜	甜美、甜蜜、甜心、甜头、甜润、甜软、甜糯、甜香、甜言蜜语、甜丝丝、甜蜜蜜、甜腻腻
	甘	甘泉、甘霖、甘愿、甘心、甘泉、甘甜、甘美、甘之如饴、同甘共苦、甘鲜
艰苦、痛苦	苦	表达生活艰难 劳苦、贫苦、困苦、清苦、寒苦、人间疾苦、生老病死苦、含辛茹苦、艰难困苦
		表达劳动艰辛 辛苦、劳苦、艰苦、勤苦、苦工、苦力、苦劳
		表达以顽强毅力克服困难 刻苦、苦思、苦斗、煞费苦心、艰苦卓绝、埋头苦干
		表达心情痛苦、忧愁 悲苦、苦恼、愁苦、苦闷、苦楚、苦心、孤苦伶仃、苦海无边、苦口婆心、劳苦功高、煞费苦心

续表

表达意义	味觉词语	举例
热情、急躁、狠毒	辣	表达急躁、尖酸 泼辣、辣子、辣女人、小辣椒、红辣椒
		表达热情 火辣辣、辣乎乎、热辣辣
		表示狠毒、阴险 毒辣、心狠手辣、辛辣、阴险毒辣、老辣

（二）嗅觉词语所蕴含的汉民族文化

嗅觉主要通过鼻腔嗅觉触发的体验，表达嗅觉的词语通常有香、臭、腥、膻、馊等。这里主要分析香、臭两个词语。

1. 香与汉民族文化

香表达的是令人舒适的味道，因此常用来表达重视、欢迎的意思，如吃香。带"香"的词语有：

香气、芳香、香软、暗香、喷香、香暖、香喷喷

带"香"的成语有：

十里飘香、活色生香、香气扑鼻、香气四溢、鸟语花香、闻香识人、历久弥香

汉语言中有一些词语可以表达通感。通感是指在描述客观事物时，用形象的语言使感觉转移，将人的听觉、视觉、嗅觉、味觉、触觉等不同感觉互相沟通、交错，彼此挪移转换，将本来表示甲感觉的词语移用来表示乙感觉，使意象更为活泼、新奇的一种修辞格。通感辞格的运用，能突破语言的局限，丰富表情达意的审美情趣，起到增强文采的艺术效果。香除了表达嗅觉之外

也表达味觉、体验等。

他吃得很香。
他睡得很香。

因为女子喜欢用与香有关的东西，因此也衍生出一系列与女子相关的事物，如香房、香体、香阁、香氛、香雪、香腮等。涉及的成语有红袖添香、香消玉殒、怜香惜玉、活色生香、香气袭人、暗香浮动等。

2. 臭与汉民族文化

臭表达的是令人难受和厌恶的味道，进一步引申表达厌恶、憎恶的情感。常用的关于"臭"的词语有：

臭名、臭美、臭骂、臭架子、臭脚

常用的关于"臭"的成语有：

臭名昭著、臭气熏天、臭不可闻、臭不可当、遗臭万年、臭骂一顿

其他的词语，如腥、臊、馊等词语常与"臭"连用，如腥臭、骚臭等，都带有贬义。

古人还习惯从味道本身下手，进一步对其引申，引申为趣味、意味等意义。汉语言中关于"味"的词语有美味、味道、味觉、余味、韵味、辣味、腊味、滋味、对味、风味、美味、体味、玩味、够味、乏味等。相关的成语包括臭味相投、余味无穷、耐人寻味、味同嚼蜡、兴味索然、枯燥无味、索然无味等。

第四节　汉语言运用中的文化心理

汉语言在使用过程中往往体现了汉民族独特的文化心理，即能反映特定地区、特定历史时期人们的文化心理，这是语言在长期的发展过程中形成的。

一、体现传统思想

汉语言的某些用语体现了一定的等级观念。因为在古代，封建统治者非常重视儒家思想，注重纲常伦理的建设，并且从君臣、父子、兄弟、夫妇、朋友这五种伦理关系总结出"三纲"——君为臣纲、父为子纲、夫为妻纲。

古人自古重视等级差别。

贵贱有等，长幼有差，贫富轻重，皆有称者也。

——《荀子·理论篇》

上下有义，贵贱有分，长幼有等，贫富有度，凡此八者，礼之经也。

——《管子·五辅》

董仲舒重视"礼"，他说："礼者，继天地，体阴阳，而慎主客，序尊卑贵贱大小之位，而差内外远近新旧之级者也。"这是对荀子"礼者，法之大分，而类之纲纪"思想的继承。这其中体现了尊卑贵贱的封建道德秩序。

总而言之，以年龄、辈分、性别、爵位、财产、门第、才智、德行等为标准出现的等级差别是封建社会的一大特点，而古人在这样的等级约束下确立了不同的权利义务，以及思想行为规范。

等级观念的产生并不是在自然状态下产生的，而是人为规定，带有较为明显的主观色彩，其中的褒贬色彩明显。接下来简要归纳汉语言中等级观念较浓的词语，大致分为以下几类。

（一）上下有等

由统治与被统治、领导与被领导关系衍生出的尊卑关系是汉语言中常见的现象。在古代，地位高的人自命高尚，地位低的人自认低贱，这在许多词语中有所体现。

小菜当不得敬神的刀头。

君子乐得做君子，小人枉自做小人。

腐木不可以为柱，卑人不可以为主。

人微权轻、人微言轻。

上司放个屁，下属唱台戏。

上命差遣，盖不由己。

上梁不正下梁歪。

上有所好，下必甚焉。

上人不好，下人不要。

上智下愚。

在封建社会，从纵向的角度考察等级，则地主阶级与农民阶级是代表，封建社会农民处于被剥削、被压迫的地位，"田有田东，山有山主"，农民阶级要想生存必须依赖于地主阶级。从横向角度考察，则有君臣、君民、官民、师徒、师生、主仆的等级差别，这些词语也形成了不同的等级观念。

表现上下有等的观念细分为四类如表 7-9 所示。

表 7-9　表达上下有等观念的分类及举例

类型	意义	举例
官本位观念	表达尊敬	父母官、当官做老爷
	表达畏惧	见官三分灾、伴君如伴虎、见官就要剥层皮、民不与官斗
	讽刺官员腐败	官府做一年，十万雪花银、一任父母官，十万雪花银、官不贪财，狗不吃屎
	表现官员以权压人	一朝权在手，便把令再行、有钱三扁担，无钱扁担三、官虎吏狼

续表

类型	意义	举例
师本位观念	表示尊重	师道尊严、一日师徒百日恩、程门立雪、天地伟大、亲师为尊、一日为师，终身为父、师徒如父子、视师如父
主本位观念	表现主仆关系中仆受剥削、受压迫	一岁主，百岁奴、为人不当差，当差不自由
	表现奴仆长期隶属于主子	俗语： 主多高，奴多高、奴随主性、有多大的主子就有多大的奴才、有其主人必有其仆； 歇后语： 丫环做嫁衣——做有份穿没份 奶妈抱孩子——人家的 丫环带钥匙——当家不作主

汉民族自上而下使用的大多是支配性的语言，其言语带有一定的指令性，例如，养育、培养、栽培、关怀、通报、重用、召见、疼爱、嘱咐等；自下到上的语言更多地体现了谦虚与恭敬，如赡养、求见、汇报、请示、拥护、拥戴、奉养等，这些都体现在日常的一言一行之中。

（二）亲疏有间

汉民族非常重视血缘关系，因为将自己人与旁人分的特别清楚，即通常说的"亲疏有别"。在古代，以家庭为单位，不仅是生活单位，同时也是生产单位，人际关系的起始就是家族。家族内的关系又依靠血缘为纽带，通过血缘来界定人们在家族中的尊与卑，根据权限的划分，规定家庭成员中人们需要履行的义务，以及可以享受的权利。

这种血缘宗亲可以说串联了整个封建社会，成为构建国家的基础。常见的表现亲疏有间的句子有：

人亲骨肉亲、亲不隔疏，后不僭先、骨肉至亲、亲者割之不断，疏者续之不坚、一代亲、二代表、三代四代认不到。

因为亲属关系也衍生出表现亲属关系的俗语。

是一亲，挂一心，亲的则是亲，人亲骨肉亲，不是骨血不连心，是亲必顾，爹娘亲，娘舅亲，打断骨头连着筋。

家族里面关系越近越亲，越受照应，血缘远的则相对陌生，甚至会受排斥。家族中亲疏有间的观念一直影响着汉民族的观念。

（三）长幼有序

对于年龄较大的或者辈分比较高的，汉民族视为长者，年龄小的或者辈分较低的为幼者。长者的地位明显高于幼者，且规定长者先，幼者后，常用的俗语为"家无宗老则闺门乱，乡无耆旧则风俗薄，朝无老臣则社稷轻"，由此可见，长幼有序在汉民族眼中很受重视。长幼有序发展到今天，一直保留着尊重长者的传统。但古时候的长者享有绝对权威的状况现在已经改变了，双方处于平等的地位。

长幼有序在不同的场景中衍生出不同的词语。

1. 与家庭相关的词语所表达的观念

（1）家长制观念

在古代，家族观念深入人心，因此古代的家庭规模较大，至少包括两代人，有的多达五代人，于是就形成了以家长为核心的家长制。在家庭中，家长处于支配地位，家属需要听从家长的安排，家庭成员中形成了较为稳定的秩序，各个成员各司其职，各自的权利和义务比较明确。

汉语言中有很多表现家长制观念的词语或俗语：例如，国有国法，家有家规、家有家法，铺有铺规、家无二主、国有王，家有主、一家有一主，一庙有一神、家中百事兴，全靠主人命等。古代家庭一般以男性为家长，实际上延续的是父系父权制，家庭中父权是家长制中的集中表现，父子关系非常重要，古代有许多显示父亲权威的句子，如"父在，子不得自专""父母在，

不有私财""父母在，不远游""有父不显子"等。

（2）辈分观念

家庭内部除了家长之外，还有各种衍生出的关系，如翁婿关系、婆媳关系、兄弟关系、叔嫂关系、姑嫂关系、姐妹关系等，这些关系之间也有序排列。一般来说，长辈管着晚辈，排行靠前的管着排行靠后的，比如"婆媳"。同辈之间通常也讲究长幼有序，有长兄为父，长嫂为娘的说法。在家族中，兄长的地位仅次于父亲，因此弟弟、妹妹需要尊重兄长。

2. 社会关系词语所表达的论资排辈观念

社会方面，讲究论资排辈，凡是资历深的人说明阅历丰富、手法老练、办事有把握，办事效率高，因此会排在前面。常见的俗语有：

吃过的盐比你吃过的饭还多，走过的桥比你走过的路还多；

姜还是老的辣；

人老精，姜老辣；

先长的眉毛，比不上后长的胡子；

不听老人言，吃亏在眼前。

与褒奖资历深的相反，也会出现一些描述年轻人缺乏经验的俗语，如童子何知、嫩姜没有老姜辣、三人同行小的苦、嘴上没毛，办事不牢、小和尚看供献——有股没份儿。

除此之外，男女有别、贫富有差的相关汉语言也表现了一定的传统思想。汉民族重视礼仪，也体现了传统的精髓，汉民族主张"温良恭俭让"，体现在语言中有温文尔雅、谦谦君子、彬彬有礼、礼尚往来、克己复礼、和颜悦色、礼义廉耻等。一些动词中也体现了谦虚、恭敬，如在喝茶的时候，尊者、长辈要用"献茶"，有客人的时候使用"请"字等。

在称呼上，汉语言对尊者、长者较为尊敬，多使用敬称，如"您"。对尊者、长者的亲属，通常称为"令"，如令尊、令爱、令亲、令堂等，此外，敬称还有诸如贵校、贵体、贵处、贵公司、大作、佳作、佳音等。

二、体现中庸、中和的思想

汉民族崇尚"和""中"，在没有利益冲突的前提下，主张"和为贵"，表现在言语上主张谦虚谨慎，避免争端，说话时欺辱气氛，把握好说话的语气、强度，尽量和颜悦色。当发生冲突的时候，尽量忍让、宽容，做到不张狂。

（一）尚和的心态

汉民族中庸、中和的心态，主张求同存异，即主张不同个性的人应当从不同的角度谋求和谐与统一，寻求共同价值观。当下的"人类命运共同体"正是这一思想的具体体现，在今天仍然有积极的意义。

当然，尚和是一种追求，并不等于凡事忍让没有原则。在一些特殊的情况下，如果遭遇外敌入侵或者他人恶意中伤，汉民族此时采取灵活的态度，在汉语言中也有所体现，如忍无可忍，无须再忍、有再一，再二，没有再三、绝不姑息养奸、人不犯我我不犯人、井水不犯河水，这些词语都较为充分地体现了汉民族尚和却不妥协的观念。

（二）重视个人与集体的统一

汉民族崇尚"群集合一"的观念，将个人看成是集体的一部分，强调整体、强调社会，弱化个体。比如在著书立说的时候，古人不说"我认为"，而说成"我们认为""我们领悟到""我们分析"等词语，因为汉民族的普遍心理是用"我"时通常有狂妄的嫌疑，而用"我们"弱化了个人，强调了集体性。

（三）客套话背后的自谦文化

汉民族主张个人需要谦虚谨慎，因此在日常生活中出现了许多自谦的词汇，也叫作客套话。例如，请客吃饭的时候，做东的人尽心尽力，精心准备，忙活了一天把最好的饭菜呈现给客人，但对客人的话充满着自谦，如厨艺不

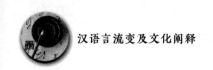

精，菜烧得不好，也没什么好吃的，凑合吃一些之类话，这对中国人来说很容易理解，但对西方人来说就很难理解：菜烧得不好怎么还叫我来吃？为什么要让我凑合着吃？当明白了其中的文化寓意后，会认为比较"虚伪"。

再比如工作中，对于那些工作非常出色的人，在遇到他人的夸奖时，经常会说："我做得还不够好""我需要学的还有很多"等。如果被夸奖的那个人说"是的，我确实很出色，你们应该向我学习"，则会让他人觉得这个人狂妄自大，不够谦虚。

三、体现含蓄、委婉

古人崇尚含蓄、委婉，这在诗文中表现明显，如刘勰在《文心雕龙》中说道"立之英蕤，有秀有隐。隐者，文外之重旨也"，其中的"隐"就是含蓄之意，"文外之重旨也"的意思就是意在言外。另外，清代的沈祥龙在《论词随笔》中说过："意不浅露，语不穷尽，句中有余味，篇中有余意，其妙不外寄言而已。"刘知畿在《史通·叙事》中也表达了同样的意思："言近而意远，辞浅而义深，虽发语已殚，而含义未尽。使夫读者望表而知里，扪毛而辨骨，睹一事于句中，反三隅于字外。"

《红楼梦》中的含蓄、委婉运用得非常成功，从全书的内容来看，深刻揭露了封建社会的腐朽，表现了对君权的批判，作者主要借助的是含蓄、隐晦的描述手法。例如，其中的"元妃省亲"一节，表面上看一片欢喜与热闹，呈现出一片和谐。但见到元妃的时候却是另一番场景，书中是这样描写的：

贾妃满眼垂泪，方彼此上前所见，一手挽贾母，一手挽王夫人，三个人满心里皆有许多话，只是俱说不出，只管呜咽对泣。那夫人、李纨、王熙凤、迎、探、惜三姊妹等，俱在旁围绕，垂泪无言。半日，贾妃方忍悲强笑，安慰贾母、王夫人道："当日既送我到那不得见人的去处，好容易今日回家娘儿们一会，不说说笑笑，反倒哭起来。一会子我去了，又不知多早晚才来！"说到这句，不禁又呜咽起来。

引文中的"当日既送我到那不得见人的去处"这一句道出了元妃在宫中的生活，每日孤独落寞，无依无靠，难免充满漂泊之感。曹雪芹的高明之处在于他将所表达的意图藏在表象之中，读者在读的时候需要全身心地体味，才能领悟其中的深意。在书的第十三回中，秦可卿的死讯传出来之后，贾珍哭得伤心至极，置办棺材、捐龙禁慰，请凤姐料理丧事。此时贾珍的父亲住在城外的庙里不肯露面，而贾珍的妻子尤氏也犯了胃病卧床不起，放着所有的事情不料理。在看到棺材时，贾珍更是伤心，恨不得代秦氏去死，这其中的奥妙不言自明。这里，作者含蓄地反映出了"秦可卿淫丧天香楼"的真相，充满着深意。

在日常生活中，委婉语产生于言语交际过程，它普遍存在于世界各语言之中。委婉语的基本特征，就是人们在交际过程中用令人愉快的、优美动听的言语代替令人不快的、生硬粗鲁的言语。

表现"死"的词语有：去了、走了、与世长辞、蹬腿儿、翘辫子、没了。

表现生病时，用"不舒服"代替"生病"，用"眼神不好"代替"瞎"，用"暗疾"代替"性病"。

在遇到对方询问年龄时，不想回答这一问题时，会巧妙地说十八岁或者永远二十多岁。对方也会明白其中之意。

表现身材胖时，"胖"一词往往不容易被人接受，因此人们用"强壮、魁梧"等词语形容男人，用"丰满、富态"等词语来形容女人。

汉语言中部分职业的词语也较为委婉。有些职业由于工作性质或人们的认识问题，直言会使人产生轻贱、不恭的感觉，因此人们越来越多地改用委婉词语来表示。比如人们管扫马路的叫"城市美容师"，把打工的农民称为"城市务工人员"，管保姆叫"家政服务员"等。

第五节　汉语言运用中的"言外之意"

汉语言中的禁忌语、委婉语往往蕴含了丰富的汉文化。因为不便于明说，

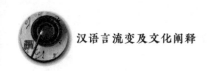

通常借助某些蕴藏了"言外之意"的言语加以表达，这体现了汉民族某种复杂的心理，体现了汉民族讲礼仪、重视教养的心理。

一、汉语言中禁忌语所体现的文化

（一）禁忌、避讳现象

避讳的风俗在秦代已经产生，司马迁的《史记·秦始皇本纪》中有"秦俗多忌讳之禁"，伴随习俗的养成，禁忌语也随之出现。禁忌语最初产生时是用手指或者眼睛、点头或者摇头等动作语言来表达内容，这些是无声的语言，但如果这些仍然无法表明意义时，就必须用变通的说法来暗示所要表达的意思了，于是避讳现象就产生了。在远古时期，人们崇拜上天，认为万物的起源都是上天的安排，因此天赋予人类福泽的同时也会降临灾难，而且汉民族认为灾难、凶险是可以转化的，尽量避开这些"凶语"，这样就可以获得长久的安定与吉祥。因此趋利避害、避俗就雅的心理就是禁忌语逐渐形成的原因。汉民族不愿意听到一些"凶语"，认为听到这些字眼之后会招致凶险。

在说话时，遇到难以启齿或者其内涵不符合人们心理需求的表达时，一般不会直接说出这一事物，而是用别的话来间接描述。如死的说法，从古到今已经形成了很多间接的说法。人们并不直接说死，比如在《触龙说赵太后》一文中，触龙说自己的死为"填沟壑"，说太后的死为"山陵崩"。这些委婉的运用，不仅可以彰显太后地位之高，还能充分体现触龙高超的说话技巧。李密在《陈情表》一文中将自己父亲的去世说成"慈父见背"——只看到父亲的背，而不见父亲的正脸。其中还写到母亲的改嫁，称其为"舅夺母志"。

另一种避讳，通常指的是人物名字的避讳。这里的避是绕开的意思，讳是忌讳、隐瞒的意思。具体而言是指遇到帝王、官员、父母、祖父母，以及一些尊者的名字时，不直接说出，而是换一个说法。人们在写文章或者谈论的时候遇到应该避讳的名字时，需要设法避开不谈论，通常会用同音或者相近音的字进行替代，或者采取其他办法进行改说改写。对于帝王的名字，全国臣民都需要避讳，因此称为"公讳""国讳"；对于父母或者祖父母的名字，家庭各成员需要避讳，称为"家讳""私讳"。

但在日常生活中，也经常出现需要避讳的场合，因为不祥总会发生，那么如何表达呢？这就需要一些褒义或者表达中性的词语进行替代。那么避讳的原则是什么呢？其范围限制在礼教、吉凶、功利、荣辱、保密等方面，不仅家庭成员需要避讳，社会上也需要避讳，下到平民百姓，上到达官贵人，都需要注意用语，因为一不小心，很可能闯下祸端，有的严重的还会诛灭九族。

日常生活中，渔民最忌讳的词是翻（翻船）、倒（翻的意思）、搁（搁置）等，不仅忌讳说这些词语，也忌讳做相关的动作，因此，渔民在遇到这些词语的时候就会换个说法。

倒掉→卖掉

翻个面→转个堂

搁→放

没有→满发

渔民在吃饭时，使用的碗不能倒扣着，吃鱼的时候不能给鱼翻身。在装卸鱼的时候，完成了之后要说"满了"，不能说"完了"。当捕到怪鱼的时候，不能问"这种鱼吃不吃人"或者"会不会掀起大浪来"。当看到渔民撒网时，不能问"在撒网呀"，这些话语会让渔民认为是在诅咒他有网无鱼，应该说"在打鱼呀"，这样的说法是祝福他满载而归。

再比如经商的人，店主最忌讳"赔""折"等词语，因此与"折"相同或者相近的音要小心使用，因此猪舌头一般会说成"猪口条"。

（二）凶祸现象

为了避免灾难的发生，人们通常在说话时避免说凶险的话语，而说一些吉祥话，这种现象称为"讨口彩"。在古代，汉民族人们认为说话里有凶险就会遇到凶险，说祸乱就会引祸上身，因此在提到一些凶险、祸乱的词语时会

避开，采用其他词语来替换。如"苦瓜"说成"凉瓜"，"梅"与"霉"同音，因此梅花也被认为是"倒霉"之花，在看望病人时不能作为礼品相送。

古人对日月星辰表达了许多崇拜之情，因而也产生了对日食，以及晦日的禁忌。古人认为晦日是一个不吉利的日子，赶上晦日军队不能出征，官员居家，夜里不能唱歌，夫妻不同房等，人们认为只有在这个时候"安分守己"，才能避免灾祸上身。汉民族同时对水充满着崇拜之情，因此古人忌讳井上磨刀，避免惊动了水神，为自己招致祸患。

另外，汉语言中有很多的数字忌讳，其中"四"是避讳中比较典型的一个数字。因为人们很忌讳说"死"这个字，认为死亡是一件非常不吉利的事情，如果经常挂在嘴边说的话会沾染霉运。而数字"四"跟"死"同音，于是"四"就成了不吉利的说法，所以老百姓不愿意谈论"四"这个数字。另外，汉民族还衍生出四月忌婚嫁，送礼也忌讳送四百元等。今天的很多楼盘中，四楼的电梯通常用 3A 或者 5A 表示。此外，汉民族也不喜欢二。人们认为二代表蠢笨、无脑，从常见的二杆子、二愣子、二货等词语可以看出。日常生活中，除了上述数字外，还有一些数字也蕴含了一定的特殊内涵，比如说买房子不能买"18"层，因为象征着十八层地狱。

古人认为三、六、九是吉祥数，但也有的地方认为"三"不吉祥，广东潮州、湖北一带则认为"六"不吉祥，各地区因风俗不同而禁忌也有所不同。

（三）破财现象

古人对待财富上也多有讲究，非常看重财运，一方面力争升官发财；另一方面也时刻提防破财。

春节是汉民族一年一度的盛大节日，春节也叫元日，是新一年的开始，而正月也被人们视为一年运气好坏的关键月份，因此，春节期间的禁忌有不少。在措辞用语方面，正月不能说一些不吉利的词，如破、坏、丑、死、鬼、病、穷、输等词一般不说。人们也忌讳婴儿啼哭，认为带来疾病和不好的事情，因此，即使孩子犯错了，甚至无理取闹，也不打骂，以免引起不必要的麻烦。正月里需要特别注意碗、碟子，避免打碎，如果不小心打碎了得马上说："缶开口，大富贵。这里的"缶"指的是瓷器，也有人说"岁岁平安"与"碎"同音。这些用语体现了汉民族求安康、求富贵等美好心理。

再比如，有些地方的人们在做饭的时候忌讳说"没、少、烂、破、完"等词语，认为这些词语不吉利，会导致破财，因此在过年时格外注意。过年期间包饺子一般忌讳数数，认为数数本身隐含了"怕少"的意思。在放鞭炮的时候不能模仿鞭炮的"砰砰"的声音，只能说"叭叭"，是因为"砰"的谐音是"崩"，有砸锅、让事情办糟的意思，"叭"的谐音"发"是表达吉利的意思。

以上禁忌语不仅反映了汉民族求吉利、避祸患的观念，还呈现了化解、转化的理念，注重将一些不吉利的词语转化为吉祥的词语，使其尽可能充分体现吉祥如意的效果。

二、汉语言中委婉语所体现的文化

所谓委婉，指的是用迂回曲折的语言来表达意思的方法。在日常生活中，谈论一些不便、不忍或者不宜直说的话语时，一般采取委婉含蓄的方式表达，这体现了汉民族"硬话软说"的特点。也就是说，为了让听者能接受，说话人通常将话锋的棱角磨掉，从而实现特定交际目的，这是汉民族的普遍心理。下文主要围绕三个方面进行分析。

（一）关于死亡的委婉语

死亡对于每个人来说都是沉重的话题，在汉语言中，有许多关于死亡的委婉语。常用的表达死亡的词语有与世长辞、驾鹤西去、逝世、谢世、长眠、安息、瞑目、见背、寿终、断气、亡故、安息、归天、归西、命归黄泉、撒手人寰。而且不同身份、不同年龄、不同场合所使用的关于"死"的词语也不同。

1. 表达尊卑贵贱时，对"死"的不同称呼

皇帝：崩

诸侯：薨

大夫：卒

士兵：不禄

庶人：死

2. 关于不同年龄或不同原因的"死"的委婉语

老人去世用寿终、作古。

孩童离世用夭折、夭折、夭亡。

父母双方都去世，叫"弃养"。

中年丧子叫"殇"。

违背自然规律的死亡叫自杀、自尽、寻短见。

在战场上牺牲常用于褒义的词语有牺牲、就义、献身、殉国、殉职、阵亡、牺牲、为国捐躯、慷慨就义等。表达敌人阵亡的词语多表达贬义色彩，如完蛋了、见鬼去了、见阎王了、翘辫子了、死翘翘了、一命呜呼了等。

3. 汉语中还有一部分表达死亡的委婉语，主要来源于各教用语

道教：羽化、仙逝、仙游、登仙、成仙、上仙、归西、归天、骑鹤归西、驾返瑶池等。

佛教：坐化、人寂、圆寂、物化、升天、归西、灭安、涅槃、转世、归真、灭度、迁化、顺世、归寂等。

此外，"死"的委婉语在其他场景还会有不同的说法，比如有些地方的某个地名演变成了死亡的代名词。北京的八宝山是墓地，北京人在说某人去世时，会说"这个人上八宝山了"。上海的西宝兴路上有殡仪馆，人们往往会把某人去世了说成："这个人去西宝兴路了。"

（二）借助修辞手法表达的委婉语

语言中存在着大量修辞现象，如比喻、借代、双关、反语、析字等，通过这些修辞手段达到委婉表达的目的。在研究中，相关学者发现，许多修辞现象如果在特定的场合中表达得礼貌得体，会使听话人根据共知的信息，揣测出说话人所要表达的意义，从而实现交流。下面尝试从修辞格、合作原则与委婉语的联系来阐述委婉语与修辞与语用之间的联系，尝试分析隐喻、借代、双关、反语、析字、省略这几种修辞现象中的委婉语现象。

1. 隐喻

隐喻，也叫暗喻，其特点是用喻体掩盖了本体，从而可以避开所忌讳的事物。

死亡＝回老家、安睡、长眠、安息、作古

油水＝贿金

手头紧＝穷

走入歧途＝堕落

2. 借代

借代有很多种类，但它们都是用一个对象代替另一个对象，这个特点决定了运用借代手法可以将不愿启齿的词，用委婉间接的方式表达出来。

袁世凯＝印有袁头像的银元

阿飞、哨子＝地痞流氓

贪杯＝爱喝酒

老手＝老色鬼

三尺土＝坟墓

3. 双关

双关是指在特定语境中，利用词的多义或同音条件表达句子表层和内里双重内容的手法，表层意思是字面直接显现出来的，深层含义是借助委婉方式表达出来的。如洗发水广告语"健康亮丽，从头开始"中的"头"，又如丰胸广告"做女人挺好"中的"挺"等，用双关手法来实现"言在表而意在里"

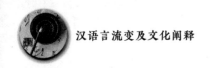

的表达效果。

4. 反语

反语就是说反话。使用与原来意思相反的语句来表达本意，有的表达一种强烈的讽刺挖苦意味，有的则使语言活泼幽默、轻松愉快。无论是表达讽刺挖苦还是幽默轻松，用反语都比常规说法具有更强烈的感情色彩和更有说服力的表达效果。如领导给你布置了一项任务，但在规定的期限内你完成了还不到一半。领导很无奈地感叹道：你干得实在太棒了！一句看似夸奖的话，实际上含有间接的讽刺意味，比直接讽刺更耐人寻味。

5. 析字

根据汉语方块字的特点，采取富有汉语特征的委婉方式，即利用字形部首的特点形成的析字格。

楚女身材高大。面黑而麻，服装随便，有丘八风。

———茅盾《海南杂议》

周先生，你一人十一划有么？

———沙陆墟《魂断梨园》

其中的"丘八"一词是拆"兵"字而构成，是兵痞的隐语，避免了直言"兵痞"的粗鲁。鸦片俗称"土"，句中用"十一划"代指鸦片，用语含蓄委婉。这些"析字格"都巧妙地避开了直接表达的尴尬。

6. 省略

就是把不愿启齿的某些字眼省略，同样可以起到避讳的效果。

离开了（人世）＝死

有了（身孕）＝怀孕

身上来（月经）了＝来月经

7. 谐音

语言符号连接的是概念和音响形象，人们可以利用或创造发音相同或相近的词或字去替代禁忌语，在一定程度上避开概念，达到婉转的目的。

尽是书（输）＝赌钱总输

隐（瘾）君子＝吸毒成瘾者

解手（溲：粪便）＝大小便

气（妻）管炎（严）＝丈夫在家受妻子的气

上面这些语句在表意时，主要侧重于词语的修辞效果方面。注重从词语的锤炼、修饰方面去表达委婉用意。

（三）其他委婉语

在叙述某一事实的过程中，不同的场合使用的语言的色彩与倾向往往不同。例如，最近原油的价格上涨，某石油公司对外使用了"上调"代替了"涨价"，采用"资源紧张""原油紧张"来代替"油荒"。因为"涨价""油荒"等字眼所传达出来的是负面信息，涨价给消费者的感觉是更贵了，这种说辞显得生硬，不容易接受。换用"上调""原油紧张"等给人的感觉更含蓄委婉，可以适当安抚消费者的情绪，使消费者更容易接受。

通常，日常生活中人们都有追求美好生活的愿望，因此，委婉语常用于一些不能说或者不想说的事物。例如，出现以下事物时，人们常常选择委婉表达，由此也产生了相应的委婉话语。

厕所：洗手间、卫生间、盥漱室

拉屎：大便、大号

撒尿：小便、方便

月经：例假、来红、倒霉、大姨妈、好朋友

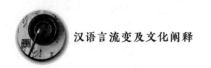

耳聋：耳背、失聪、重听

瘸子：腿脚不方便

日常生活中的人与事融入文学作品中，并借助委婉语表达，可以更深刻地揭示人物形象。因此，在文学作品中作者通常会用各类委婉语，以凸显文学的独特魅力。鲁迅在《孔乙己》一文中写道：

孔乙己一到店，所有喝酒的人便看着他笑，有的叫道："孔乙己，你脸上，又添上新伤疤了！"

鲁迅笔下的孔乙己，在腐朽思想以及科举制度的毒害下，非常迂腐，最后被封建势力所吞噬，其结局是悲惨的。在文中，喝酒的人为了照顾孔乙己的颜面，没有直说"你又被揍了"，而是用了委婉的说法："你脸上，又添上新伤疤了！"大家只关心孔乙己脸上有了新疤痕，没有深挖疤痕是怎么产生的，在一定程度上回避了孔乙己内心忌讳的事。

汉语言中还有大量的委婉语，如示爱时一般说得很委婉，"有那个意思""他对她有意思"等，透过这些委婉语能看出汉民族的委婉与含蓄。汉语言中的委婉语的运用领域与方式，远不止以上这些，它是一种具有特殊语用功能的表达方式，广为存在且深受大家的喜爱。

汉语言是汉民族最重要的交际工具和思维工具，随着时间的推移和社会的变革发展，汉语言也随之演变发展。通过梳理汉语言流变及所蕴含的文化，有助于深入揭示汉语言演变历程，以及前后期之间的关联，有助于更好地理解汉语言如何影响汉民族的思维、交际和文化。

汉语言自产生以来，已经有几千年的历史。作为一门古老的语言，汉语言的流变过程是一个复杂而漫长的过程。书中围绕华夏族、华夏语的变迁发展历程揭示汉语言的来历，并结合史实和汉语言分化进程梳理了各地汉语方言的分布和演变状况，较为详细地梳爬整理了从"雅言"到现在的共同语普通话的大致演变流程。此外，结合社会变迁和汉语言学系统知识，紧扣汉语语音、语法和词义语义的变迁揭示汉语言各要素的发展演变状况。

汉语言作为中华民族的代表性语言，深深烙印了汉民族的内在心理和思想情感，蕴藏着很深的文化底蕴和艺术魅力。借助对汉语言的探究，可以更好地了解汉民族的心理、文化、习俗和个性等。汉民族的先民通过哲思在全局观、类比与联想等方面体现了独特的思维和喜好。古人在医学上讲究人的生理、病理的变化，运用整体观来控制局部，产生了经络学、气功学；古人在音乐上强调整体的韵律感，通过模仿事物的声音开展象征性演绎；文学上，运用大量的比兴手法，赋予客观事物以意义来传情达意，在语言上形成了含蓄、婉转的风格，以有限之词表达无限之意。此外，传统的辩证思想蕴藏着对称的美学精神，形成和谐统一的审美价值取向，这在汉语言各要素及其运用中随处可见。如"天尊地卑，乾坤定矣""动静有常，刚柔断矣"，将事物分为对立两极，天与地、尊与卑、贵与贱、动与静、刚与柔等。再如"物极必反""塞翁失马焉知非福""乐极生悲""祸兮福所倚福兮祸所伏"等都体现了古人的辩证思维。

本书重点围绕汉语言本体和文化属性两个维度，对当今中华民族普遍使用的汉语言之流变史及其文化意蕴做了较为细致地梳理与阐释。语言是文化的载体，汉语言各阶段的流变状况、流变原因及其具体的结构模式等，都承载着丰富的汉民族历史和文化信息。书中所述只是冰山一角，如何在现有基础上，进一步细致深入地还原其流变，揭示其文化（时代变迁、语言接触）驱动力，值得进一步深入挖掘。

参考文献

[1] 孙永兰. 文化视角下的汉语言文字研究［M］. 长春：吉林人民出版社，2021.

[2] 黎运汉. 汉语言风格文化新视界［M］. 广州：暨南大学出版社，2018.

[3] 戴昭铭. 文化语言学导论［M］. 北京：语文出版社，1996.

[4] 刑福义. 文化语言学［M］. 武汉：湖北教育出版社，2000.

[5] 高长江. 文化语言学［M］. 沈阳：辽宁教育出版社，1992.

[6] 游汝杰. 中国文化语言学引论［M］. 北京：高等教育出版社，1993.

[7] 杨德爱. 语言与文化［M］. 昆明：云南大学出版社，2020.

[8] 王馥芳. 语言学与社会文化研究［M］. 北京：人民出版社，2021.

[9] 孙常叙. 汉语词汇［M］. 长春：吉林人民出版社，1956.

[10] 蔚琼，龙洁虹. 现代汉语词汇认知与运用的系统性探究［M］. 北京：中国书籍出版社，2018.

[11] 语言意识与交际实践中的语言文化价值［M］. 北京/西安：世界图书出版公司，2019.

[12] 胡双宝. 语言文化述评［M］. 北京/西安：世界图书出版公司，2017.

[13] 罗常培，王均. 普通语音学纲要［M］. 北京：商务印书馆，1981.

[14] 朱晓农. 语音学［M］. 北京：商务印书馆国际有限公司，2010.

[15] 孙常叙. 汉语词汇［M］. 北京：商务印书馆，2006.

[16] 曹炜. 现代汉语词汇研究［M］. 广州：暨南大学出版社，2010.

[17] 张联荣. 汉语词汇的流变［M］. 郑州：大象出版社，1997.

[18] 罗常培. 语言与文化［M］. 北京：中国书籍出版社，2020.

［19］汪丽炎. 汉语语法［M］. 上海：上海大学出版社，1998.

［20］王治敏. 汉语语法及应用研究［M］. 北京/西安：世界图书出版公司，2019.

［21］邵敬敏. 汉语语法的多维研究［M］. 上海：上海教育出版社，2020.

［22］陈翠珠. 多维人文学术研究丛书 汉语人称代词流变［M］. 北京：中国书籍出版社，2020.

［23］魏慧萍. 汉语词义发展演变研究［M］. 呼和浩特：内蒙古人民出版社，2005.

［24］宋永培. 古汉语词义系统研究［M］. 呼和浩特：内蒙古教育出版社，2000.

［25］裴瑞玲，王跟国. 汉语词义问题研究［M］. 北京：光明日报出版社，2013.

［26］梁银峰. 汉语史指示词的功能和语法化［M］. 上海：上海教育出版社，2018.05.

［27］张玉梅，李柏令. 汉字汉语与中国文化［M］. 上海：上海人民出版社，2012.

［28］邵敬敏. 汉语语法趣说［M］. 广州：暨南大学出版社，2011.

［29］李生信，王刚. 古今汉语语法的流变［M］. 银川：宁夏人民出版社，2006.

［30］杨丽. 高校汉语言文学教学弘扬中华优秀传统文化的策略［J］. 湖南人文科技学院学报，2022，39（06）：93-97.

［31］毛文静. 汉语方言处所介词“走”的语法化［J］. 方言，2022，44（04）：451-461.

［32］吕勇兵. 汉语言文学教学改革探索——评《古汉语文学语言词汇概论》［J］. 中国教育学刊，2022（11）：143.

［33］肖雅思，曹丽双，王柏秋. 现代汉语语法辖域研究综述［J］. 绥化学院学报，2022，42（11）：73-75.

［34］陈世华，邓钰.异化与纠偏：网络谐音的多维审视［J］.东南学术，2022（06）：238-245.

［35］熊子瑜.语音学研究的"体"与"用"［N］.中国社会科学报，2022-11-01（03）.

［36］张春梅.论中华优秀语言文化的传承与弘扬［J］.文化创新比较研究，2022，6（30）：59-62.

［37］张莉霞.现代汉语语法的特点与基本态势解读［J］.对联，2022，28（20）：21-23.

［38］王梓赫，刘善涛.民国时期汉语注音方案在语文辞书编纂中的探索与实践［J］.辞书研究，2022（05）：51-58，119＋130.

［39］由旸.古丝绸之路语言文化传播的当代启示及现实机遇［J］.中国民族博览，2022（17）：121-124.

［40］王威.新时代网络流行语对中国传统语言文化的影响研究［J］.作家天地，2022（26）：111-113.

［41］张琦.汉语拼音教学探索——以韵母 o［o］为例［J］.语文新读写，2022（17）：94-96.

［42］姜萌."古音辨"与中国学术史上的 1923 年［N］.中国社会科学报，2022-08-31（02）.

［43］陈思雨.从句法分析方法回顾——现代汉语语法发展历程以及面临的挑战［J］.对联，2022，28（16）：31-33.

［44］石毓智，王统尚.语法化对汉字变异的影响［J］.汉语学报，2022（03）：53-67.

［45］张丽红，王卫兵.再论谐音的修辞学地位［J］.安徽大学学报（哲学社会科学版），2022，46（04）：73-79.

［46］张群.借助现代汉语的句法判定文言词类活用［J］.教学考试，2022（28）：66-68.

［47］覃业位.汉语重动句的生成语法研究［J］.华中学术，2022，14（02）：

148-162.

[48] 赖诗怡. 谐音吉祥图案在文创产品设计中的应用研究［D］.山东工艺美术学院，2022.

[49] 石川. 谐音汉字 谐趣人生："莲"与"廉"［J］. 文艺生活（艺术中国），2022（05）：70-71.

[50] 曹德和，王卫兵. 试论谐音对汉语的深刻影响［J］. 北华大学学报（社会科学版），2022，23（03）：1-8，150.

[51] 梁强，金艳. 语言文化意象的翻译与特征建模［J］. 黑河学院学报，2022，13（04）：123-126.

[52] 杨炎平. 顺应论视角下商铺名称谐音使用研究［J］. 运城学院学报，2022，40（02）：49-52.

[53] 孟佳怡. 新时代下报刊亭所蕴含的语言文化价值［J］. 百花，2022（04）：99-102.

[54] 张涛. 中华人民共和国文字改革的伟大实践［J］. 传记文学，2022（04）：41-52.

[55] 石川. 谐音汉字 谐趣人生："诚"与"成"［J］. 文艺生活（艺术中国），2022（03）：100-101.

[56] 宋军丽. 民间风俗中的谐音现象［J］. 汉字文化，2022（04）：14-15.

[57] 石川. 谐音汉字 谐趣人生："读"与"笃"［J］. 文艺生活（艺术中国），2022（02）：91-92.

[58] 任铁石. 春节里的"谐音梗"［J］. 课外语文，2022（05）：1-3.

[59] 石绍浪，魏晖. 试论语言雅俗与国民语言文化素养的提升［J］. 文化软实力研究，2022，7（01）：60-70.

[60] 石川. 谐音汉字 谐趣人生："阅"与"悦"［J］. 文艺生活（艺术中国），2022（01）：102-103.

[61] 管晓然. 论语言和文化的性质与关系及启示［J］. 海外英语，2021（23）：136-137.

［62］ 苏醒. 领悟汉字之美 传承语言文化［N］. 邯郸日报，2021-11-29（06）.

［63］ 肖潇. "一带一路"背景下吉林汉语言文化传播的机遇与挑战［J］. 作家天地，2021（28）：17-18.

［64］ 张霞. 重识对偶、排比在短语表达中的修辞作用［J］. 中学语文，2021（27）：47-49.

［65］ 张叉. 辜正坤教授答中西语言、文化、文学、艺术比较和世界文学问题［J］. 广东外语外贸大学学报，2021，32（06）：5-41，154.

［66］ 许文立. 文学作品中方言的传播意义论述［J］. 新纪实，2021（23）：28-30.

［67］ 王子彤. 以区域语言文化提升区域软实力的思考［J］. 邢台学院学报，2021，36（02）：61-64，69.

［68］ 孙玉文. 从对偶句或排比句看古文的若干字义和字音［J］. 语言学论丛，2019（01）：108-139.

［69］ 罗积勇，罗海章. 论对联创作中的排比修辞手法［J］. 北华大学学报（社会科学版），2018，19（06）：11-15.

［70］ 李世柏. 词类活用中的修辞现象［J］. 中学教学参考，2018（12）：15.

［71］ 舒明军，周虹霓. 妙用修辞 锦上添花——"修辞的分析与运用"专题［J］. 初中生天地，2018（Z4）：19-23.

［72］ 徐飞. 妙用修辞，增添文采［J］. 初中生天地，2018（Z2）：61-64.

［73］ 宗廷虎，陈光磊. 汉语修辞格的审美演变与社会文化的发展［J］. 平顶山学院学报，2017，32（03）：71-76.

［74］ 黄守红. 巧借修辞铸华章［G］. 国家教师科研专项基金科研成果（五）：国家教师科研基金管理办公室，2017：740-741.

［75］ 朱敏芳. 艺术语言的审美功能［J］. 唐山文学，2016（11）：139-140.

［76］ 李广宽. 汉语言文学发展中传统文化的渗透［J］. 山西财经大学学报，2022，44（S2）：236-238.

［77］ 张莉霞. 现代汉语语法的特点与基本态势解读［J］. 对联，2022，28

（20）：21-23.

[78] 赵殿煜. 汉语言文学研究在文化传承中的价值研究 [J]. 文化创新比较研究，2022，6（26）：195-198.

[79] 周迎霞，牟玉华. 21 世纪以来中国文化语言学研究综述 [J]. 上饶师范学院学报，2021，41（05）：78-85.

[80] 曹翔. 汉语常用词演变研究概论 [M]. 南京：东南大学出版社，2021：268.

附　　录

一、字母表

字母：	Aa	Bb	Cc	Dd	Ee	Ff	Gg
名称：	Y	ㄅㄝ	ㄘㄝ	ㄉㄝ	ㄜ	ㄝㄈ	ㄍㄝ
	Hh	Ii	Jj	Kk	Ll	Mm	Nn
	ㄏㄚ	ㄧ	ㄐㄧㄝ	ㄎㄝ	ㄝㄌ	ㄝㄇ	ㄋㄝ
	Oo	Pp	Qq	Rr	Ss	Tt	
	ㄛ	ㄆㄝ	ㄑㄧㄡ	ㄚㄦ	ㄝㄙ	ㄊㄝ	
	Uu	Vv	Ww	Xx	Yy	Zz	
	ㄨ	ㄇㄝ	ㄨㄚ	ㄒㄧ	ㄧㄚ	ㄗㄝ	

V 只用来拼写外来语、少数民族语言和方言。

二、声母表

b	p	m	f		d	t	n	l
ㄅ玻	ㄆ坡	ㄇ摸	ㄈ佛		ㄉ得	ㄊ特	ㄋ讷	ㄌ勒
g	k	h			j	q	x	
ㄍ哥	ㄎ科	ㄏ喝			ㄐ基	ㄑ欺	ㄒ希	
zh	ch	sh	r		z	c	s	
ㄓ知	ㄔ蚩	ㄕ诗	ㄖ日		ㄗ资	ㄘ雌	ㄙ思	

在给汉字注音的时候，为了使拼式简短，zh ch sh 可以省作 ẑ ĉ ŝ。

三、韵母表

		i 丨　　衣	u ㄨ　　乌	ü ㄩ　　迂
a ㄚ　　啊		ia 丨ㄚ　呀	ua ㄨㄚ　蛙	
o ㄛ　　喔			uo ㄨㄛ　窝	
e ㄜ　　鹅		ie 丨ㄝ　耶		üe ㄩㄝ　约
ai ㄞ　　哀			uai ㄨㄞ　歪	
ei ㄟ　　欸			uei ㄨㄟ　威	
ao ㄠ　　熬		iao 丨ㄠ　腰		
ou ㄡ　　欧		iou 丨ㄡ　忧		
an ㄢ　　安		ian 丨ㄢ　烟	uan ㄨㄢ　弯	üan ㄩㄢ　冤
en ㄣ　　恩		in 丨ㄣ　因	uen ㄨㄣ　温	ün ㄩㄣ　晕
ang ㄤ　　昂		iang 丨ㄤ　央	uang ㄨㄤ　汪	
eng ㄥ　亨的韵母		ing 丨ㄥ　英	ueng ㄨㄥ　翁	
ong （ㄨㄥ）轰的韵母		iong ㄩㄥ　雍		

四、声调符号

阴平　　阳平　　上声　　去声
－　　　ˊ　　　ˇ　　　ˋ

声调符号标在音节的主要母音上，轻声不标。例如：

妈 mā　　麻 má　　马 mǎ　　骂 mà　　吗 ma
（阴平）　（阳平）　（上声）　（去声）　（轻声）

五、隔音符号

　　a、o、e 开头的音节连接在其他音节后面的时候，如果音节的界限发生混淆，用隔音符号（'）隔开，例如：pi'ao（皮袄）。